W0306756

Seras-tu l'amant de mes nuits ?

SHIRLEE
BUSBEE

Seras-tu l'amant de mes nuits ?

ROMAN

Traduit de l'américain
par Viviane Ascain

J'AI LU

Titre original
SEDUCTION BECOMES HER

Éditeur original
Zebra Books published by Kensington Publishing Corp., New York

© Shirlee Busbee, 2008

Pour la traduction française
© Éditions J'ai lu, 2010

À Craig Egan, mon plus jeune frère, qui partage avec moi un trait de caractère hérité de notre mère : l'amour des animaux, et des chiens en particulier.

Et

à Heidi Edwards, qui s'est battue pour que mon livre précédent arrive jusqu'à l'éditeur, et qui est toujours à mes côtés quand je me perds dans les arcanes de l'informatique !
Merci.

Et, bien entendu,
à Howard, l'amour de ma vie…
encore et toujours.

1

— Tu penses qu'il a survécu ? questionna Charles en contemplant les flammes qui crépitaient dans la cheminée.

Julian, comte de Wyndham, posa le flacon de cognac dont il venait de remplir deux verres. Il n'avait pas besoin de demander de qui parlait son cousin. Il s'agissait de Raoul Weston, le demi-frère de Charles, un véritable monstre, mort deux ans auparavant.

— Nous l'avons tous les deux touché. Nous l'avons tous les deux vu tomber, nous avons tous les deux vu le sang jaillir. Je ne vois pas comment il aurait pu en réchapper, expliqua posément Julian en lui tendant un verre.

— Mais nous n'avons jamais retrouvé son corps !

— C'est vrai, et je t'accorde qu'il n'est peut-être pas mort sur le coup. Il a sans doute eu le temps de se traîner jusqu'à une crevasse où il se sera caché, mais je te garantis qu'il est bel et bien mort. Depuis cette fameuse nuit, Nell n'a plus jamais fait de cauchemar et cela suffit à m'en convaincre.

Perdu dans ses pensées, Charles acquiesça d'un hochement de tête. Tant de choses avaient changé depuis cette horrible nuit de printemps où il avait découvert non seulement que son frère le haïssait et voulait se débarrasser de lui pour hériter de Stonegate, mais encore que c'était un monstre sadique qui torturait et assassinait d'innocentes jeunes femmes. Le sang de Raoul n'avait pas été le seul répandu cette nuit-là. Sa belle-mère, Sophie, la mère de Raoul, était morte elle aussi.

De sa main…

Il l'avait abattue sur place, et si c'était à refaire, il le referait sans hésiter une seconde, songea-t-il en avalant une longue gorgée de cognac. Il frissonna malgré la chaleur du feu. Les souvenirs de cette nuit de cauchemar ne lui laissaient aucun répit et le transperçaient plus cruellement que le vent d'automne qui faisait rage dehors.

— Pourquoi doutes-tu de sa mort ? reprit Julian, l'arrachant à ces sombres considérations.

— J'aurais voulu retrouver son corps.

— Je te le répète, il n'a pas pu survivre à ses blessures !

— Pourquoi n'avons-nous pas retrouvé son cadavre, dans ce cas ? Nous avons fouillé la grotte sous la crypte dans ses moindres recoins.

— Parce qu'il a dû trouver une crevasse ou un trou quelconque et s'y cacher pour mourir, trancha Julian qui n'aimait pas, lui non plus, évoquer trop longuement cette nuit affreuse où sa femme, Nell, avait failli trouver la mort. J'aurais préféré le retrouver, moi aussi, mais cette grotte est un véritable labyrinthe. Nous avons eu beau mobiliser tous les hommes disponibles et la passe au peigne fin, il y a un nombre incalculable de crevasses et de fosses inaccessibles où il a pu glisser, volontairement ou non. Nous avons fait notre possible, et ce n'est pas parce que nous ne l'avons jamais retrouvé qu'il est encore en vie.

C'était la logique même, Charles le savait, mais il ne parvenait pas à se défaire de ce doute qui le taraudait comme une blessure ancienne, et il dut prendre sur lui pour chasser ses idées noires.

— Nous nous en sommes plutôt bien tirés, tu ne trouves pas ? sourit-il, de ce sourire resplendissant qui lui attachait tous les cœurs.

— Tu peux le dire ! s'exclama Julian, ravi de changer de sujet. Nell était indemne, le bébé aussi, et tout le monde a avalé sans broncher l'histoire que tu leur as servie. J'avoue que ton idée d'enlèvement de Nell et de Sophie par un fou sadique qui aurait assassiné Raoul et ta belle-mère avant de s'échapper, mortellement blessé, par la trappe, m'a laissé sans voix. Vraiment malin de ta part. Résultat, Raoul est mort en héros en portant secours à Nell et à sa mère, qui a malheureusement été tuée, elle aussi, dans la bagarre. Cette version ne laissait aucune question sans réponse et nous a permis d'enrôler tous les hommes disponibles pour retrouver les corps de Raoul et de l'assassin.

— Et m'a également permis d'hériter de la fortune de ma belle-mère et des quelques biens de Raoul, ajouta Charles d'un ton amer où perçait du dégoût.

— Cela t'ennuie d'avoir profité de leur mort ? questionna Julian.

— Un peu. Beaucoup, en fait. Je la détestais cordialement, autant que je la méprisais. Je pensais souvent au jour où je serais enfin libéré d'elle et deviendrai réellement le maître de Stonegate, mais les circonstances ont été telles...

— Maintenant que c'est vraiment le cas, tu te sens un peu coupable, comme si tout était arrivé par ta faute ?

— Exactement ! J'ai enfin ce que je désirais, et même beaucoup plus, puisque j'ai aussi hérité de la fortune personnelle de Sophie et des biens propres de Raoul, mais cela ne me procure aucun plaisir.

— Même pas Stonegate ? Pourtant le domaine t'appartenait de droit depuis la mort de ton père, même si ta belle-mère continuait d'y faire la loi sous prétexte qu'elle avait beaucoup puisé dans sa cassette pour le remettre en état.

— Certes, mais je ne m'y sens plus chez moi. L'ombre de Sophie hante encore la maison, et la façon dont elle est morte m'empêche d'en prendre pleinement possession. Je n'arrive pas à oublier que c'est moi qui l'ai tuée.

— Dieu merci ! Je n'ose imaginer ce qui serait arrivé si tu n'avais pas tiré. Elle savait parfaitement que son fils était un tortionnaire et un assassin, et elle l'a toujours protégé, ne l'oublie pas. Si elle avait pu nous assassiner tous les trois, Nell, toi et moi, elle n'aurait pas hésité une seconde. C'est elle qui a organisé l'enlèvement de Nell, et je n'ai jamais douté un seul instant qu'elle aurait aidé Raoul à les éliminer, elle et le bébé qu'elle portait. Tu as sauvé ma femme et mon enfant !

Sans répondre, Charles se resservit un cognac, puis revint près de la cheminée, et s'appuya de la main au manteau sous l'œil scrutateur de Julian.

Les deux cousins avaient toujours été très proches, puis une longue brouille les avait séparés, qui heureusement avait pris fin peu après le mariage de Julian. Ils se ressemblaient également beaucoup, au physique du moins, et avaient en commun la haute silhouette, les larges épaules, le visage anguleux, la chevelure de jais et les yeux verts des Weston. Même si Charles, selon les canons de la beauté classique, était sans doute le plus séduisant des deux, il y avait en lui une froideur, une dureté qu'on aurait cherchées en vain chez son cousin.

Bien entendu, grandir sous la férule d'une belle-mère telle que Sophie Weston n'avait pas dû être une partie de plaisir, Julian le reconnaissait, et si Charles avait toujours été une tête brûlée, il avait peut-être quelques excuses. L'irresponsabilité de son père ne l'avait pas beaucoup aidé non plus. Après la mort de sa première femme, Harlan Weston s'était mis à boire et à jouer, et seul son mariage avec Sophie, qui possédait une fortune conséquente, avait sauvé sa famille de la ruine. Après la mort de ce dernier, Sophie n'avait pas permis à Charles d'oublier un seul instant que c'était *son* argent qui avait permis de sauver Stonegate, et elle avait continué de régenter le manoir en véritable maîtresse de maison.

Malgré la version officielle qu'ils avaient répandue dans tout le voisinage et dans la bonne société, il y avait tout de même eu quelques ragots. Charles, même s'il n'était pas homme à étaler ses sentiments, n'avait jamais caché son inimitié envers sa belle-mère, et de bonnes âmes n'avaient pas manqué de faire remarquer que sa mort et celle de Raoul l'arrangeaient bien.

— Cessons de remâcher le passé, déclara Julian avant que le silence ne devienne pénible. On ne peut pas défaire ce qui est fait, et nous nous en sommes finalement bien tirés l'un comme l'autre. Dis-moi, tu n'es pas fatigué d'arpenter les îles Britanniques en tous sens ? Est-ce que tu prévois enfin de passer un hiver à Stonegate ?

— Possible. Sans vouloir m'appesantir sur des souvenirs déplaisants, la maison fourmille de fantômes, et je ne me vois pas claquemuré entre quatre murs pendant des mois, avec pour seule compagnie les ombres spectrales de Sophie et de Raoul.

— Ce qui te manque, c'est une femme, suggéra en souriant Julian. Et des enfants. Ils chasseraient tous les fantômes assez fous pour s'aventurer au-delà du seuil, je te le garantis. Et je sais de quoi je parle !

Comme pour ajouter foi à ces mots, un petit garçon de deux ans environ, à la tignasse de jais et aux traits caractéristiques des Weston, fit irruption dans la pièce. Il était habillé pour la nuit et à sa mine furtive on devinait aisément qu'il avait échappé à la surveillance de sa gouvernante. Il poussa un cri ravi en apercevant Julian et courut se jeter dans ses bras.

— Papa ! Papa ! Je vous cherche partout !

— Eh bien, qu'est-ce que c'est que ces manières, Adam ? Tu ne salues pas notre cousin ?

Il n'y avait rien de sévère dans le ton de Julian envers son fils, bien au contraire, et Charles sourit en son for intérieur de voir le si raisonnable comte de Wyndham endosser aussi facilement le rôle de père indulgent.

— Bonjour, lança Adam, niché sur les genoux de son père.

— Bonjour, gamin. Tu as bien grandi depuis la dernière fois que je t'ai vu.

— Maman dit que je serai plus grand que papa ! se rengorgea l'enfant.

— Si tu manges bien ta soupe ! s'exclama en riant une voix féminine depuis le seuil.

Toujours aussi mince et élancée dans sa robe de soie vert émeraude à taille haute, sa chevelure mordorée attachée en chignon sur la nuque, la comtesse de Wyndham fit son entrée dans la bibliothèque.

— Cela fait plaisir de vous voir, fit-elle avec chaleur en s'approchant de Charles pour l'embrasser. Vous restez dîner ?

— Non, j'étais simplement venu vous dire que j'étais à Stonegate… pour une semaine ou deux.

— Stonegate est votre maison, lui dit Nell doucement en le scrutant. Ne laissez pas les fantômes du passé vous en chasser.

— Des fantômes ! s'écria Adam, les yeux comme des soucoupes. Je peux les voir ?

— Et que sais-tu des fantômes ? questionna sévèrement sa mère. Qui t'a donc raconté des histoires à leur sujet ?

— Personne, balbutia le bambin en glissant un regard coupable à son père.

— Il faudra que je rappelle à qui de droit quel genre d'histoires convient aux enfants, conclut la jeune femme en se retenant de rire devant la mine penaude de son mari.

— Et les jumelles ? s'enquit hâtivement celui-ci. Elles doivent m'attendre. Tu ne veux pas voir mes jolies petites filles avant qu'elles ne se couchent ? ajouta-t-il à l'adresse de son cousin.

Charles ne voyait aucune urgence à aller s'extasier devant deux bébés de six mois, couchés ou pas, mais il ne put résister au regard implorant de son cousin.

— Je savais que j'étais passé à cette heure pour une raison précise, murmura-t-il en posant son verre. Je te suis.

— Ce n'est pas la peine, elles dorment déjà, et leur nourrice ne serait pas contente que vous les réveilliez, intervint Nell, qui n'était absolument pas dupe. Et toi aussi, il est grand temps que tu ailles au lit ! enchaîna-t-elle en tendant à son fils une main impérieuse. Nanny va te gronder de t'être échappé au moment d'aller te coucher.

Le petit garçon s'approcha prudemment et, après un dernier regard à son père, saisit la main de sa mère.

— Vous nous avez manqué, Charles. Voulez-vous venir dîner mercredi soir ? proposa Nell. Et puisque vous en mourrez d'envie, cela vous donnera l'occasion de voir les jumelles, conclut-elle, espiègle.

Charles esquissa un sourire, puis s'inclina.

— Avec plaisir, répondit-il.

Une fois la comtesse partie avec son fils, il consulta sa montre.

— Il est temps que je rentre, déclara-t-il, sachant qu'une chevauchée dans le froid mordant l'attendait. Je n'avais pas prévu de rester si longtemps.

— Tu ne veux vraiment pas rester dîner ? Cela ferait plaisir à Nell, tu sais.

Charles secoua la tête.

— Non, merci. Je suis invité mercredi, tu te souviens ? Nous aurons tout le temps de nous voir à ce moment-là.

La chevauchée jusqu'à Stonegate se révéla aussi glaciale et sinistre que prévu, et Charles fut soulagé d'apercevoir les lanternes qui encadraient la porte. Le manoir était peut-être hanté par les fantômes du passé, mais au moins, il y serait au chaud et au sec.

Garthwaite, son majordome, l'accueillit dans l'antique demeure qui avait été la première résidence des comtes de Wyndham avant la construction de Wyndham Manor. Charles se débarrassa de son manteau ruisselant, refusa d'un geste le souper qui l'attendait dans la salle à manger, cette même salle à manger où Julian avait tué lord Tynedale au cours d'un duel qui suscitait encore des commentaires plus ou moins bien intentionnés, et demanda qu'on lui monte un plateau dans ses appartements privés.

Dans la chambre qui avait été autrefois celle de son père et de sa belle-mère, il laissa Bertram, son valet de chambre, emporter sa veste et ses chaussures avant de lui signifier qu'il pouvait disposer.

Après la mort de Sophie, son premier geste avait été de supprimer tout ce qui évoquait sa belle-mère dans cet appartement. Il n'avait rien touché dans le reste de la maison. Il s'était contenté de remplacer l'argenterie à son chiffre par celle qu'ils utilisaient du vivant de sa mère et qui portait les initiales entrelacées de ses parents, mais pour rien au monde il n'aurait passé une seule nuit dans ces pièces tapissées de soie crème rehaussée d'argent. Il avait attendu, pour s'y installer, que la décoration soit entièrement refaite dans des tons ambre et bronze, beaucoup plus masculins.

Il se laissa tomber dans un fauteuil et contempla les flammes comme s'il pouvait y lire son avenir. C'est à peine s'il leva les yeux lorsque Garthwaite déposa sur un guéridon un plateau de pain, de fromages et une bouteille de bordeaux, auquel la cuisinière avait ajouté une assiette de viande froide et une coupe de fruits.

— Ce sera tout, monsieur ? s'enquit le majordome après avoir émis une petite toux discrète.

— Vous avez rempli le flacon de cognac ? questionna Charles en désignant un cabinet marqueté posé sur une commode.

— Oui, monsieur, il y a moins d'une heure, répondit le domestique, visiblement attristé.

— Alors, ce sera tout. Bonne nuit, Garthwaite.

Celui-ci hésita, et Charles lui décocha un regard narquois.

— Vous m'avez peut-être connu au berceau, Garthwaite, mais je vous suggère de ne pas tenter de me contraindre à aller me coucher comme un bon petit garçon. Je n'ai pas été un bon petit quoi que ce soit durant des années, et je ne suis pas prés de changer.

— Ce n'est pas à moi de critiquer votre désir de vous noyer dans l'alcool, mais je vous rappelle simplement que vous agissez exactement comme feu madame l'aurait souhaité.

— Touché, concéda Charles en riant. Allez vous coucher. Je vais manger un peu et je vous promets que je ne boirai pas jusqu'à être ivre. Pas ce soir en tout cas.

Satisfait, Garthwaite s'inclina avant de souhaiter une bonne nuit à son maître.

Charles coupa un morceau de fromage qu'il posa sur une tranche de pain. Une bonne partie de la bouteille de bordeaux l'aida à venir à bout de son frugal repas. Il alla même jusqu'à croquer une pomme, après quoi, avec le sentiment du devoir accompli, il se dirigea vers la cave à liqueurs et se servit un cognac bien tassé avant de reprendre sa place devant le feu.

Seuls le mugissement du vent, le martèlement de la pluie et le craquement des bûches dans la cheminée troublaient le silence. Il aurait dû se détendre et profiter du confort de sa demeure, mais il n'avait pas exagéré en expliquant à Julian que Stonegate était plein de fantômes.

Il ne pensait pas seulement à ceux de Raoul et de Sophie. Il n'avait même pas besoin de fermer les yeux pour distinguer derrière les flammes le visage de John, son frère aîné, mort depuis plus de dix ans. Il revoyait son sourire chaleureux, son regard vert si semblable au sien… John avait toujours été l'élément stable de la famille, le pôle qui en assurait l'équilibre. Tous, même leur père, lui demandaient conseil et respectaient ses avis.

« Tu étais le meilleur d'entre nous, pensa-t-il en levant son verre au fantôme de son frère. Et Raoul t'a tué ! »

À grand-peine, il refoula la rage froide qu'il sentait monter en lui. John était mort, et Raoul aussi. Et, Dieu merci, leur père avait toujours ignoré que le plus jeune de ses fils avait assassiné l'aîné. La mort de John l'avait suffisamment éprouvé, et son seul réconfort avait été de se dire qu'un jour Daniel, le fils de John, hériterait de Stonegate.

Charles ferma les yeux. Le règne de Daniel comme maître de Stonegate s'était avéré cruellement bref. Moins de deux ans… Raoul lui avait présenté lord Tynedale, un débauché notoire et un joueur sans scrupules, qui n'avait fait qu'une bouchée de l'adolescent naïf et inexpérimenté qu'était Daniel. En quelques mois, le jeune homme avait dilapidé la fortune héritée de sa mère et s'était donné la mort. Raoul avait-il prémédité cette issue quand il avait présenté son neveu à Tynedale ? Ou s'agissait-il d'un hasard ?

Encore des questions qui demeureraient sans réponse…

Ils étaient tous morts, désormais. Son père, John, Daniel, Raoul, Sophie.

Il ne restait plus que lui, seul survivant de cette branche de la famille.

Et il était assis là, dans cette grande bâtisse pleine de fantômes, rongé par toutes ces questions qui le hantaient, par l'amertume et la culpabilité. Comment avait-il pu, toutes ces années durant, ne jamais soupçonner quel monstre se cachait derrière le charme nonchalant de son frère ? De son demi-frère, corrigea-t-il mentalement en terminant son cognac.

De toute façon, Raoul était mort depuis plus de deux ans maintenant. Officiellement du moins...

Il posa son verre, passa dans le petit salon qui jouxtait sa chambre à coucher, alluma une chandelle fixée au mur et se dirigea vers un grand bureau d'acajou. Il fouilla dans un tiroir et finit par trouver ce qu'il cherchait, une lettre lue maintes et maintes fois depuis qu'il l'avait reçue, quelques jours auparavant. Il retourna s'installer dans sa chambre pour la relire confortablement devant le feu.

C'était une brève missive du vicomte Dorian Trevillyan, une vieille connaissance plutôt qu'un véritable ami. Mais le vicomte avait été très lié avec Raoul, qui avait fréquemment séjourné dans son domaine de Cornouailles, parfois pendant de longues semaines. Après sa mort, Charles avait conservé des liens avec la plupart des amis de son demi-frère dans l'espoir de découvrir si certains avaient deviné quel monstre se cachait derrière la façade souriante de Raoul.

La lettre de Trevillyan répondait à un billet que Charles lui avait adressé avant son départ pour l'une de ces errances sans but qui le menaient d'un bout à l'autre des îles Britanniques. Avec cette guerre qui s'éternisait, le continent lui était interdit, mais il lui restait le pays de Galles, l'Écosse et même l'Irlande à arpenter en tout sens. À vrai dire, peu lui importait le pays et le lieu. Tout ce qui comptait, c'était de fuir Stonegate.

Charles passa rapidement sur les derniers potins londoniens, déjà vieux de plusieurs semaines, et sur le retour de Dorian dans son domaine de Lanyon Hall, en Cornouailles. Il suffisait de lire entre les lignes pour se douter que le vicomte n'appréciait que très modérément la campagne et attendait avec impatience le retour du printemps et le début de la Saison.

Mais ce qui avait retenu l'attention de Charles, ce n'était pas les jérémiades de son correspondant sur le manque de société fréquentable et l'ennui des mornes journées provinciales, c'était un petit paragraphe à la fin de cette longue missive.

Dieu merci, la semaine dernière, un événement inhabituel est enfin venu rompre cette routine assommante. Tout le voisinage est en émoi. Un de nos métayers a découvert le corps horriblement mutilé d'une femme. On ne parle plus que de cela. La rumeur prétend même qu'il y a quelques mois, on avait déjà trouvé le corps d'une femme tuée de la même façon, mais je n'ai trouvé personne pour me le confirmer. Je présume donc qu'il s'agit de racontars. On ignore encore, à l'heure où j'écris, l'identité de la jeune personne assassinée la semaine dernière, et les autorités locales, des vieillards imbus d'eux-mêmes qui ne savent que hocher la tête en marmonnant, n'ont pas la moindre idée de celle du meurtrier, et ne la découvriront sans doute jamais.

Charles relut plusieurs fois ce passage, non sans s'interroger. S'agissait-il d'une coïncidence ? Ou se pouvait-il que Raoul soit encore en vie et qu'il ait poursuivi ses épouvantables forfaits dans les landes désertes de Cornouailles ?

À supposer qu'il ait survécu à ses blessures et qu'il soit parvenu jusqu'en Cornouailles, où avait-il trouvé refuge ? De quoi vivait-il ?

L'argent !

Là se trouvait la réponse à sa question. Puisqu'elle n'avait d'autre héritier que son fils, Charles avait hérité de toute la fortune de Sophie Weston. Encore sous le choc des événements et de toutes ces terrifiantes révélations, il n'avait prêté aucune attention aux biens et aux dispositions testamentaires de sa belle-mère.

Se doutait-elle que les crimes de son fils finiraient par être découverts un jour ou l'autre et que son bien-aimé Raoul serait alors obligé de se cacher ? Avait-elle pris ses dispositions pour qu'il puisse disposer librement de fonds lui permettant de subsister dans la clandestinité ? C'était une femme froide et calculatrice, dotée d'une vive intelligence. Elle avait dû prévoir qu'un jour ou l'autre son fils chéri serait démasqué, et qu'elle ne serait peut-être plus là pour le protéger. S'il était en fuite au moment de son décès, elle savait qu'il ne pourrait hériter de sa fortune, ni disposer de la sienne, et elle était parfaitement capable d'avoir pris ses dispositions…

Charles posa la lettre et remplit son verre. Dès le lendemain, il écrirait à son notaire pour lui demander la liste des biens de Sophie et la destination de tous ses legs annexes.

Mais il y avait peut-être un moyen plus rapide…

Peut-être le vicomte Trevillyan serait-il heureux qu'une visite imprévue vienne rompre l'ennui d'un hiver en Cornouailles ?

Il hésitait.

Devait-il suivre son impulsion, prendre la route de Penzance, et s'inviter chez un homme qu'il connaissait à peine pour passer au peigne fin des landes désolées et des falaises déchiquetées, tout cela dans le fol espoir de débusquer un assassin qui avait le visage de son demi-frère et que tout le monde croyait mort ?

Mais que faire d'autre ? Rester ici, au milieu de tous ces fantômes, et noyer ses interrogations et sa culpabilité dans l'alcool ?

Non ! Il irait en Cornouailles et imposerait sa présence à Dorian Trevillyan.

Julian le traiterait de fou s'il lui confiait les raisons de son voyage, songea-t-il en terminant son verre de cognac. Et peut-être aurait-il raison. Peut-être était-il bel et bien fou…

2

« Qu'est-ce qui m'est passé par la tête ? » se demandait Daphné Beaumont en contemplant la sombre silhouette du château qui se détachait sur l'horizon que teintaient les derniers rayons du couchant. Il ne s'agissait pas vraiment d'un château, à vrai dire, mais certainement pas non plus du pittoresque cottage auquel ils s'attendaient.

L'imagination pouvait faire des miracles… Visiblement, le manoir avait été bâti sur les restes d'une forteresse normande, mais au cours des siècles, on s'était appliqué à gommer ces origines guerrières et à atténuer l'austérité des lieux. Peut-être aurait-il même un certain charme à la lumière du jour, songea-t-elle avec optimisme.

Ils demeurèrent immobiles, ne sachant trop que faire. Aucune lumière ne vacillait derrière les hautes fenêtres étroites, aucune fumée ne s'élevait des cheminées, les lourdes portes de chêne restaient obstinément fermées. En un mot, personne ne semblait les attendre. L'endroit paraissait de plus en plus sinistre et hostile à mesure que le jour tombait. À tel point que Daphné, qui n'était pourtant pas d'une nature impressionnable, commençait à se demander si une sorcière n'allait pas fondre sur eux du haut d'une des tours et leur jeter un sort.

Seigneur, pourquoi les avait-elle entraînés dans cette aventure ?

La déception et l'anxiété d'April, sa jeune sœur de seize ans, et d'Adrian, son frère de dix-sept, étaient presque palpables, et c'était à elle qu'il incombait de les rassurer.

À vingt-huit ans, et depuis la mort de leur mère dix-huit mois plus tôt, c'était elle le chef de famille. Leur père, un modeste capitaine d'infanterie, était mort cinq ans auparavant, les laissant sans ressources. C'est pourquoi elle avait pris la décision d'abandonner les brumes de Londres pour le grand air du bord de mer. Ils avaient parcouru le monde au gré des pérégrinations de leur père, mais n'étaient encore jamais allés en Cornouailles, et rien ne les retenait dans la capitale.

Depuis la mort de leur mère, ils ne pouvaient plus compter sur la maigre pension qui leur permettait de s'offrir un peu de confort, aussi la vie avait-elle été difficile ces derniers mois. Daphné s'était souvent demandé comment payer le loyer du logement qu'ils occupaient dans un quartier modeste, mais convenable, de Londres. Ils n'avaient aucune famille, du moins à leur connaissance, vers laquelle se tourner, étaient pratiquement sans ressources, et n'avait pas reçu une éducation censée les préparer à gagner leur vie.

Daphné se rendait bien compte qu'il fallait faire quelque chose, mais quoi ? Quelques jours à peine après la mort de leur mère, ils avaient congédié la femme qui, deux fois par semaine, venait faire le ménage et un peu de cuisine. Adrian avait achevé sa dernière année à la très chic école privée d'Eton, et ils avaient immédiatement vendu son cheval et supprimé ses leçons d'escrime, en même temps que les cours de danse et d'aquarelle d'April. Ils avaient renoncé à courir les librairies pour acheter les derniers romans à la mode. Enfin et surtout Mlle Kettle, la gouvernante d'Adrian et d'April, avait dû chercher un autre emploi.

Le départ de Ketty, comme l'appelaient affectueusement les enfants, avait constitué un coup très dur pour toute la famille, qui avait répandu des torrents de larmes.

Rien, cependant, ne semblait pouvoir arrêter l'absence chronique d'argent dont ils souffraient. Ils avaient eu beau renoncer à tous les menus plaisirs qui font le sel de la vie, Daphné avait beau compter chaque sou quand elle faisait les courses, chaque mois qui passait voyait fondre la petite rente que lui avait laissée sa grand-mère maternelle. Elle s'apprêtait à chercher un emploi de couturière, un pis-aller qui aurait fait se retourner sa mère dans sa tombe, quand ils avaient reçu une lettre d'un notaire de province, un certain maître Vinton.

L'annonce qu'Adrian, unique héritier d'un lointain cousin dont ils ignoraient jusqu'à l'existence, venait d'hériter non seulement d'un titre de baron, mais également d'un vaste domaine en Cornouailles leur était apparue comme un véritable miracle. Maître Vinton ne leur donnait aucun chiffre, mais il précisait qu'en sus des fermages, la propriété disposait d'un parc immense et de vastes vergers. Il mentionnait en outre de substantiels revenus.

Ils en avaient dansé de joie, riant et pleurant à la fois, se rappela-t-elle. Son frère avait immédiatement déclaré qu'il allait se procurer une nouvelle monture et engager un valet de chambre, qu'April allait reprendre ses leçons de danse et de peinture, et qu'elle pourrait peut-être même s'offrir les services d'une véritable gouvernante.

Et Daphné ? Que pouvait-il lui offrir ? Que désirait-elle ? De quoi avait-elle besoin ?

Eh bien, ce qu'elle désirait par-dessus tout, c'était ne plus avoir à s'inquiéter de ce qu'ils allaient manger le lendemain et ne plus se torturer en se demandant comment acheter à son frère, qui grandissait à vue d'œil, la paire de chaussures neuves dont il avait besoin.

April et elle ne s'étaient pas privées de le taquiner sur son titre, lui donnant du « sir Adrian » à tout propos, tant et si bien qu'il avait fini par menacer de les exiler loin de son château, ce qui avait provoqué de nouveaux éclats de rire.

Ils étaient tout simplement fous de joie, et cette bienheureuse euphorie les avait conduits à résilier la location de leur logement, à vendre pratiquement tous leurs meubles, à l'exception de leurs plus chers souvenirs, et à écrire à Mlle Kettle de venir les rejoindre en Cornouailles.

Maître Vinton leur avait fait remettre, pour couvrir les frais du voyage, une somme qui leur avait paru une véritable fortune, et Adrian avait insisté pour que sa sœur continue de tenir les cordons de la bourse comme elle l'avait toujours fait.

— C'est mon argent, je le sais bien, mais je préfère que tu t'en occupes, avait-il déclaré. Tu dis toujours que j'oublierais ma tête si elle n'était pas solidement attachée sur mes épaules, et tu as raison. Et puis, c'est toi l'aînée, et la plus raisonnable de nous trois. Même si tu n'es qu'une fille, avait-il ajouté malicieusement.

Avec l'argent envoyé par le notaire, ils avaient loué une berline pour rejoindre Beaumont Place et avaient quitté Londres sans regret, fin prêts pour toutes les aventures qui, à n'en pas douter, les attendaient. Fixant l'austère bâtisse qui se dressait devant eux, Daphné commençait à se demander s'ils n'allaient pas être rassasiés d'aventures plus tôt que prévu.

Comme la nuit tombait, le cocher n'avait pas voulu s'attarder. Il avait empilé en hâte leurs bagages devant le perron avant de grimper sur son siège, de fouetter ses chevaux et de disparaître dans la nuit, abandonnant ses passagers à leur sort.

— Maître Vinton ne disait-il pas dans sa lettre que le personnel serait là pour nous accueillir ? hasarda timidement April, tirant sa sœur de ses pensées.

— Si, acquiesça Daphné. Il expliquait que la maison n'était plus occupée depuis plus de deux ans, mais que Mme Hutton et Goodson, la femme de charge et le majordome de notre cousin, prépareraient notre arrivée et resteraient jusqu'à ce que nous soyons installés. Il mentionnait quelques autres domestiques et laissait entendre qu'ils seraient prêts à demeurer à notre service si cela nous convenait et si nous nous entendions sur leurs gages.

Comme pour ajouter à leurs tracas, une petite pluie fine se mit à tomber et ils coururent s'abriter sous le porche.

— Si les domestiques de notre cousin font toujours preuve du même empressement et de la même efficacité, je doute que nous les gardions, lâcha Adrian.

— Certes, mais pour l'heure, je serais ravie d'en voir au moins un, rétorqua Daphné.

Malgré la pénombre, elle trouva le lourd heurtoir de bronze et le laissa retomber de toutes ses forces. Son écho se répercuta dans la vaste demeure tel un coup de tonnerre, et tous trois bondirent en arrière.

— Il y a de quoi réveiller les morts, sourit-elle, en priant intérieurement pour être entendue, au propre comme au figuré.

À leur grand soulagement, un bruit de pas pressés se fit entendre à l'intérieur et, quelques secondes plus tard, l'un des lourds battants s'ouvrit lentement sur une petite silhouette grise qui brandissait très haut un chandelier.

— Ô mon Dieu, vous êtes arrivés ! Il me semblait bien que j'avais entendu une voiture. Je suis confuse ! Et nous qui voulions vous faire bonne impression !

Un sourire chaleureux éclaira le visage plein de la domestique.

— Je suis Mme Hutton, la femme de charge.

Tous trois se dépêchèrent d'entrer et, les présentations faites, Mme Hutton tira vigoureusement sur un cordon de velours noir près de la porte.

— Goodson va venir chercher vos bagages et les monter dans vos chambres.

Daphné détailla l'immense hall d'entrée, depuis le sol dallé de marbre jusqu'au plafond à caissons, en passant par les murs recouverts de boiseries de chêne et de brocart mordoré, sans oublier l'impressionnante volée de marches qui menait aux étages supérieurs.

Un homme de haute taille vêtu d'une livrée sombre surgit de l'ombre, près de l'escalier. Goodson se confondit en excuses et, une fois les civilités terminées, les débarrassa prestement de leurs manteaux et de leurs chapeaux.

— La cuisinière vous a préparé à dîner, mais comme nous ignorions l'heure de votre arrivée, nous avons pensé que la salle du petit déjeuner, qui est plus facile à chauffer, serait plus accueillante que la grande salle à manger. Bien entendu, si vous le souhaitez, je peux faire mettre le couvert dans la grande salle à manger, cela ne prendra qu'un instant.

— Ce ne sera pas nécessaire, la salle du petit déjeuner conviendra parfaitement, le rassura Daphné, qui avait retrouvé son optimisme.

— La cuisinière a préparé un souper léger, expliqua Mme Hutton en leur indiquant le chemin. Un potage de légume, un peu de poisson, une selle de veau aux petits pois avec des pommes vapeur et un gratin de chou-fleur, du fromage et un chausson aux poires. Si vous souhaitez quelque chose de plus consistant…

Les Beaumont, qui n'avaient pas eu droit un tel festin depuis de longues années, lui affirmèrent que la cuisinière avait fort bien agi et s'empressèrent de gagner la petite salle à manger.

Avec ses rideaux luxueux et ses épais tapis, la pièce se révéla aussi élégante et opulente que le hall, mais ce qui attira leur attention, ce fut la belle flambée qui crépitait dans la cheminée, et surtout les plats recouverts de couvercles d'argent disposés sur la desserte.

Ce fut un merveilleux dîner. Pour un peu, ils en auraient pleuré de soulagement. Ils étaient enfin arrivés à destination et tout allait pour le mieux. Ils étaient à l'abri de la tempête qui allait croissant, Goodson et Mme Hutton semblaient parfaitement fiables et compétents, et leur estomac témoignait que la cuisinière connaissait son affaire.

Quand elle vit son frère réprimer un bâillement, Daphné, qui avait remarqué le regard éteint de sa sœur, se leva de table et demanda qu'on les conduise à leurs chambres.

Dans le sillage de Goodson, ils longèrent d'interminables corridors plongés dans une semi-obscurité. Beaumont Place était beaucoup plus vaste que ne le laissait entendre la lettre de maître Vinton. Les chambres étaient immenses et meublées de façon identique. Seule différait la couleur des murs et des tentures. Le lourd mobilier de chêne massif, les épais rideaux de velours et les lits à l'ancienne dégageaient une certaine mélancolie que les feux qui brûlaient dans les cheminées ne parvenaient pas à dissiper.

Daphné appréhendait de se retrouver seule dans la lugubre pièce qui lui avait été attribuée. Elle qui partageait sa chambre avec April depuis des années et qui n'avait cessé de rêver d'en avoir une bien à elle n'aurait vu aucun inconvénient à différer ce moment tant désiré d'au moins une nuit. La mine de sa cadette disait avec suffisamment d'éloquence qu'elle non plus n'avait aucune envie de passer la nuit seule. Quant à Adrian, il ne paraissait pas enchanté de se voir exilé dans les appartements du maître de maison, à l'autre bout du long couloir glacial.

Il ne leur restait plus qu'à souhaiter une bonne nuit au majordome et à prendre possession de leurs appartements respectifs.

— C'est grand, constata April d'une toute petite voix quand ils furent enfin seuls.

— Beaucoup plus que je ne pensais, admit Daphné. Je suis vraiment impressionnée par votre nouvelle demeure, sir Adrian, reprit-elle, une lueur malicieuse au fond de ses yeux noisette.

— Je ne m'attendais pas à ça, confessa-t-il. Je pensais trouver une petite demeure confortable où nous serions bien tranquilles, pas un château ! Comment vais-je faire, Daphné ? Bien sûr, c'est une chance inouïe, mais je me sens un peu dépassé.

— L'endroit est effectivement impressionnant, et nous sommes un peu perdus, mais je suis certaine qu'après une bonne nuit de sommeil, nous nous sentirons plus à l'aise, et que dans quelques jours, nous nous demanderons comment nous avons pu vivre dans ce minuscule appartement de Londres.

— J'aimerais bien y être encore, murmura April en jetant un regard nerveux aux ténèbres environnantes.

— Eh bien, tu n'y es plus, déclara Daphné. Nous sommes dans notre nouvelle maison, où nous allons être très heureux. Et en ce qui me concerne, je vais être encore plus heureuse d'aller faire connaissance avec mon lit !

Sans laisser à ses cadets le temps de se rebiffer, elle les embrassa affectueusement et leur souhaita une bonne nuit avant de leur fermer la porte au nez.

Elle était épuisée. Le voyage avait été long et fatigant. Ils avaient passé trois jours dans cette voiture cahotante, et les nuits dans les auberges de campagne n'avaient pas été vraiment reposantes. Beaumont Place ne correspondait pas exactement à leur attente, mais ce n'était pas forcément une mauvaise chose, et puis, Daphné était heureuse d'être arrivée à destination.

Il ne lui fallut pas longtemps pour se déshabiller. Il faisait froid dans la chambre, malgré le feu qui dansait dans la cheminée. Elle grimpa dans le grand lit à baldaquin et souffla la chandelle posée sur table de nuit. Mme Hutton avait veillé à ce que les draps soient chauffés à la bassinoire et elle laissa échapper un soupir extatique en se glissant sous les couvertures.

Elle pensait s'endormir immédiatement, mais dès qu'elle posa la tête sur l'oreiller, le sommeil parut la fuir. Elle se tourna et se retourna à de nombreuses reprises puis, au bout d'un moment, s'adossa aux oreillers en remontant drap et couvertures jusqu'au menton. Elle ne se sentait pas très à l'aise dans cet environnement nouveau et se surprit à regretter la compagnie d'April.

La pluie avait fait place à une véritable tempête, le vent soufflait en rafales et toute la vieille demeure gémissait sous l'outrage. À la lueur mourante du feu, la pièce paraissait encore plus lugubre et intimidante. Les lourdes tentures du baldaquin projetaient sur les murs des ombres sinistres, et même les meubles paraissaient menaçants.

« Quelle bécasse, tu fais ! » se tança-t-elle. Certes, tout était nouveau pour elle dans cette luxueuse demeure, mais elle n'avait aucune raison d'avoir peur. Elle sursauta pourtant et étouffa un cri lorsqu'on frappa à la porte.

— Oui ? Qui est là ? interrogea-t-elle d'une voix légèrement chevrotante.

— C'est April. Je peux entrer ?

— Bien sûr ! répondit Daphné, soulagée, en allumant la chandelle sur son chevet.

Emmitouflée dans une robe de chambre rose pâle, ses boucles couleur miel retombant sur ses épaules, April se glissa dans la chambre.

— Je sais que je me conduis comme une idiote, mais je t'en prie, Daphné, laisse-moi dormir avec toi cette nuit. Tout me paraît si étrange ici, et avec cette tempête… Je sais que c'est ridicule, mais j'ai peur. Et ce sera juste pour cette nuit…

— Entre l'orage et ces vastes chambres pleines de courants d'air, je peux difficilement te reprocher d'avoir peur. Viens vite avant que la chaleur s'en aille, intima-t-elle en soulevant les couvertures.

Sa cadette ne se le fit pas dire deux fois. Elle se débarrassa prestement de sa robe de chambre et se glissa entre les draps.

— Ça va mieux, soupira-t-elle en se blottissant contre elle. Tu n'as pas eu peur, toi ?

— Un petit peu peut-être, admit Daphné. Il faut dire que c'est vraiment une grande demeure.

— Si on m'avait dit que nous habiterions un jour dans un endroit pareil, avec un majordome, une femme de charge et Dieu sait combien d'autres domestiques, je ne l'aurais pas cru. Il va me falloir au moins une semaine pour me repérer dans cette maison ! Sir Huxley devait être très riche.

— Beaucoup plus que nous ne l'imaginions.

— Bien sûr, on ne peut pas se réjouir de sa mort, mais c'est merveilleux qu'Adrian ait hérité de tous ses biens, tu ne trouves pas ? Notre appartement de Londres tiendrait tout entier dans cette pièce, et je crois qu'il resterait encore suffisamment de place pour une salle de bal.

— C'est effectivement une chance inouïe, admit Daphné. Bien entendu, tout nous paraît magnifique, mais d'après la lettre de maître Vinton, la fortune de sir Huxley est très confortable, mais n'a rien d'extraordinaire.

— Je m'en moque ! Pour moi, c'est un véritable palais, ici.

Une bourrasque de vent particulièrement violente fit gémir toute la maison et, au même moment, deux coups timides résonnèrent à la porte. April agrippa le bras de sa sœur.

— Qui est-ce ? souffla-t-elle, affolée.

— Notre frère chéri, si tu veux mon avis.

— Adrian ? Mais qu'est-ce qu'il veut ?

— La même chose que toi, probablement : de la compagnie.

Daphné avait vu juste, et leur frère fit une timide entrée, un tas de couvertures et d'oreillers dans les bras.

— Je vois que je ne suis pas le seul à qui cet endroit flanque la chair de poule, commenta-t-il en apercevant la benjamine dans le lit de Daphné.

— Je crois que nous sommes tous un peu impressionné par la taille de ces pièces, admit Daphné. Si je comprends bien, tu as l'intention de camper dans ma chambre ?

— Je comptais m'installer devant la cheminée, avoua-t-il en rougissant. Si tu n'y vois pas d'inconvénient.

Il empila les couvertures et les oreilles sur le plancher, devant les braises rougeoyantes, puis s'enroula dans un plaid avec un soupir de satisfaction.

— C'est beaucoup mieux ainsi, décréta-t-il. Ma chambre est glaciale, la cheminée fume, et avec cet orage, on se serait cru dans un roman gothique. Je vous jure que je m'attendais à voir le fantôme de sir Huxley sortir de derrière les rideaux et venir me demander qui j'étais et ce que je faisais là.

— Tu crois que le fantôme de sir Huxley revient hanter la maison ? questionna April, très intéressée.

— Les fantômes n'existent pas, déclara fermement Daphné.

— C'est dommage, regretta sa sœur. J'aurais bien aimé en avoir un, et cette maison me paraît l'endroit idéal.

— Si tu tenais tant à voir des fantômes, tu aurais mieux fait de rester dans ta chambre, riposta Adrian. Les revenants adorent les jeunes filles naïves, surtout par les nuits de tempête comme celle-ci, tout le monde le sait !

— C'est vrai ? s'inquiéta April en se tournant vers Daphné.

— Non. Les fantômes n'existent pas, je te le répète ! En voilà assez, lança-t-elle à l'adresse de son frère qui ouvrait la bouche pour répondre. Si tu continues, je te renvoie dans ta chambre.

— Alors, bonne nuit, soupira-t-il en étouffant un bâillement. J'aurais regagné mes pénates aux premières lueurs du jour, ne t'inquiète pas.

Il tint parole et lorsque Daphné se réveilla, il avait disparu. Les deux sœurs le retrouvèrent dans la salle du petit déjeuner, où il faisait visiblement honneur au somptueux buffet qui les attendait – œufs, jambon, petits pâtés, fromage, pâtisseries et fruits.

Son aînée s'en réjouit, du reste. À dix-sept ans, il était mince comme un fil de fer, même si s'il avait pris de la carrure pendant l'année. Il mesurait déjà plus d'un mètre quatre-vingts et n'avait sans doute pas fini de grandir. Leur père était très grand, et Adrian lui ressemblait, avec son épaisse chevelure sombre et ses yeux bleu glacier. Elle était certaine – en toute objectivité – que son frère serait un très bel homme, et maintenant qu'il disposait d'une coquette fortune, il n'aurait aucun mal à trouver une future épouse parmi les jeunes filles de la bonne société qui n'allaient pas manquer de se presser autour de lui.

April, qui étalait soigneusement une couche de confiture sur un scone doré à point, était, elle, tout le portrait de leur mère : même silhouette gracile, même somptueuse chevelure de miel, même teint crémeux et même regard d'azur. Daphné avait toujours espéré que l'heureux caractère et la délicate beauté de sa sœur lui permettraient de faire un mariage convenable, mais maintenant qu'Adrian s'était engagé à lui accorder une dot confortable, tous les espoirs lui étaient permis. Le moment venu, April ferait ses débuts dans le monde. Daphné rougit de plaisir en imaginant sa jeune sœur s'attachant un riche soupirant, peut-être même un aristocrate.

L'idée que ces considérations eussent mieux convenu à une mère cherchant à établir ses deux enfants plutôt qu'à une sœur aînée qui devait songer à son avenir ne l'effleura même pas. Leur père étant souvent en campagne ou en mission et leur mère ayant toujours eu une santé fragile, elle avait dû assumer très jeune l'essentiel des responsabilités familiales et s'occuper de ses cadets.

Il n'avait jamais été question pour elle de faire ses débuts dans le monde, et elle n'avait envisagé le mariage qu'une seule fois.

Elle avait dix-huit ans à l'époque, et un jeune lieutenant plutôt séduisant lui accordait beaucoup d'attention. Pendant quelque temps, elle avait caressé l'idée de l'épouser et de fonder un foyer bien à elle. Malheureusement, avant qu'ils aient le temps de se fiancer, le bel officier avait été tué dans une de ces petites escarmouches qui émaillaient la vie militaire en Inde, et elle avait vu ses rêves romantiques se faner avant même de s'être épanouis.

L'idée qu'elle se sacrifiait pour sa famille ne l'avait jamais effleuré, et le seul mot de « sacrifice » employé à son propos l'aurait positivement indignée. Elle était parfaitement heureuse de son rôle de grande sœur attentive et, plus tard, elle n'en doutait pas, de tante aimante pour les nombreux neveux et nièces qu'Adrian et April ne manqueraient pas de lui donner.

De toute façon, jusqu'à ce qu'Adrian leur consente une rente à sa sœur et à elle, elle ne disposait d'aucune fortune. Et si la beauté d'April lui assurait de faire un mariage convenable – du moins Daphné l'avait toujours espéré –, il n'en allait pas de même pour elle. Elle ne pouvait compter ni sur une somptueuse chevelure de miel, ni sur un teint de porcelaine, ni sur un regard d'azur.

Elle ressemblait plutôt à son père, et si, adolescente, elle s'était lamentée sur sa haute taille et sa silhouette longiligne, cela faisait belle lurette qu'elle avait accepté le fait qu'elle ne serait jamais une beauté. Elle resterait un grand échalas à l'épaisse chevelure de jais indisciplinée, voilà tout. Et lorsqu'il lui arrivait encore, seule devant son miroir, d'envier la grâce diaphane de sa sœur, une question urgente à régler venait vite la distraire de ces regrets inutiles.

Ces derniers temps, tous ses rêves, toute son énergie étaient consacrés à l'établissement de ses deux cadets, l'héritage inattendu d'Adrian leur offrant de brillantes perspectives qu'elle avait encore du mal à évaluer.

— Quand allons-nous rencontrer maître Vinton ? Tu ne m'avais pas dit qu'il nous rendrait visite dès notre arrivée ?

La question d'Adrian la tira d'une rêverie où April, dans une somptueuse toilette de mousseline et de dentelle, faisait ses débuts dans la capitale.

— Oh, j'avais complètement oublié ! Goodson m'a remis un message de sa part ; il propose de passer en début d'après-midi. J'ai fait répondre que cela nous convenait parfaitement.

Ils passèrent la matinée en compagnie de Goodson, qui leur fit visiter le manoir des caves aux greniers. Ils gravirent et descendirent d'interminables escaliers, longèrent des couloirs et des corridors sans fin, visitèrent d'innombrables chambres, antichambres, salons, petits salons, boudoirs, salles de jeu et salles à manger, sans oublier les pièces de service. April avait raison, il leur faudrait un certain temps pour se familiariser avec les lieux. En plus de Goodson, de Mme Hutton et de la cuisinière, la maisonnée comptait un nombre impressionnant de filles de cuisine, de valets de pied, de femmes et de valets de chambre, de jardiniers et de garçons d'écurie, et il leur faudrait sans doute encore plus de temps pour les connaître par leurs noms.

Lorsque le majordome introduisit maître Vinton dans le salon où elle l'attendait avec Adrian, Daphné avait la tête qui tournait.

Le notaire était un homme entre deux âges au teint rubicond et au crâne dégarni dont le regard franc et le sourire chaleureux séduisirent immédiatement Daphné. Une fois les civilités d'usage accomplies, ils en vinrent au sujet et l'homme de loi leur révéla l'étendue de la fortune du nouveau baron.

La visite de la maison et l'importance du personnel leur avaient laissé à penser que l'héritage était beaucoup plus important qu'ils ne s'y étaient attendus, mais quand maître Vinton leur eut détaillé les biens dont héritait Adrian, le frère et la sœur échangèrent un regard effaré. La fortune du jeune homme n'était pas simplement confortable, mais plus que conséquente, y compris déductions faites des dots qu'il prévoyait pour ses sœurs.

Une fois réglées les questions matérielles, Daphné et Adrian questionnèrent l'homme de loi sur leur bienfaiteur.

— Comment nous avez-vous trouvés ? Nous n'avions jamais entendu parler de sir Huxley avant de recevoir votre lettre. En fait, nous étions persuadés que nous n'avions aucune famille. Il doit s'agir d'un parent très éloigné, observa Daphné tout en versant au notaire une seconde tasse de thé.

— Je pense que le lien remonte à votre arrière-arrière-arrière-grand-père. Sir Huxley est mort depuis deux ans, et je dois vous dire que si je n'avais pas trouvé, tout à fait par hasard, mention de la branche dont vous descendez dans les papiers du défunt, le domaine serait allé à un autre lointain parent, un voisin. Le vicomte Dorian Trevillyan, qui se considérait depuis des années comme le seul héritier, n'a pas été particulièrement heureux d'apprendre votre existence, ajouta-t-il, un peu embarrassé. Nous avons eu une conversation… déplaisante.

— Un vicomte ? Pourquoi se soucierait-il d'un titre de simple baron ? s'étonna Adrian.

— Le titre lui importait peu, en revanche les terres, les fermages et les revenus l'intéressaient beaucoup.

— Vous avez dit que lord Trevillyan est notre voisin ? reprit Daphné.

— Oui. En fait, vos terres coupent les siennes en deux. La plus grande partie de son domaine se situe à l'est des vôtres, mais son grand-père avait acquis quelques dizaines d'hectares à l'ouest de Beaumont Place. Lord Trevillyan aurait été ravi de pouvoir réunir ses propriétés. Cela l'ennuie beaucoup d'avoir un long détour à faire pour atteindre ses meilleures pâtures. Il y avait eu parfois des échanges assez vifs entre sir Huxley et lui, surtout quand son bétail venait s'égarer sur vos terres. Naturellement, Trevillyan aurait été ravi que la question soit résolue. Quant à la perte de la fortune de son parent…

— Mais c'est bien moi l'héritier ? s'inquiéta Adrian.

— Oh, il n'y a aucun doute là-dessus, rassurez-vous. Lord Trevillyan descend du jeune frère de votre arrière-arrière-grand-père. La légende familiale veut qu'à la suite d'une querelle votre aïeul ait quitté Beaumont Place en jurant de ne jamais y remettre les pieds. C'est en retrouvant dans les papiers de sir Huxley une lettre d'un ami commun l'informant du décès de votre père que j'ai appris l'existence d'une autre branche de la famille dont les droits pouvaient primer sur ceux du vicomte. Il m'a fallu plusieurs mois pour découvrir que le capitaine Beaumont avait des enfants et que vous viviez à Londres.

— J'imagine que lord Trevillyan ne porte pas mon frère dans son cœur, commenta Daphné.

— J'espérais que le temps atténuerait son ressentiment, mais il n'est pas d'un naturel facile, et vous n'en ferez pas un ami, je le crains. Il y a eu quelques petits incidents, poursuivit-il, et j'ai dû mettre les choses au point avec lui.

Adrian et Daphné, visiblement préoccupés, méditaient ces paroles.

— Ne laissez pas Dorian Trevillyan vous gâcher la vie. Vous avez beaucoup de chance, reprit l'homme de loi avec un sourire rassurant à l'intention d'Adrian. Vous venez d'hériter d'un très beau domaine et d'une coquette fortune, et personne ne peut vous les prendre.

— Pourriez-vous nous parler du manoir ? intervint Daphné. Il semble très ancien.

— Il l'est, en effet. Il est bâti sur les restes d'une des premières forteresses normandes, et même s'il a subi de nombreuses modifications au cours des siècles, on retrouve par endroits des murs de la structure primitive. Comme la plupart de ces vieilles bâtisses, il a la réputation d'être hanté.

— Hanté ? Tu vois que j'avais raison ! lança Adrian, triomphal, à l'adresse de sa sœur.

Quand maître Vinton eut pris congé, c'était surtout l'ombre du vicomte Trevillyan qui paraissait menaçante au frère et à la sœur. Ils avaient beau se répéter qu'Adrian était maintenant en possession d'une fortune qui dépassait de loin leurs plus folles espérances, ils ne pouvaient se défaire d'un profond sentiment de malaise que même une nouvelle visite aux écuries pour admirer les chevaux magnifiques et les nombreuses voitures qui leur appartenaient désormais ne parvenait pas à dissiper.

— Tu crois que lord Trevillyan pourrait nous faire du mal ? s'inquiéta April, à qui son frère avait raconté leur entrevue avec le notaire.

— Il m'assassinerait volontiers, j'en suis sûr, marmonna ce dernier.

— Pas de mélodrame, veux-tu, intima Daphné. Il a certainement été déçu que l'héritage de sir Huxley lui échappe, mais c'est sans aucun doute un gentleman, et il saura se montrer beau joueur.

— En tout cas, si on retrouve mon corps exsangue au fond d'un fossé, tu ne pourras pas dire que je ne t'avais pas prévenue ! répliqua Adrian.

Mais après un succulent dîner dans l'élégante salle à manger, leur optimisme naturel reprit le dessus. Ils étaient riches, après tout, et ils passèrent la soirée à faire des projets et à dresser la liste de leurs futurs achats. Un manteau de cachemire et un haut-de-forme pour Adrian, des robes de mousseline, une pelisse et un manchon d'hermine pour April, des robes, un châle des Indes et un turban de soie pour Daphné.

À l'heure du coucher, chacun regagna sa chambre sans se faire prier.

Daphné retrouva avec délices son lit douillet et, cette fois-ci, s'endormit à peine la tête posée sur l'oreiller.

Elle se réveilla au beau milieu de la nuit, grelottant malgré les couvertures et la courtepointe. Le feu se mourait dans la cheminée et l'obscurité était presque totale. Elle avait beau se recroqueviller, le froid était si intense qu'elle claquait des dents. Elle se redressait pour aller remettre des bûches dans la cheminée quand elle perçut soudain une présence dans la pièce. Au même moment, une plainte étouffée monta des ténèbres, et elle sut intuitivement qu'il ne s'agissait pas d'April ou d'Adrian. Une vague de terreur la submergea tandis qu'elle comprenait que le son, mi-soupir mi-gémissement, ne provenait pas d'un être humain.

Quelqu'un, *quelque chose* était entré dans sa chambre…

3

Le cœur battant à s'en faire éclater la poitrine, Daphné bondit hors du lit et s'empara du bougeoir d'argent posé sur sa table de nuit. Ce n'était pas vraiment une arme digne de ce nom, mais c'était tout ce qu'elle avait sous la main pour se défendre. Luttant contre la terreur qui l'oppressait, elle tourna les yeux vers l'endroit d'où provenait la plainte et, à sa grande horreur, discerna une brume blanche, aussi diaphane qu'un nuage, qui se balançait doucement au milieu de la chambre.

— Qui que vous soyez, je vous somme de quitter cette pièce immédiatement ! ordonna-t-elle avec une autorité inversement proportionnelle à la peur qu'elle ressentait.

L'étrange gémissement cessa abruptement et l'ombre blanche parut se recroqueviller sur elle-même au son de sa voix.

Serrant le chandelier à s'en faire blanchir les phalanges, Daphné fit un pas en avant. La mystérieuse silhouette recula d'autant. Enhardie par son succès, elle s'approcha davantage et vit avec plaisir l'étrange créature battre de nouveau en retraite.

— Dehors ! Vous n'avez rien à faire ici ! intima-t-elle.

À sa grande surprise, et à son immense soulagement, la fragile silhouette s'évanouit soudain comme si elle n'avait jamais existé. Elle perçut un mouvement du côté du mur le plus éloigné, mais ne parvint pas à percer les ténèbres.

Le courant d'air glacial qui la faisait claquer des dents un instant plus tôt s'était également dissipé. Il ne faisait certes pas chaud dans la chambre, comme il était normal au petit matin dans une pièce de cette taille où le feu se mourait, mais la température n'avait plus rien à voir avec le froid polaire qui l'avait réveillée.

Que diable s'était-il passé ? Les mains de la jeune femme tremblaient tellement qu'elle dut s'y reprendre à trois fois pour allumer les bougies. La chaude lumière qui inondait maintenant la chambre acheva de la rassurer. Elle enfila prestement sa robe de chambre et entreprit de ranimer le feu.

Il lui fallut néanmoins rassembler tout son courage pour aller examiner le mur devant lequel avait disparu la mystérieuse apparition. Elle ne vit tout d'abord rien. Puis elle remarqua dans les motifs chinois du papier peint une fine rayure, aussi fine qu'un cheveu. Du bout du doigt, elle suivit les contours de ce qui ressemblait à une… porte ! Son cœur s'emballa de nouveau.

« Arrête ! Cela n'a rien d'extraordinaire », se morigéna-t-elle. Ce manoir séculaire avait été remanié à de nombreuses reprises au fil du temps. Jadis, il avait dû y avoir à cet endroit une porte qui communiquait avec une autre chambre à coucher, ou avec une garde-robe ou un boudoir. Il n'y avait aucune raison de s'étonner, du moins l'espérait-elle.

Il ne fallait pas songer à se rendormir, aussi décida-t-elle de s'asseoir devant la cheminée pour tenter de rassembler ses idées. Il ne pouvait s'agir d'un fantôme. Les fantômes n'existaient pas, elle le serinait sur tous les tons à April et à Adrian. Ce qu'elle avait vu, ou *cru* voir, était tout simplement une hallucination due à un environnement étranger, aux brumes mal dissipées du sommeil, à la fatigue, à son imagination, ou à tout cela à la fois.

On pouvait certainement trouver bien des explications logiques à ce qu'elle avait vu et entendu. Elle était seule dans cette chambre, et l'avait toujours été.

« Puisque tu en es tellement convaincue, lui chuchota une petite voix, pourquoi ne pas retourner te coucher ? »

Parce qu'elle n'avait aucune envie de se réveiller et de « la » retrouver en train de gémir à côté de son lit. Elle avait beau se répéter qu'il s'agissait d'une hallucination, elle savait qu'elle avait bel et bien entendu ces plaintes et qu'elle avait vu quelque chose, même si elle ignorait quoi. Quelque chose qui avait obéi à ses injonctions, en tout cas. Elle frissonna. Elle cherchait une explication rationnelle à ce qui s'était passé, mais ne pouvait oublier la façon dont la « chose » avait reculé devant elle, ni comment elle avait interrompu ses gémissements quand elle lui en avait donné l'ordre.

Elle serra autour d'elle les plis de sa robe de chambre et leva les yeux sur la pendule de la cheminée. Il était à peine 4 heures, l'aube était encore loin. Bientôt pourtant, les domestiques se lèveraient discrètement pour que tout soit prêt au réveil des maîtres. Un peu plus tard, une femme de chambre frapperait à sa porte avec un broc d'eau chaude et une tasse de thé. Elle ferma les yeux et réprima un bâillement. Elle ferait mieux de retourner au lit si elle ne voulait pas attirer l'attention et susciter des commentaires.

Si la soubrette qui apporta l'eau de la toilette et le thé du matin fut surprise de trouver mademoiselle endormie dans un fauteuil, elle n'en laissa rien paraître. Elle vaqua sans bruit à ses occupations et referma soigneusement la porte derrière elle.

C'est d'ailleurs le bruit de celle-ci qui réveilla Daphné. Elle sursauta en poussant un petit cri, et se sentit toute bête quand elle comprit ce qui l'avait tiré de son sommeil.

Elle fit rapidement ses ablutions matinales et, une demi-heure plus tard, réussit à arracher un sursaut au flegmatique Goodson qui dressait la table du petit déjeuner.

— Pardonnez-moi, mademoiselle, je ne vous attendais pas de si bon matin. Je vais prévenir la cuisinière que vous attendez votre petit déjeuner. Mlle April et sir Adrian devraient vous rejoindre bientôt ?

— Ils doivent encore dormir sur leurs deux oreilles. Quant à moi, une tasse de thé et quelques toasts me suffiront pour le moment, je vous remercie.

En attendant son thé, Daphné réfléchit aux événements de la nuit. Elle avait espéré qu'à la lueur du jour, elle aurait moins de mal à rassembler ses idées et trouverait une explication à ces étranges phénomènes, mais elle devait avouer qu'il n'en était rien. Elle était maintenant convaincue d'avoir été témoin de quelque phénomène extraordinaire.

Elle aurait aimé demander conseil à une personne plus âgée et plus expérimentée, car il n'était pas question de raconter sa mésaventure à ses cadets. Adrian en ferait toute une histoire et passerait ses nuits à guetter une nouvelle apparition tandis qu'April sursauterait au moindre bruit. En parler à maître Vinton et lui laisser penser que la tutrice d'Adrian n'était qu'une vieille fille hystérique était également exclu.

Jamais Daphné ne s'était sentie aussi seule. Jamais encore elle n'avait mesuré à quel point ils étaient isolés. Tous trois ne pouvaient compter que sur eux-mêmes, mais elle était responsable de leur bien-être et de leur sécurité – ce qui signifiait qu'elle ne pouvait confier à qui que ce soit ce qu'elle avait vu, ou cru voir, la nuit passée.

Il ne fallait surtout pas qu'un esprit mal intentionné vienne remettre en question ses capacités à s'occuper d'Adrian et d'April, surtout maintenant, alors que le titre et la fortune du nouveau baron n'allaient pas manquer de faire des envieux. Si l'on apprenait que sa sœur aînée, qui était aussi sa tutrice, était la proie d'étranges visions nocturnes, il ne manquerait certainement pas de bonnes âmes pour tenter d'en prendre le contrôle jusqu'à la majorité du jeune homme. Qu'une jeune femme célibataire exerce la tutelle sur deux adolescents était déjà suffisamment inhabituel, elle ne pouvait prendre le risque de prêter le flanc à la critique.

Toutefois, elle ne pouvait non plus prétendre que rien ne s'était passé. Il devait bien y avoir dans cette maison quelqu'un susceptible de l'aider. Son regard s'arrêta sur Goodson, qui terminait de préparer la table du petit déjeuner. Il avait dû être des années au service de sir Huxley, tout comme Mme Hutton et une grande partie du personnel, probablement, et il connaissait certainement Beaumont Place comme sa poche.

Elle hésita. Cancaner avec les domestiques ne lui plaisait guère, mais quel autre choix avait-elle ?

— Vous étiez au service de sir Huxley depuis longtemps, Goodson ? demanda-t-elle.

— Depuis ma prime jeunesse, comme mon père, mon grand-père et pratiquement tous mes ancêtres avant moi, mademoiselle, répondit le majordome en souriant. Ma famille sert les Beaumont depuis des générations, comme celle de Mme Hutton, de la cuisinière, et de beaucoup d'autres ici.

— Vous devez très bien connaître ce château et son histoire, j'imagine.

— Oh que oui ! J'ai grandi ici, comme la plupart d'entre nous, et dès que nous en avions le temps et que nous pouvions échapper à la surveillance des adultes, nous partions escalader les anciennes fortifications ou explorer les passages abandonnés ou les souterrains de l'époque normande.

— La demeure étant très ancienne, je suppose qu'il y a toutes sortes d'anecdotes et de légendes qui lui sont associées, remarqua Daphné d'un air détaché. Les histoires de revenants et de spectres ne doivent pas manquer.

Le majordome lui adressa un regard songeur, et elle craignit de s'être trahie. Se pouvait-il qu'il la trouve un peu… bizarre ?

— Elles ne manquent en effet pas, finit-il par admettre non sans réticence, mais, personnellement, je n'attache pas d'importance à toutes ces billevesées. Il est vrai que les premiers Beaumont se sont parfois montrés… brutaux, comme il était fréquent à l'époque, et quelques histoires plutôt déplaisantes sont parvenues jusqu'à nous. Et malheureusement, il se trouve des gens, et pas toujours les mieux placés, si vous me permettez, prêts à les colporter pour impressionner les enfants et les esprits crédules.

— C'est on ne peut plus regrettable, approuva Daphné qui se demandait comment faire pour obtenir les noms de ces personnes. Peut-être auprès de Mme Hutton…

Elle n'eut pas l'occasion d'avoir une conversation privée avec la femme de charge avant la fin de l'après-midi. Elle s'était installée dans une pièce ensoleillée à l'arrière du manoir, dont elle avait décidé de faire son bureau, et examinait les menus de la semaine.

— Nous venons tout juste d'arriver, mais il est évident que la maison est impeccablement tenue, observa-t-elle. Tout le personnel fait un travail remarquable afin de satisfaire à nos besoins et désirs, ce qui n'est pas facile, j'imagine, lorsque l'on se retrouve encombré d'un trio d'inconnus.

— Je vous remercie, mademoiselle, répondit Mme Hutton qui s'empourpra de fierté. Nous avions tellement à cœur que vous vous plaisiez ici, vous, Mlle April et sir Adrian !

— Soyez rassurée, nous nous plaisons beaucoup, sourit Daphné en se remémorant leur minuscule logement londonien et toutes les nuits passées à se demander comment payer les factures.

— Eh bien, si vous n'avez plus besoin de moi, je vais apporter ces menus à la cuisinière. Elle est tellement contente d'avoir de nouveau à mitonner de bons petits plats. Les derniers mois, sir Huxley avait si peu d'appétit qu'il avalait juste un peu de bouillon et de pain... Et après son décès, le château est resté vide si longtemps.

— Beaumont Place a été fermé après la mort de sir Huxley ? s'enquit Daphné, très intéressée.

— Pas exactement. Nous venions régulièrement aérer et faire le ménage, et les jardins ont toujours été entretenus, mais à part les garçons d'écurie, plus personne n'habitait ici. Lord Trevillyan nous avait avertis avant même l'enterrement de sir Huxley que nous serions tous remerciés avec juste un certificat dès qu'il entrerait en possession du domaine. Il a tout le personnel qu'il lui faut dans son joli château et il n'a pas besoin d'une autre résidence dans les environs. Il aurait laissé le manoir à l'abandon jusqu'à ce qu'il tombe en ruine ! Un endroit chargé d'histoire comme Beaumont Place, vous vous rendez compte ! Sir Huxley s'en serait retourné dans sa tombe, conclut-elle avec indignation.

— Dès lors que chacun fait son travail, il n'y a aucune raison de renvoyer qui que ce soit. Mon frère et moi sommes tout à fait satisfaits de l'organisation de Beaumont Place et nous n'avons aucune intention de changer quoi que ce soit pour le moment.

Tant que la cuisinière continuerait à le gaver de ces pâtés de canard qui étaient sa spécialité, Beaumont Place pourrait bien s'écrouler, le nouveau baron et seigneur des lieux ne s'en soucierait même pas...

— Voilà qui fait plaisir à entendre, mademoiselle ! Sir Huxley avait pensé aux plus anciens dans son testament, mais sans emploi permanent, ces derniers mois ont été très difficiles pour beaucoup d'entre nous. Tout le monde a été ravi quand maître Vinton nous a appris qu'il avait découvert un autre héritier qui primait sur le vicomte.

— Je me demandais... commença Daphné en évitant le regard de la femme de charge. Savez-vous à qui je pourrais m'adresser pour me familiariser avec l'histoire de notre famille et de cette maison ? C'est la lettre de maître Vinton qui nous a appris son existence et celle de sir Huxley. Nous avons donc beaucoup à apprendre sur nos ancêtres et notre nouvelle demeure.

— Oh, mais la mère de sir Huxley avait une véritable passion pour l'Histoire ! expliqua Mme Hutton avec enthousiasme. Je crois savoir qu'elle avait rassemblé quantité de documents et de lettres concernant le château et les Beaumont. Ses archives sont conservées dans la bibliothèque. Goodson saura vous dire où exactement.

Même si elle était heureuse d'apprendre l'existence de ces archives, l'idée d'éplucher des années, des siècles peut-être de documents pour la plupart sans intérêt, elle en était sûre, donnait la nausée à Daphné. Elle trouverait des douzaines de lettres pleines de sollicitude entre parents et enfants, des mots polis d'amis et de connaissances divers, des papiers officiels et peut-être, si elle avait de la chance, un échange passionné entre deux amants. Il lui faudrait des semaines, des mois, avant de trouver la moindre référence à des revenants, à supposer qu'elle en trouve.

— Je les consulterai avec beaucoup d'intérêt, mais je me demandais s'il n'existait pas quelqu'un capable de me donner un aperçu de l'histoire familiale.

— Le pasteur Henley est la personne qu'il vous faut. Il est passionné par l'histoire locale et il n'ignore rien de ce qui concerne les principales familles de la région.

Rencontrer le pasteur se révélerait certainement utile, mais il était peu probable qu'un homme d'Église accorde beaucoup d'importance au surnaturel et connaisse les histoires de fantômes qui s'attachaient à une vieille bâtisse.

— Je serais ravie de lui en parler, mais peut-être y a-t-il quelqu'un qui serait au fait des… des histoires plus… moins conventionnelles concernant notre famille, hasarda Daphné en rougissant sous le regard perçant de la femme de charge.

— On vous a parlé de cette malheureuse qui a été assassinée ? s'alarma Mme Hutton.

— Quelle malheureuse ?

— Je n'ai pas l'habitude de cancaner, mais, peu de temps avant votre arrivée, on a retrouvé une jeune femme sauvagement assassinée. Personne ne savait qui elle était, et la pauvre a été enterrée dans le carré des indigents. Il paraît qu'elle avait été mise en pièces comme si une bête fauve l'avait attaquée. C'est un des fermiers, Brierley, qui a trouvé le corps, et comme sa femme et moi sommes des amies très proches…

— Je comprends. Et on a trouvé le meurtrier ?

Mme Hutton secoua la tête.

— Non. Les autorités ont pourtant fait leur possible.

— Euh… ce qui m'intéresse, ce sont plutôt les histoires qui se transmettent de génération en génération, expliqua Daphné, pour qui un seul spectre était amplement suffisant.

— Dans ce cas, vous devriez vous adresser à Anne Darby, la sœur de Goodson. C'est notre sorcière locale, gloussa Mme Hutton.

— La sœur de Goodson est une sorcière ? répéta la jeune femme, stupéfaite.

— Mais oui, et cela l'ennuie beaucoup, vous pensez bien ! Elle vit dans un petit cottage à la sortie de Penzance. Son mari est mort il y a des années et elle s'est retrouvée avec trois filles à élever. Elle n'a pas eu le choix ; elle a dû vendre des potions et dire la bonne aventure pour les faire vivre. Je ne crois pas un mot de ce qu'on raconte sur elle, qu'elle ferait de la magie noire et ce genre de choses. Je la connais depuis l'enfance, je sais que c'est une personne comme il faut et qu'elle a un cœur d'or.

— Et elle connaît les… légendes qui concernent Beaumont Place ?

— Tout le monde les connaît, par ici, mais si vous voulez des histoires à vous faire dresser les cheveux sur la tête, c'est à Anne qu'il faut vous adresser. Mais vous devrez attendre quelque temps, sa fille cadette attend son premier enfant et elle est à Polperro pour l'accouchement. Elle devrait rentrer au début de l'année.

La femme de charge aurait parlé d'une dizaine d'années, Daphné n'aurait pas été plus catastrophée. En attendant, il lui faudrait se contenter du pasteur et des archives de la bibliothèque. À moins que…

— Vous avez dit que tout le monde par ici connaît ce genre de légendes. Vous aussi ?

— Bien sûr, mais en ce qui me concerne, je n'y ai jamais cru. Pour voir des spectres batifoler dans les couloirs ou les entendre fredonner au milieu de la nuit, il faut avoir l'esprit dérangé, si vous voulez mon avis.

— Quelqu'un a déjà prétendu avoir vu des fantômes à Beaumont Place ? s'enquit Daphné, qui ne savait si elle devait se réjouir ou s'alarmer de la nouvelle.

— Oh, des chambrières sans cervelle ont prétendu qu'elles avaient vu des choses étranges, et quand nous étions enfants, les vieux domestiques nous racontaient des histoires de revenants pour nous faire tenir tranquilles. Même du temps de sir Huxley, il y a eu une jeune demoiselle de Londres, une petite évaporée, si je puis me permettre, qui a réveillé toute la maison en hurlant qu'il y avait un fantôme dans sa chambre et qu'il lui avait même touché le visage. À mon avis, elle voulait se rendre intéressante. Elle était en visite avec sa famille, et on murmurait que sir Huxley était sur le point de la demander en mariage, mais bien sûr, après cette histoire, on n'en a plus entendu parler.

— Je m'en doute. En tout cas, merci beaucoup pour tous ces renseignements, madame Hutton. Cependant, je préférerais que ces histoires ne parviennent pas aux oreilles de sir Adrian ou de ma sœur. Mon frère s'en délecterait, mais April est très impressionnable et elle risquerait de les prendre au sérieux. Et sir Adrian se ferait un plaisir de la taquiner ou de lui faire des farces.

— Je comprends, répondit la femme de charge avec un sourire entendu. Ce sera tout, mademoiselle ?

Daphné la congédia et, une fois seule, réfléchit aux confidences qu'elle venait d'entendre. Elle savait au moins qu'elle n'était pas la première à être le témoin d'étranges événements à Beaumont Place, mais en se rappelant le ton méprisant de Mme Hutton, elle se jura de ne souffler mot à quiconque de ce qu'elle avait *peut-être* vu la nuit précédente.

Le soir venu, il lui faudrait affronter une nouvelle nuit dans sa chambre, et elle frissonna à l'idée d'être de nouveau réveillée par ces curieux gémissements. Bien sûr, elle pouvait toujours déménager dans une autre chambre, mais quel prétexte invoquer ? Celle-ci lui convenait parfaitement, dès lors qu'on ne lui demandait pas de la partager avec un fantôme ou quoi que ce soit d'autre. Et puis, spectre ou pas, elle n'avait pas l'habitude de se laisser intimider.

Ayant un peu de temps devant elle, elle sonna Goodson et lui demanda de lui indiquer où étaient conservées les archives familiales collectées par la mère de sir Huxley.

La bibliothèque était imposante, découvrit-elle, mais accueillante, avec ses épais tapis dans les tons vieux rose, bleu et crème et ses hautes fenêtres flanquées de rideaux gris perle. Les couleurs chaudes des reliures de cuir, bleu, vert, rouge ou vieil or ajoutaient une note de gaieté aux immenses rayonnages de chêne qui montaient jusqu'au plafond. Une grande cheminée de marbre réchauffait la pièce. Les tables de travail, de taille et de hauteur différentes, avaient été disséminées un peu partout, de même que les fauteuils et les canapés recouverts de velours bordeaux et bleu roi.

L'endroit séduisit immédiatement la jeune femme, qui s'imagina sans peine lisant au coin du feu les après-midi d'hiver. Mais en découvrant la quantité de documents rassemblés par la mère de sir Huxley, elle fut consternée. Il y en avait des rayonnages entiers ! Il lui faudrait des années pour en venir à bout, songea-t-elle.

Puis, s'efforçant de se ressaisir, elle carra les épaules. Autant commencer tout de suite.

Quand elle rejoignit Adrian et April pour le dîner, les yeux lui brûlaient et elle avait un début de migraine. Déchiffrer les pattes de mouche des Beaumont était en soi un défi, quant à savoirs de quoi ils parlaient… Après des heures passées à lire les récits insipides de dîners et de réceptions, les descriptions des toilettes portées à des bals et les derniers potins concernant des gens morts depuis une éternité, se trouver face à face avec un spectre lui apparaissait un répit bienvenu.

Elle était pourtant moins sûre d'elle quand, ce soir-là, elle referma la porte de sa chambre. Elle alluma toutes les bougies, s'emmitoufla dans sa robe de chambre et s'assit au coin du feu avec la ferme intention de veiller toute la nuit. En dépit de ses bonnes résolutions, son corps la trahit et, avant que les douze coups de minuit aient sonné, elle dormait à poings fermés dans son fauteuil.

Elle se réveilla juste avant l'aube, considéra d'un œil morne les bougies qui achevaient de se consumer, décida que les fantômes ne viendraient pas cette nuit et rejoignit son lit avec bonheur.

À la fin de la semaine, comme rien ni personne n'était venu troubler son sommeil, elle commença à se demander si elle n'avait pas été le jouet de son imagination. Évidemment, il y avait toutes ces histoires… Des histoires auxquelles Goodson et Mme Hutton refusaient d'accorder le moindre crédit…

Et si eux-mêmes n'y croyaient pas, pourquoi devrait-elle y ajouter foi ?

Ne sachant trop par où commencer lorsqu'elle s'était attelée aux archives des Beaumont, elle avait débuté sa lecture là où la mère de sir Huxley s'était interrompue, une trentaine d'années auparavant, et remontait le temps. La tâche s'était révélée beaucoup moins aride qu'elle ne l'avait craint. En fait, elle prenait la plupart du temps plaisir à se familiariser avec la famille à laquelle elle appartenait. Cependant, aucun nouvel incident n'étant survenu, elle en venait à douter de l'utilité de s'enfermer dans la bibliothèque des heures durant. Elle était remontée jusqu'à l'époque du grand-père de sir Huxley et avait hâte d'en arriver au moment où la famille avait éclaté, mais l'automne jetait ses derniers feux, et elle jugea préférable d'en profiter pour sortir avant que l'hiver ne s'installe définitivement. Elle remit donc aux longues journées de froidure la suite de ses investigations.

Tous trois s'étaient rapidement adaptés à leur nouvelle existence et songeaient rarement à l'ancienne. Au fil des semaines, ils firent la connaissance de tous leurs fermiers et métayers, de la plupart de leurs voisins, et de toute l'aristocratie locale, à l'exception de lord Trevillyan.

Ils fréquentaient assidûment la famille du pasteur Henley. Adrian et les deux fils aînés, Quentin, qui était un peu plus âgé que lui, et Maximilien, qui était un peu plus jeune, s'étaient liés d'amitié. April et Rebecca, l'aînée des filles de cette grande famille, étaient devenues une paire d'amies. Quant à Daphné, elle appréciait beaucoup la compagnie de Mme Henley, une femme de cœur et de grand bon sens à son avis.

Le pasteur, lui, était un gros homme jovial qui les avait accueillis chaleureusement. Daphné éprouvait parfois une pointe de culpabilité à la pensée qu'elle ne l'avait approché que pour lui extorquer quelques légendes qu'il pourrait connaître. Elle n'avait pas imaginé que leurs deux familles deviendraient si proches.

Quand, avec moult précautions, elle avait enfin abordé le sujet, le pasteur ne s'était pas fait prier pour lui raconter quelques histoires à faire se dresser les cheveux sur la tête. La plupart remontaient à l'époque de la guerre civile entre les Têtes rondes de Cromwell et les Cavaliers de Charles Ier. Ces récits étaient passionnants, mais n'éclairaient en aucune façon les événements qui l'avaient tellement troublée, même si l'homme de Dieu avait mentionné en passant quelques escaliers dérobés ou passages secrets.

Enfin, puisque le spectre ne s'était plus manifesté, elle était ravie de ne plus y penser et de profiter de sa nouvelle vie et de la compagnie de ses nouveaux amis.

Les fêtes de fin d'année passèrent comme un enchantement. Pour la première fois de leur vie, les Beaumont n'avaient pas de problèmes d'argent, et ils dépensèrent sans compter pour se gâter mutuellement. Ils reçurent avec prodigalité leurs voisins et leurs fermiers, et se laissèrent volontiers emporter dans le tourbillon de bals et de réceptions qui marquaient cette période. Au personnel de Beaumont Place s'ajouta un valet de chambre pour Adrian, et deux femmes de chambre pour Daphné et April.

Mais leur plus beau cadeau de Noël fut l'arrivée de leur bien-aimée Ketty par une glaciale nuit de décembre, peu avant la fin de l'année. Dès qu'elle avait reçu la lettre de Daphné, Mlle Kettle avait donné son congé à ses nouveaux employeurs et pris ses dispositions pour les rejoindre en Cornouailles. Lorsque leur vieille amie pivota sur elle-même dans le hall, effarée par tant de luxe et d'élégance, Daphné sentit sa gorge se nouer. Avec son manteau râpé, son vieux chapeau cabossé d'où s'échappaient quelques mèches filasse et ses gants usés jusqu'à la corde, Ketty semblait perdue au milieu du hall imposant.

— Le bon Dieu a enfin exaucé mes prières ! s'écria la brave femme, les yeux embués de larmes. J'ai tellement prié pour qu'il prenne soin de mes trois poussins, et qu'il nous réunisse de nouveau. Et regardez cet endroit ! Je n'en crois pas mes yeux. Mon Adrian devenu *sir* Adrian, et habillé comme un lord. Si je vous croisais dans la rue, je ne sais pas si je vous reconnaîtrais, mon petit. Jamais je n'aurais osé rêver pareil changement.

— Ce n'est pas un rêve, Ketty ! s'exclama l'adolescent en la soulevant dans ses bras pour la faire virevolter. C'est tout simplement un miracle.

— Arrêtez tout de suite, sir Adrian ! Ce ne sont pas des façons pour un jeune homme comme il faut. Je ne sais pas où vous avez pris ces manières, mais ce n'est certainement pas moi qui vous les ai inculquées !

Adrian la reposa en riant et, dès qu'elle eut retrouvé son équilibre, la vieille demoiselle examina les deux sœurs et fondit en larmes.

— Mon Dieu, moi qui m'étais préparée à ne plus jamais revoir mes chères petites colombes, fit-elle en tâtonnant dans ses poches à la recherche d'un mouchoir. Je me suis fait tellement de souci pour vous, seules au monde, me demandant ce que l'avenir vous réservait.

— Chère Ketty ! s'écria April en se jetant dans ses bras. Je suis si contente de vous voir. Vous m'avez tellement manqué.

— Moi aussi, vous m'avez manqué ! Si vous saviez à quel point, mon agneau.

— Notre bonheur n'aurait pas été complet sans vous, chère Ketty, assura Daphné en venant embrasser cette dernière.

L'arrivée de Mlle Kettle acheva de les ancrer dans leur nouvelle vie. Enfin, ils se sentaient chez eux à Beaumont Place. Dès la mi-janvier, une fois que leur ancienne gouvernante, maintenant bien installée, eut recommencé à les houspiller comme au bon vieux temps, ils avaient l'impression d'avoir toujours vécu là. Leur passé était définitivement enterré, et plus jamais ils n'auraient de soucis à se faire.

L'hiver se révéla particulièrement clément, au point que par une belle matinée de janvier, cédant aux supplications de son frère, Daphné accepta d'aller faire un pique-nique sur la plage. Les terres des Beaumont s'étendaient jusqu'aux rivages de la Manche, mais ils n'avaient encore jamais poussé jusque-là. Les falaises qui tombaient quasiment à pic dans la mer étaient truffées de grottes et d'anfractuosités qui, racontait-on, faisaient encore les beaux jours des contrebandiers de tout poil. Les plages étaient étroites, nichées dans les creux des falaises, coupées çà et là par des amas de rochers qui s'avançaient au milieu des flots impétueux. Les marées montaient très rapidement, ce qui rendait ces endroits particulièrement périlleux pour le promeneur non averti.

Comme s'en plaignit amèrement Adrian, le sentier en lacets qui descendait jusqu'à la plage avait dû être tracé pour les chèvres, mais la descente était superbe. Emmitouflés dans de vieux vêtements, adossés à la falaise, ils étendirent une couverture sur le sable et firent honneur au festin que leur avait préparé la cuisinière, tout en se régalant du merveilleux spectacle des vagues scintillant au soleil. Une fois rassasiés, ils partirent explorer le rivage et ses éboulis rocheux.

De crique en crique, ils perdirent toute notion du temps et, sans s'en rendre compte, s'éloignèrent considérablement du sentier. Ils venaient de franchir en riant un amas de rochers qui s'avançait dans la mer lorsqu'ils aperçurent deux hommes au pied de la falaise.

À voir leurs vêtements, il ne pouvait s'agir de pêcheurs ou de paysans venus ramasser du varech ou des coquillages et, à en juger par leur mine contrariée, ils n'étaient pas particulièrement heureux de cette rencontre.

— Bonjour, messieurs ! les salua aimablement Adrian en les rejoignant. Je suis sir Adrian Beaumont, de Beaumont Place. Je peux vous aider ? Vous vous êtes perdus ?

— Non, répliqua sèchement le plus petit des deux étrangers en le parcourant du regard, c'est vous qui vous êtes égaré. Je suis au regret de vous informer que vous vous trouvez sur mes terres.

Le mépris perceptible dans son ton cassant hérissa Daphné. Adrian avait dû le sentir, lui aussi, car son sourire s'évanouit.

— Vous en êtes certain ? demanda-t-il, déterminé à être poli. Nous pensions pourtant nous trouver encore sur le domaine des Beaumont,

— Vous pensiez mal. Les terres des Beaumont s'arrêtent là-bas, fit-il en désignant les rochers que le trio venait d'escalader. Ici, vous êtes sur *mes* terres

Sans se soucier des convenances, Daphné s'approcha.

— Et vous êtes ? lâcha-t-elle, quoiqu'elle eût déjà sa petite idée.

L'homme la détailla de la tête aux pieds, et elle fut douloureusement consciente de ses vieux vêtements et de sa chevelure en désordre.

— Vous devez être l'aînée, la vieille fille, observa l'inconnu sans daigner répondre à sa question.

— Je suis effectivement la sœur aînée de sir Adrian et, à en juger par votre arrogance et votre grossièreté, j'en conclus que vous devez être le vicomte Trevillyan, rétorqua-t-elle en le toisant de toute sa hauteur.

— Un point pour elle, Dorian, lâcha d'un ton amusé le deuxième homme, qui était resté en retrait. Tu as trouvé à qui parler.

Daphné tourna les yeux vers le compagnon de Trevillyan.

— À qui ai-je l'honneur ? demanda-t-elle avec hauteur.

Lui adressant un sourire au charme singulier, il se découvrit et s'inclina avec une politesse dépourvue d'affectation.

— Charles Weston, pour vous servir.

4

La première impression qu'eut Daphné de Charles Weston ne fut pas des plus favorables. Il devait être aussi arrogant et mal élevé que le vicomte, supposait-elle, et elle n'avait aucune envie de faire sa connaissance. Il était plutôt bel homme, dans le genre ténébreux, mais il fallait beaucoup plus qu'un sourire enjôleur pour l'impressionner, et la flamme ironique qui dansait au fond de son regard vert n'était pas pour la faire changer d'opinion.

Pourtant, quelque chose, le pli amusé de sa bouche sensuelle peut-être, retint son attention, éveillant en elle un… intérêt typiquement féminin. Elle se secoua mentalement. Elle ne s'attardait plus sur des sottises de ce genre depuis belle lurette. Sa seule préoccupation dans la vie, c'était d'établir ses cadets.

Après avoir adressé un regard froid à Charles Weston, elle se tourna vers le vicomte.

— Veuillez excuser notre erreur, reprit-elle avec raideur. Maintenant que nous connaissons la limite de notre domaine, n'ayez crainte, nous ne mettrons plus *jamais* les pieds sur vos terres. Bonne journée, messieurs.

Avec un signe de tête impérial, elle fit volte-face et se dirigea à grands pas vers les rochers marquant la limite de leur propriété, April trottinant derrière elle. Le visage fermé, Adrian s'inclina brièvement et les rattrapa en quelques enjambées.

Charles observait le trio en train d'escalader les rochers lorsqu'une bourrasque vint opportunément soulever les jupes de la vieille fille, lui donnant l'occasion d'admirer en connaisseur une paire de mollets joliment galbés avant qu'elle rabatte précipitamment ses jupes. Dommage… il ne lui aurait pas déplu d'en voir davantage. À vrai dire, cette rencontre inattendue lui laissait espérer un séjour en Cornouailles moins ennuyeux qu'il ne l'avait craint. Il attendit que le groupe ait disparu pour revenir à son hôte.

— Elle avait raison, tu sais, remarqua-t-il tranquillement. Tu t'es montré grossier et arrogant.

— Oh, mais que m'importe l'opinion d'une parvenue ? Quand je pense que la fortune du vieil Huxley est allée à ce gamin monté en graine ! Ce rien du tout. Et tu as vu sa sœur ? Quelle effrontée ! Comment a-t-elle osé me parler sur ce ton !

— Tu n'avais pas été particulièrement poli, il me semble.

Trevillyan le fusilla du regard.

— Non, et je n'avais aucune raison de l'être.

Charles haussa les épaules et s'en tint là. Il n'avait pu se rendre en Cornouailles aussitôt après avoir pris connaissance de la lettre de Trevillyan comme il l'avait prévu. Julian et Nell avaient fait toute une histoire pour qu'il passe Noël avec eux et il avait fini par céder. Il ne l'avait pas regretté, du reste, car une charmante jeune veuve faisait partie des invités des Wyndham et, pendant quelques semaines, il lui avait consacré toute son attention.

Il s'était enfin mis en route et séjournait chez Trevillyan depuis une semaine. Il n'ignorait rien de la coquette fortune des Beaumont ni de la façon dont un lointain cousin surgi de nulle part l'avait ravie au vicomte. Quand il avait un peu bu, ce qui lui arrivait assez souvent, Dorian revenait sans cesse sur cette injustice qui lui avait été faite et s'indignait qu'un moins que rien, un petit parvenu qui ne connaissait même pas sir Huxley, hérite de son titre et de la fortune qui aurait dû lui revenir.

Charles connaissait parfaitement l'animosité qui avait empoisonné les relations de son hôte avec son riche parent, et il trouvait plutôt amusant ce tour inattendu que lui avait réservé le destin.

— C'est là qu'on a découvert le dernier corps ? questionna-t-il en regardant l'endroit que Trevillyan lui indiquait avant qu'ils soient interrompus.

— Oui. Un certain Furness, qui fait un peu de contrebande à l'occasion, l'a trouvé quelques jours avant ton arrivée. Je lui ai donné une somme rondelette pour qu'il n'en parle à personne. Bien entendu, il a fallu informer Renwick, l'officier de police, et M. Houghton, le magistrat local. Comme moi, ils ont jugé qu'il valait mieux ne pas ébruiter l'affaire. Comme je te l'expliquais dans ma lettre de novembre, le premier meurtre a mis tout le pays en émoi, et si la nouvelle du deuxième se répandait, cela créerait une véritable panique.

— Dans ta lettre, tu mentionnais la découverte d'un autre cadavre, encore plus ancien…

— À mon arrivée, on m'a raconté qu'une jeune fille avait été tuée – avant que Brierly, un métayer des Beaumont, trouve les restes de celle dont je te parlais dans ma lettre. Je n'ai jamais pu en avoir confirmation, mais si c'est vrai, cela ferait le troisième corps en cinq ou six mois. Il n'y a jamais eu de crimes sanglants dans les environs, et c'est très déplaisant…

Charles avait appris l'existence du dernier corps à son arrivée à Lanyon Hall, la résidence de campagne de Trevillyan. Il pensait découvrir peut-être des indices sur le lieu du crime et avait donc attendu de s'y rendre avec impatience.

— C'est une grotte qu'on aperçoit là-bas ? s'enquit-il.

— Oui. La falaise en est truffée. C'est une véritable aubaine pour les contrebandiers et pour tous ceux qui ont quelque chose à cacher.

— Quelqu'un a inspecté l'intérieur de cette caverne ?

— Non. Tout ce que je voulais, c'était qu'on me débarrasse de ce corps et qu'on oublie ce pénible incident. Renwick et Houghton étaient de mon avis. Nous ne tenions pas à ce que la populace devienne hystérique. Aucun de nous n'ayant reconnu la malheureuse, nous en avons conclu qu'il s'agissait d'une pauvre fille venue d'on ne sait où, et que plus vite elle serait enterrée, mieux ce serait. On l'a enterrée le soir même dans le carré des indigents.

— Et comment vous êtes-vous débrouillés pour que personne ne le sache ? interrogea Charles, qui ne voyait pas son hôte manier lui-même la pelle.

— J'ai grassement payé deux fossoyeurs pour s'en charger clandestinement, tard dans la nuit, avoua le vicomte.

— Si je comprends bien, à part toi, seuls Renwick, l'officier de police, Houghton, le magistrat, ce Furness qui a trouvé la jeune fille et les deux fossoyeurs qui l'ont enterrée sont dans le « secret » ? C'est bien cela ?

Trevillyan acquiesça, légèrement gêné.

— Il faut maintenant m'ajouter à la liste, reprit Charles d'une voix suave. Tu es certain de n'avoir oublié personne, ton majordome ou ton valet de chambre, un promeneur qui passait par là, par exemple ? Mis à part le meurtrier, bien sûr.

— Inutile d'ironiser ! Je ne pouvais rien faire en ce qui concerne Furness, et il fallait bien prévenir les autorités. Quant aux fossoyeurs, tu ne voulais tout de même que nous l'enterrions nous-mêmes ?

— C'est ce que j'aurais fait, et je n'aurais pas prévenu les autorités, si j'avais voulu garder l'affaire secrète, rétorqua froidement Charles.

Pivotant sur ses talons, il s'engagea dans un étroit passage à moitié caché dans les rochers. L'escalade n'était pas bien difficile, et il atteignit aisément l'entrée de la caverne, qu'il entreprit d'explorer. Il y faisait très sombre, très humide et elle n'était pas bien grande. Il l'inspecta sommairement, trouva quelques traces de présence humaine, mais rien indiquant que les lieux aient jamais servi à autre chose qu'à entreposer des marchandises de contrebande. Il ne s'attendait pas vraiment à autre chose, du reste, et descendit rejoindre Trevillyan.

— Ce n'est pas là qu'elle a été tuée, lâcha-t-il. Je pense qu'elle a été jetée du haut de la falaise. Son assassin devait espérer que le corps serait emporté par la marée et que, si jamais on le retrouvait, le long séjour dans l'eau expliquerait son état.

— Quel horrible destin ! murmura le vicomte en réprimant un frisson, les yeux rivés sur les vagues qui venaient mourir à leurs pieds.

— D'après ce que tu m'as dit de l'état du cadavre, elle a enduré le pire avant de mourir.

Dorian ne trouva rien à objecter, et les deux hommes se dirigèrent vers le sommet de la falaise. Le jour commençait à baisser, et ils avaient encore plusieurs lieues à parcourir à cheval pour regagner le château.

Ils s'engageaient dans le sentier lorsque des appels frénétiques les arrêtèrent.

— Lord Trevillyan ! Attendez, je vous en supplie ! Nous avons besoin d'aide ! hurlait Adrian qui venait vers eux en courant. Ma sœur Daphné a le pied coincé dans des rochers, dans une grotte que nous explorions. Nous n'arrivons pas à la dégager, April et moi !

— Je ne vois vraiment pas en quoi je peux vous être utile, objecta le vicomte d'un air ennuyé. Enfin, je suis un homme de cœur. Je m'arrêterai à Beaumont Place pour prévenir vos domestiques.

Je suis certain qu'ils pourront secourir votre sœur sans mon aide, conclut-il froidement avant de tourner le dos à Adrian pour poursuivre son chemin.

Blême de rage, l'adolescent allait se ruer sur Trevillyan lorsque Charles l'arrêta.

— Du calme! Pour l'heure, l'important, c'est votre sœur, pas votre orgueil.

Puis, soutenant le regard d'Adrian, il cria:

— C'est une excellente idée, Trevillyan. Pendant ce temps, je vais accompagner sir Adrian et voir si je peux lui être utile.

— Tu es fou? s'exclama le vicomte en se retournant avec tant de précipitation qu'il faillit glisser sur le sentier abrupt. Il fera nuit dans quelques heures à peine.

L'ignorant, Charles demanda à Adrian:

— C'est à quelle distance d'ici?

— Deux lieues environ après les rochers.

— Ce n'est pas si loin. Dorian, nous te laissons le soin de prévenir les gens de sir Adrian et de leur demander d'apporter des couvertures, une soupe chaude, et de quoi confectionner une civière pour ramener la jeune femme à la maison si besoin est. Tu leur expliqueras où nous trouver. Dépêche-toi, intima-t-il devant l'air ébahi de son ami, la nuit ne va pas tarder! Et ne t'inquiète pas pour moi, je suis sûr que sir Adrian pourra me loger pour la nuit. Je te verrai demain à Lanyon Hall.

Sans attendre sa réponse, Charles entraîna fermement le garçon à sa suite.

— Votre sœur est blessée? demanda-t-il, le lâchant pour escalader les rochers.

— Je ne crois pas, mais elle doit être furieuse de s'être fait surprendre aussi bêtement.

— Elle a un caractère aussi emporté que vous ?

— Quelquefois, admit Adrian avec un sourire. Mais, en général, lorsqu'elle se met en colère, il y a une bonne raison. April vous le confirmera.

— Et je suppose qu'April est votre jeune sœur ?

Ne se rendant pas compte qu'on cherchait à le distraire tout en lui soutirant des informations, Adrian répondit volontiers aux questions qu'on lui posait. Comparée à l'attitude grossière de Trevillyan, l'aide inattendue proposée par Charles avait élevé celui-ci au rang de héros.

Sous le charme, Adrian ne se fit pas prier pour lui raconter leur histoire. Quand ils atteignirent la grotte, Weston n'ignorait plus grand-chose du nouveau baron, de sa famille et surtout de sa sœur aînée.

— Adrian ! Je suis tellement contente que tu sois revenu ! s'écria April en se jetant dans les bras de son frère. Il fait presque nuit, et je commençais à avoir peur. Et Daphné qui est toute seule là-dedans, la pauvre ! Elle n'a pas voulu que je reste avec elle et elle m'a dit de guetter ton retour ici. Elle m'a assuré qu'elle était très bien et qu'elle n'avait pas besoin de moi, expliqua-t-elle d'une voix chevrotante.

— C'est parce qu'elle sait que tu as peur dans le noir, bêtasse ! À présent, cesse de gémir, s'impatienta son frère. M. Weston est venu nous aider et lord Trevillyan est parti prévenir les domestiques. On va nous apporter des couvertures et tout ce qu'il faut.

— Vous êtes notre sauveur, monsieur, déclara l'adolescente en levant vers Charles un regard empli d'adoration. Nous vous sommes infiniment reconnaissants.

Charles lui sourit et, pour la première fois, remarqua à quel point elle était jolie. Cette petite allait faire des ravages quand elle ferait son entrée dans le monde. Elle ferait certainement un beau mariage, comme l'espérait son aînée, d'après ce que leur frère lui avait raconté.

— Voyons d'abord ce qu'il en est, lui dit-il. Et attendez pour me remercier que j'aie libéré votre sœur.

Repérant un petit feu à proximité, il ajouta :

— Pourriez-vous aller ramasser un peu plus de bois pour entretenir ce feu ? Mlle Beaumont sera transie quand nous la sortirons de là, il faudra qu'elle se réchauffe rapidement.

— Elle a aussi du feu dans la grotte. Quand Adrian est parti, elle m'a envoyée chercher du bois, et je l'ai allumé avec celui-ci. Mais il en faut beaucoup plus, vous avez raison. Nos gens n'arriveront pas avant la nuit, et un grand feu les aidera à nous trouver.

— En effet, acquiesça Charles avant de se courber pour pénétrer avec l'adolescent dans l'étroit boyau qui marquait l'entrée de la caverne.

Celle-ci était vaste et, à part la lueur vacillante qui indiquait l'endroit où se trouvait Daphné, noire comme un four. Le sol était particulièrement accidenté, jonché de rocs et d'éboulis, mais ils parvinrent tout de même assez rapidement jusqu'à la jeune fille.

Elle était assise sur le sol, le pied droit enterré jusqu'à la cheville sous plusieurs gros rochers. Elle leva la tête à leur approche et dévisagea avec stupéfaction le nouveau venu. Les flammes tremblotantes sculptaient ses traits tirés, sa chevelure sombre retombait sur ses épaules en un écheveau soyeux. Charles éprouva une sensation étrange à ce spectacle, comme si le sol se dérobait sous ses pieds.

Son trouble n'était visiblement pas partagé, à en juger par le déplaisir perceptible dans la voix de la jeune femme lorsqu'elle s'exclama :

— Vous ? Que faites-vous là ?

— M. Weston est venu nous aider, et il a envoyé lord Trevillyan chercher nos domestiques, expliqua Adrian. Avec son aide, nous allons te sortir de là en un rien de temps, tu vas voir.

Comme elle pinçait les lèvres, Charles sourit et, s'accroupissant près d'elle, murmura :

— Votre frère et votre sœur m'ont déjà exprimé leur plus sincère gratitude, vous n'avez donc pas besoin de m'assurer de la vôtre.

Daphné prit une inspiration, plaqua un sourire visiblement forcé sur son visage, puis :

— Eh bien, je vous remercie aussi, monsieur. Nous vous sommes reconnaissants de votre aide.

Charles se retint pour ne pas éclater de rire. Apparemment, la demoiselle préférait finir ses jours enterrée au fond d'une caverne plutôt que d'avoir à le remercier, et il trouvait cette réaction fort intéressante.

— Vous souffrez beaucoup ? s'enquit-il.

— Je ne souffre pas du tout, mais j'ai le pied complètement coincé, répondit-elle, heureuse de changer de sujet. April et Adrian ont essayé de le dégager, mais ils n'ont pas assez de force.

— Eh bien, nous allons voir ce que nous pouvons faire, dit-il en se redressant.

Les blocs qui emprisonnaient le pied de la jeune femme étaient effectivement très serrés, et malgré l'aide d'Adrian, Charles parvint à peine à les faire bouger. Il se débarrassa de son manteau pour être plus à l'aise, le drapa sur les épaules de Daphné et revint à la charge.

Le feu se mourait et il commençait à faire froid dans la grotte, aussi la jeune femme fut-elle heureuse de se pelotonner dans ledit manteau, même s'il s'agissait de celui de Charles Weston. Ce n'était cependant pas son confort qui la préoccupait le plus.

— April va bien ? demanda-t-elle. Adrian, tu sais qu'elle a peur dans le noir, tu devrais peut-être aller la voir.

— Ne vous inquiétez pas pour elle, répondit Charles. Elle est allée ramasser du bois et avec le feu qu'elle va faire, elle n'aura plus peur du noir. Elle m'a l'air d'une jeune fille très raisonnable.

— Bien sûr qu'elle l'est, riposta Daphné. C'est juste que je me fais du souci pour elle. Elle n'a que…

— Pour le moment, c'est pour vous que vous devriez vous faire du souci, coupa Charles.

Dieu que cet homme était grossier et autoritaire ! songea-t-elle. Décidément, sa première impression avait été la bonne. Il était peut-être beau garçon, et s'était certes déplacé pour les aider, mais il n'en demeurait pas moins un mufle. Qu'elle s'inquiète pour sa sœur était légitime, et il n'avait pas à lui faire de remarque.

Charles jeta un regard autour de lui. Il n'aimait pas du tout l'angle menaçant de certains rochers. Si un nouvel éboulement se produisait, il risquait de boucher l'entrée de la grotte, et peut-être même d'ensevelir Daphné. Il s'attaqua au tas qui bloquait le pied de celle-ci avec une énergie renouvelée en gardant un œil sur la voûte fissurée.

Il faillit triompher lorsque le plus gros des blocs qui emprisonnaient la cheville de la jeune femme bougea légèrement, mais un nouvel éboulis eut rapidement raison de sa satisfaction. Il croisa le regard de Daphné et comprit qu'elle aussi avait parfaitement conscience du danger. Belle, intelligente et courageuse, se dit-il, les yeux toujours rivés aux siens.

Lui adressant un regard entendu, elle déclara calmement :

— Adrian, le feu va s'éteindre si on n'y ajoute pas de bois. Veux-tu aller voir si April en a ramassé suffisamment, s'il te plaît ?

L'adolescent hésita. Son regard passa de l'un à l'autre. Peut-être sentait-il qu'on lui cachait quelque chose.

— Votre sœur a raison, renchérit Charles. Nous ignorons combien de temps il va nous falloir pour la dégager, et nous avons besoin d'entretenir ce feu aussi bien pour nous éclairer que pour la réchauffer. Et votre absence va me permettre de souffler un peu, ajouta-t-il avec un sourire.

Le garçon ne paraissait pas convaincu. Daphné était bien placée pour savoir à quel point il pouvait se montrer entêté, et elle sentit le découragement l'envahir.

— Ce ne sera pas une tâche facile, reprit Charles. La nuit promet d'être longue, et nous aurons besoin d'une grande quantité de bois.

— Très bien fit Adrian. Je ne serai pas long.

— Je pense que vous devriez aller avec lui, suggéra Daphné une fois que son frère fut hors de portée de voix.

Sa voix était ferme, nota Charles, mais l'anxiété se lisait dans son regard.

— Abandonner une demoiselle en détresse ? répliqua-t-il en ébauchant un sourire. Quelle sorte de héros je ferais !

— Un héros en vie.

Quelques rochers se détachèrent de la voûte et vinrent rouler jusqu'à leurs pieds, comme pour donner raison à la jeune femme.

— Un lâche, plutôt, rétorqua-t-il. Un rôle qui ne m'attire pas particulièrement, je dois le reconnaître.

— Ce n'est pas le moment de plaisanter. Vous savez aussi bien que moi que ces rochers peuvent s'effondrer d'un instant à l'autre. Vous n'avez aucune raison de rester.

— Je crois, au contraire, que j'ai toutes les raisons de rester.

— Monsieur Weston, vous devez partir, insista-t-elle. Vous êtes en danger ici. Allez attendre dehors l'arrivée des secours. À plusieurs, vous pourrez peut-être stabiliser les rochers.

L'ignorant, Charles examina les éboulis avant de s'attaquer de nouveau à l'amas de rochers qui retenaient la jeune femme prisonnière.

— Tirez ! Tirez de toutes vos forces ! ordonna-t-il à Daphné en sentant céder le plus gros des rochers.

Elle lui obéit, pleine d'espoir, et sentit son pied bouger légèrement. Prenant appui sur le sol caillouteux, elle tira encore et encore sans se soucier de la douleur. Son cœur bondit dans sa poitrine lorsque son pied sortit de quelques centimètres. Elle redoubla d'efforts, en vain.

— Je n'y arrive pas, murmura-t-elle, déçue. L'étau s'est desserré, mais pas suffisamment.

Une nouvelle pluie d'éboulis provoqua un nuage de poussière qui les fit tousser tous deux. Comme Charles lui jetait un coup d'œil, Daphné dit doucement :

— Partez, il est plus que temps.

— Pas question ! répliqua-t-il, le visage fermé, avant de se remettre à la tâche.

Il y eut un grondement menaçant, puis des morceaux de roche s'abattirent de nouveau autour d'eux.

— Essayez encore ! hurla Weston en sentant le plus gros rocher céder sous son épaule. Tirez !

La jeune femme tira et tourna le pied dans tous les sens. Des larmes de frustration ruisselaient sur sa figure couverte de poussière. Elle avait la cheville en sang, elle était épuisée, mais elle redoubla néanmoins d'efforts, chaque millimètre chèrement gagné lui redonnant un peu d'espoir.

— Je n'y arrive pas ! finit-elle par crier, à bout. J'ai gagné quelques centimètres, mais pas plus. Je n'ai pas assez de forces.

— Mais si ! riposta-t-il durement. Vous allez vous dégager, c'est moi qui vous le dis ! Nous allons y arriver, Daphné. Je vais pousser ce maudit rocher, et vous allez tirer, bon sang !

L'épaule calée contre la surface lisse, il poussa avec l'énergie du désespoir. Tous ses muscles demandaient grâce, pourtant, le rocher finit par bouger, et il fut récompensé de ses efforts par le cri triomphant de Daphné lorsqu'elle se dégagea enfin.

Il n'eut que le temps de faire un bond de côté avant qu'une nouvelle avalanche s'abatte juste à l'endroit où il se tenait une seconde plus tôt.

À bout de souffle, il se laissa tomber à côté de la jeune femme et tressaillit en voyant l'état de sa cheville.

— Ce n'est pas beau à voir, admit-elle, mais c'est superficiel, je n'ai rien de cassé.

Elle hésita un instant, puis :

— Merci. Je vous suis infiniment reconnaissante de ce que vous venez de faire pour moi.

— Pouvez-vous vous lever ?

— Je pense que oui, encore que je risque d'avoir le pied un peu engourdi au début.

Avec son aide, elle parvint à se lever et à se tenir debout, même si sa cheville l'élançait douloureusement quand elle s'appuyait dessus.

— Je ne suis pas près d'aller explorer les rochers, croyez-moi, dit-elle avec un sourire penaud.

— C'était de la folie, commenta Charles avec brusquerie. Nous avons eu une chance de tous les diables. Cette histoire aurait pu avoir une fin tragique.

Il scruta le visage maculé de larmes et de poussière de la jeune femme, ses traits tirés, et la pensée qu'elle aurait pu mourir, qu'il n'aurait jamais eu la possibilité de la connaître vraiment le terrifia, et le rendit d'autant plus furieux qu'il ne s'expliquait pas sa réaction.

— Vous vous rendez compte que vous auriez pu être tuée ? Ces rochers auraient pu s'effondrer à n'importe quel moment, et votre frère et votre sœur auraient pu se retrouver coincés ici avec vous sans que personne n'en sache rien. Vous n'y avez pas pensé avant d'avoir l'idée saugrenue d'explorer cette maudite grotte ?

— Je vous suis sincèrement reconnaissante de votre aide, rétorqua Daphné d'un ton pincé, mais cela ne vous autorise pas à me faire la leçon. Ce qui s'est passé est fâcheux, je vous l'accorde, mais cela aurait pu arriver à n'importe qui, et vos critiques me déplaisent.

— Pour le moment, je me moque éperdument de ce que vous pensez, gronda Charles, toujours en proie à cette émotion qu'il ne s'expliquait pas.

— Cela tombe bien, parce que moi aussi ! Vous êtes l'homme le plus arrogant et le plus autoritaire que j'aie jamais rencontré.

— C'est possible, mais au moins, je n'ai pas besoin d'une nounou, ce qui n'est pas votre cas !

Ils tournèrent la tête d'un même mouvement en entendant un brouhaha de voix. C'est seulement alors que Daphné remarqua combien l'entrée avait rétréci. Elle paraissait à présent à peine assez large pour laisser passer un enfant. Cela ne l'inquiéta cependant pas outre mesure. Il faudrait un peu de temps, mais il était possible de l'élargir, et avec les secours qui arrivaient, ils retrouveraient l'air libre plus vite encore. Et plus tôt elle serait débarrassée de ce détestable Charles Weston, mieux ce serait.

La tête et les épaules d'Adrian apparurent dans la petite ouverture. Son visage s'éclaira en voyant son aînée sur pied.

— Tu es libre ! s'écria-t-il. M. Weston a réussi à te dégager !

— Oui, admit Daphné à contrecœur. Il ne reste plus qu'à élargir cette brèche, et je pourrai enfin sortir d'ici.

— Ce ne sera pas long, assura son frère. Une demi-douzaine de nos domestiques viennent d'arriver avec du pain, du fromage, de la soupe, des couvertures, de quoi fabriquer une civière… tout un tas de choses. Lord Trevillyan est là aussi, ajouta-t-il. Il a dit que puisqu'il connaissait l'endroit exact où nous nous trouvions, il valait mieux qu'il y conduise nos gens. C'est vraiment gentil de sa part, non ?

— Très gentil, reconnut Charles. Je suppose que vos valets ont apporté des pelles, des pioches et tout ce qu'il faut pour nous sortir de là ?

— Oui, bien sûr ! Nous allons commencer tout de suite. On va te sortir de là en deux temps, trois mouvements, Daphné !

La jeune femme l'espérait sincèrement. Son pied la faisait souffrir et, malgré le manteau de M. Weston, elle commençait à avoir froid. Et faim.

Ayant une assez bonne idée de son état, Charles s'écarta d'elle et cria à Adrian :

— Tout cela va prendre un certain temps. Avant de commencer, pourriez-vous nous faire passer des couvertures et de la nourriture ? Et du bois pour le feu, si vous en avez ! De cette façon, votre sœur attendra plus confortablement.

Il ne fallut que quelques minutes pour qu'Adrian leur apporte un plaid épais, des couvertures, une torche, quelques bûches et un panier plein à ras bord. En un rien de temps, le feu crépita joyeusement dans la sombre caverne. Daphné rendit son manteau à Charles et s'enveloppa dans une couverture. Ils sortirent du panier du pain, du fromage, un poulet froid, des fruits et une bouteille de vin. Un repas tout simple, mais qui apparut à Daphné comme un véritable festin.

Les sauveteurs s'attaquèrent à l'ouverture de la grotte. Grâce à la torche que Charles avait allumée, ils pouvaient surveiller l'avancée des travaux, qui semblaient progresser assez rapidement.

La liberté à portée de main, Daphné se sentait soudain dans de meilleures dispositions vis-à-vis de son sauveteur.

— Je crois que nous n'aurons pas longtemps à attendre, commenta-t-elle avec un sourire.

À peine avait-elle prononcé ces paroles qu'un grondement sinistre résonna dans la grotte. Horrifiée, elle leva les yeux. La voûte qui s'était fissurée s'effondra avec une lenteur cauchemardesque.

Plus vif que l'éclair, Charles bondit, agrippa Daphné et la poussa dans une anfractuosité de la paroi.

Le silence retomba au bout de quelques secondes et, une fois dissipée l'épaisse poussière qui les faisait tousser et pleurer, la jeune femme sentit le cœur lui manquer.

Il n'y avait plus aucune ouverture. Un véritable mur de roches et de débris se dressait devant eux, les coupant totalement du monde extérieur.

— J'ai l'impression qu'il va nous falloir un peu plus de temps que nous ne pensions pour retrouver l'air libre, fit-elle remarquer d'une voix qui tremblait à peine.

— Je crains que vous n'ayez raison.

Ils pourraient s'estimer heureux s'ils sortaient au lever du jour, songea-t-il. Ce qui signifiait qu'il allait vraisemblablement passer la nuit seul avec Mlle Beaumont. Le gentleman qu'il était savait ce que lui dicterait l'honneur une fois dehors, et pourtant, il n'était pas le moins du monde inquiet ou consterné. Il attendait au contraire avec un plaisir mêlé d'amusement de voir l'expression de Daphné lorsque les conséquences de cette nuit passée en sa compagnie lui apparaîtraient. Il avait dans l'idée qu'elle ne serait pas véritablement enchantée quand elle se rendrait compte que, pour éviter un scandale, la bonne société, exigerait qu'ils se marient.

Non, elle ne serait certainement pas ravie, mais il adorait les défis, et il se ferait un plaisir de la faire changer d'avis.

5

Ils parlèrent assez peu, et réussirent à passer une nuit somme toute pas trop inconfortable vu les conditions. Charles avait laissé à Daphné le plaid et les couvertures les plus chaudes dans lesquelles elle s'était chastement enveloppée. Quand le feu s'était éteint, un peu avant l'aube, Weston avait allumé la torche, histoire de ne pas passer de longues heures dans le noir. Il restait suffisamment de pain et de fromage pour tromper leur faim, et ils avaient encore un peu de vin pour se réconforter en attendant qu'on les délivre, dans l'après-midi si tout allait bien.

Charles s'était montré exagérément optimiste, et ils durent non seulement passer une deuxième nuit, beaucoup plus inconfortable que la première, dans la grotte, mais encore attendre la fin de la deuxième journée avant que leur calvaire prenne fin.

Ces longues heures d'angoisse passées côte à côte avaient tissé entre eux un lien, une intimité qu'ils n'auraient pas cru possible vingt-quatre heures plus tôt. La présence de M. Weston et son apparente indifférence au sort qui les attendait réconfortèrent Daphné et l'empêchèrent de céder au découragement.

Ils s'attachèrent à se comporter comme si de rien n'était et conversèrent poliment – Daphné se montrant quelque peu guindée tandis que Charles semblait à demi amusé. Ils partagèrent ce qu'il restait de nourriture et aucun n'eut le mauvais goût d'évoquer la possibilité que leur vie s'achève dans cette caverne humide.

— J'ai l'impression que notre délivrance approche, observa calmement Charles quand une petite lueur pointa là où se trouvait l'entrée de la grotte avant l'éboulement. Ce n'est pas trop tôt, ajouta-t-il en aidant sa compagne à se lever. Je ne pense pas qu'une troisième nuit dans cet endroit vous aurait réussi.

— À vous non plus, rétorqua-t-elle. Je suis certaine que vous êtes aussi transi et affamé que moi, et que vous avez hâte d'oublier cette aventure !

Charles la scruta un instant avant de lâcher :

— C'était vraiment si terrible que cela ?

— Ç'aurait été bien pire si j'avais été seule, admit-elle, et l'honnêteté la poussa à ajouter : C'était fort chevaleresque de votre part de rester avec moi, et je vous en remercie. Soyez assuré de ma gratitude éternelle.

Charles s'apprêtait à lui dire ce qu'elle pouvait faire de sa gratitude lorsque retentit un cri triomphant. Levant la tête, il aperçut le visage rayonnant d'Adrian.

— Sapristi, ça fait plaisir de vous voir ! Encore un peu de patience, nous allons vous sortir de là !

Les éboulis étant instables, il fallut encore un bon moment avant qu'une ouverture assez large pour qu'ils s'y faufilent soit pratiquée dans le mur de rochers.

Épuisés, affamés, crasseux, couverts de bleus et d'écorchures, ils émergèrent enfin à l'air libre. Pendant les deux jours qu'avait duré leur captivité, la nouvelle de l'accident s'était répandue dans toute la région et Daphné découvrit, stupéfaite, qu'une bonne quarantaine de personnes les attendaient hors de la grotte.

Le pasteur et M. Renwick, leurs épouses, lord Trevillyan, et même maître Vinton, ainsi qu'une foule d'inconnus s'étaient joints aux domestiques et aux métayers de Beaumont Place. Une clameur enthousiaste s'éleva lorsque la jeune femme, suivie de Charles, fit son apparition. April, Ketty, la femme du pasteur et même la brave Mme Hutton se précipitèrent pour embrasser la rescapée et l'entraîner jusqu'à l'un des grands feux allumés sur le rivage.

Ketty l'enveloppa d'une chaude pelisse et Mme Henley lui glissa une tasse de bouillon brûlant entre les mains. April se cramponnait à elle comme un chaton apeuré, tandis que Mlle Kettle ne cessait de lui caresser les cheveux, comme pour se rassurer. Adrian, quant à lui, après une étreinte pleine d'émotion contenue, laissa son aînée aux bons soins des femmes et partit rejoindre le petit groupe qui se pressait autour de M. Weston.

— Votre frère est un garçon bien, observa Mme Henley comme Daphné le suivait des yeux. Personne n'a travaillé plus dur que lui pour vous libérer. À présent, buvez-moi cette bonne soupe, et ne vous faites plus de souci !

Docilement Daphné avala une gorgée de liquide chaud.

— Merci, murmura-t-elle. C'est tellement gentil de votre part à tous d'avoir apporté votre aide.

— Tout le monde était affreusement inquiet, avoua Mme Henley. Cela n'a pas dû être facile pour vous de vous trouver enfermée avec ce M. Weston, ajouta-t-elle, le regard scrutateur. Vous ne le connaissiez pas du tout, n'est-ce pas ?

Comme Daphné ouvrait la bouche pour répondre, Mme Henley enchaîna :

— Enfin, tout est bien qui finit bien, et si M. Weston n'est pas de la région, je tiens de source sûre qu'il vient d'une excellente famille. Il est cousin du comte de Wyndham, un nom *très* ancien et respecté, précisa-t-elle. Quand nous avons compris que notre chère Mlle Beaumont allait devoir passer la nuit dans cette horrible caverne, en compagnie de cet homme, mon mari a aussitôt pris ses renseignements auprès de lord Trevillyan, conclut-elle en se rengorgeant.

— M. Weston est parent d'un comte ? s'étonna Daphné.

— En effet ! Et il est, paraît-il, propriétaire d'un vaste domaine et d'une fortune conséquente, ce qui est appréciable vu les circonstances, si vous voulez mon avis.

— C'est effectivement fort heureux, renchérit Mme Renwick d'un air entendu.

Mais Daphné ne les écoutait plus et examinait son compagnon d'infortune d'un œil nouveau. Cousin d'un comte ? Ne serait-ce pas merveilleux si cette pénible aventure pouvait offrir à Adrian et à April une chance de se frayer un chemin dans la haute société ? Elle eut aussitôt honte d'avoir une telle pensée. M. Weston avait risqué sa vie pour elle, il l'avait constamment soutenu dans cette épreuve, et au lieu de lui témoigner sa reconnaissance, voilà qu'elle songeait à tirer profit de ses relations ! Même si elle pensait avant tout à son frère et à sa sœur, il n'y avait pas de quoi être fière.

L'intéressé recevait de lord Trevillyan et des autres messieurs qui l'entouraient à peu près le même traitement qu'elle-même. Dans ses vêtements froissés et tachés, avec ses cheveux en bataille et sa barbe de deux jours, il ressemblait davantage à un brigand de grand chemin qu'à un aristocrate. Pour la première fois, elle remarqua sa mâchoire carrée et son menton volontaire. Le parfait gentleman qui lui avait tenu compagnie durant ces deux jours pouvait se révéler un homme dangereux, elle en était certaine. De ceux qu'il valait mieux ne pas mettre en colère.

Alors qu'elle le fixait, il croisa son regard, et ses yeux s'étrécirent. Ignorant le bond que son cœur avait fait dans sa poitrine, Daphné lui adressa un sourire timide, avant de se détourner.

Une bonne moitié de la foule qui se pressait sur la grève les escortèrent, tels des héros, jusqu'à Beaumont Place. Bien que profondément touchée, la jeune femme avait hâte, maintenant qu'elle avait exprimé à tous sa profonde gratitude, de se réfugier dans sa chambre. Adrian et April se montrant des hôtes accomplis, elle n'eut pas trop de scrupules à les laisser s'occuper des visiteurs qui restaient.

Avant de se retirer dans ses appartements, elle donna des instructions afin qu'on prépare des chambres pour M. Weston et lord Trevillyan, qui passeraient la nuit ici. Une demi-heure plus tard, son bain étant prêt, elle s'abandonna avec volupté aux délices de l'eau chaude et des effluves de néroli, non sans se demander si M. Weston goûtait au même plaisir. Avec un parfum différent, bien entendu. Un parfum épicé et viril. Comme lui...

Un bain chaud, c'était exactement ce dont rêvait Charles, mais il avait d'abord une affaire urgente à régler. Si Daphné n'y avait pas prêté attention, lui n'avait pas manqué de remarquer les regards entendus des dames et les conversations à mi-voix des messieurs. Il ne fut donc pas le moins du monde surpris quand le pasteur Henley, accompagné d'Adrian, visiblement mal à l'aise, lui demanda de les rejoindre dans la bibliothèque pour un entretien en privé.

Tout le monde était parti, il ne restait plus que les Henley, Trevillyan et lui. Il savait que ce n'était qu'une question de temps avant que cette entrevue ait lieu. Il allait de soi que tout le monde attendait de lui qu'il se conduise honorablement, et il ne doutait pas que beaucoup de dames à cinquante lieues à la ronde discutaient déjà de la date probable des noces et des toilettes qu'elles y porteraient.

Charles n'avait jamais envisagé de se marier et, jusqu'à ces dernières quarante-huit heures, s'il s'était trouvé dans l'obligation de convoler, il aurait été bien en peine de nommer une seule jeune fille avec qui il était prêt à passer le reste de ses jours. Il n'aurait su dire comment c'était arrivé, mais il était conscient que Daphné Beaumont avait complètement changé son point de vue sur la question. Certes, il était trop cynique pour croire au coup de foudre, mais il ne pouvait nier qu'il y avait chez la jeune femme quelque chose qui faisait que la perspective de l'épouser n'avait rien de… désagréable.

Il se remémora la longue silhouette mince, le mollet qu'il avait admiré alors qu'elle escaladait les rochers, à quoi s'ajoutaient l'intelligence et le courage tranquille qu'il avait lus au fond de ses grands yeux noisette quand elle avait compris quel danger les menaçait et renvoyé son frère. Belle, brave et intelligente. Il n'avait pas à se plaindre, après tout, même s'il doutait sérieusement que Daphné partage son sentiment. Il sourit. Ah, ce goût du défi qu'il avait depuis toujours…

Il laissa Trevillyan poursuivre sa conversation avec Mme Henley, la jeune April et une petite femme accorte du nom de Mlle Kettle, et emboîta le pas au pasteur.

— Vous vous rendez compte, j'en suis sûr, que nous nous trouvons dans des circonstances inhabituelles, monsieur Weston, attaqua Henley, à peine la porte de la bibliothèque refermée.

Mon rôle n'est d'ailleurs pas facile. Vous ne l'ignorez pas, sir Adrian n'est pas majeur, et dans la mesure où cette conversation concerne sa tutrice, Mlle Beaumont, il ne serait pas convenable qu'elle soit présente, même si elle est majeure. Ils n'ont plus de famille et donc personne pour les représenter. À la requête de sir Adrian, j'ai accepté de jouer ce rôle. J'espère que vous n'y verrez pas d'objection.

— Aucune, assura Charles.

— Bien entendu, reprit le pasteur après s'être raclé la gorge, personne ne doute que vous vous soyez conduit en parfait gentleman au cours de votre... réclusion forcée avec Mlle Beaumont. Mais le fait est que vous êtes restés en tête à tête dans cette grotte pendant deux nuits. Vous savez, j'en suis certain, quel tort irréparable a été causé à la réputation de Mlle Beaumont et n'ignorez pas qu'il n'existe qu'un moyen de préserver son honneur et de lui épargner le scandale.

Charles glissa un regard à Adrian qui se tenait, raide comme la justice, un peu en retrait de l'homme d'Église. À en juger par son expression, il aurait voulu disparaître dans un trou de souris Il ne lui avait pas échappé que le jeune garçon l'admirait, et il devinait son dilemme, déchiré qu'il était entre la crainte d'offenser son nouveau héros et son désir de sauver l'honneur de sa sœur.

— Je serai aussi heureux qu'honoré d'épouser votre sœur aînée, déclara-t-il au jeune garçon. Je peux vous assurer que je serai un bon mari et que j'ai les moyens de subvenir à ses besoins.

Le visage d'Adrian s'éclaira.

— Oh, merci, monsieur ! Je savais qu'un gentleman de votre trempe ferait ce que l'honneur exigeait. Mais le fait est… ajouta-t-il en rougissant, vous ne nous connaissez pas, et Daphné pourrait ne pas être… votre genre.

Charles trouva intéressant qu'il ne s'inquiète pas de savoir si *lui*, Charles Weston, plaisait à sa sœur. Il préféra ne pas lui faire part de ses doutes en la matière et lui assura que Daphné était justement son genre.

— Eh bien, puisque nous sommes d'accord sur le principe, je vous propose de reporter à demain les questions matérielles, suggéra le pasteur. Maître Vinton, le notaire de la famille Beaumont, m'a assuré qu'il serait heureux de s'en occuper. Que préférez-vous ? Obtenir une dispense de bans pour vous marier immédiatement ou voulez-vous que je fasse publier les bans ? Je suppose que la cérémonie aura lieu ici ?

— Nous procéderons de façon normale et publierons les bans, répondit Charles, qui avait besoin de ce délai pour convaincre une fiancée, dont il devinait qu'elle serait récalcitrante, de la sagesse de ce mariage. Et je pense que Mlle Beaumont préférera se marier ici. Vous ne croyez pas ? ajouta-t-il à l'adresse de son futur beau-frère.

Ce dernier lui jeta un regard stupéfait. Il n'avait de toute évidence pas l'habitude de prendre des décisions à la place de sa sœur.

— Il vaut mieux voir cela avec Daphné, conseilla-t-il.

— Je le ferai demain matin, quand j'irai lui faire ma demande en bonne et due forme.

— Je vous préviens, elle a tendance à prendre le mors aux dents et à n'en faire qu'à sa tête. Je doute qu'elle apprécie qu'on la tienne en bride.

— Possible, mais je suis persuadé que nous nous entendrons très bien.

— Mlle Beaumont m'est toujours apparu comme une personne raisonnable, renchérit le pasteur, et je suis certain qu'elle sera très honorée qu'un homme du rang de M. Weston lui demande sa main. Nous devons discuter encore de quelques questions, M. Weston et moi ajouta-t-il. Vous ne voyez pas d'inconvénient à nous laisser, sir Adrian ?

— Oh, pas du tout ! Lord Trevillyan m'a promis de m'apprendre à jouer au billard.

— Puisque vous serez occupé avec le vicomte, auriez-vous l'amabilité de prier ma femme de nous rejoindre ici ? Elle voudra certainement commencer à prendre des dispositions pour le mariage, expliqua-t-il.

— Je suppose que vous avez tout arrangé ? questionna la charmante Mme Henley lorsqu'elle vint s'asseoir près de la cheminée, un moment plus tard.

— Il ne reste plus qu'à informer Mlle Beaumont de mes intentions, précisa Charles.

— Ah, oui. Mlle Beaumont a du caractère, mais elle a le sens des convenances, et c'est une personne sensée. Quand nous lui aurons expliqué la situation, elle se rendra à nos raisons. Je suis certaine qu'elle n'a aucune envie d'être mise au ban de la société, et encore moins de voir son frère et sa jeune sœur éclaboussés par cette regrettable affaire. Les langues vont déjà bon train, vous vous en doutez.

— Vous pensez que notre mariage suffira à empêcher le scandale ? questionna Charles.

— À terme, certainement, assura le pasteur. Nous n'éviterons certes pas les commérages. Je suis sûr que Mme Houghton a déjà commencé une lettre à sa fille qui habite Ipswich pour lui raconter les détails de votre… escapade, et que Mme Renwick s'empressera aussi d'écrire à sa sœur qui habite Guildford. Mais la publication des bans dimanche et l'annonce de votre mariage avant la fin du mois feront taire les rumeurs. À mon avis, ce sera l'affaire d'une dizaine de jours, et on n'en parlera plus.

— Ce n'est pas une situation facile pour l'un comme pour l'autre, admit Mme Henley avec un sourire encourageant, mais connaissant Daphné, je pense qu'elle fera une excellente épouse et que vous n'aurez pas lieu de regretter votre union.

— Ce qui me préoccupe, marmonna l'intéressé, c'est de savoir si ce mariage agréera à Mlle Beaumont.

— N'ayez aucune crainte, déclara le pasteur. Elle sera transportée de joie quand vous lui demanderez sa main, j'en suis convaincu.

N'ayant pas la moindre idée de ce qui se tramait, Daphné s'éveilla tôt, le lendemain matin, fraîche et reposée.

Elle sonna la femme de chambre et, à peine une demi-heure plus tard, vêtue d'une robe de cashmire bleu et d'un châle assorti, les cheveux cachemire en un chignon bas, elle pénétrait dans la salle du petit déjeuner. À cette heure matinale, elle s'attendait à la trouver déserte, et s'arrêta net en apercevant la haute silhouette de Charles Weston devant la fenêtre qui donnait sur le jardin. Il lui tournait le dos et elle faillit battre en retraite, mais il l'avait entendue, et pivota sur ses talons.

Il n'avait plus rien du brigand de grand chemin qui l'avait tellement troublée la veille au soir. Coiffé, rasé de près, avec sa chemise et sa cravate immaculée, son gilet discrètement broché, ses chaussures parfaitement cirées et sa redingote de fin lainage vert bouteille, il était l'élégance aristocratique incarnée.

— Bonjour, le salua-t-elle avant de s'approcher du buffet pour se servir une tasse de café. Je ne m'attendais pas à trouver qui que ce soit de si bon matin.

— Je suis du genre matinal, avoua-t-il en s'emparant de sa propre tasse, qui se trouvait sur un guéridon. Vous me paraissez complètement remise de notre… petite aventure.

— Je le suis, en effet. Je tiens à vous remercier encore une fois de votre intervention. Cela restera une expérience déplaisante pour vous comme pour moi, mais de n'avoir pas été seule me l'aura rendue moins pénible. Quelle chance pour nous que vous ayez eu la présence d'esprit de demander de la nourriture et du bois ! Nous… je vous en serai éternellement reconnaissante.

— Vous n'avez pas à me remercier, surtout si l'on considère les conséquences de notre réclusion forcée.

— Les conséquences ? répéta Daphné, les sourcils froncés. Que voulez-vous dire ?

— Réfléchissez deux minutes, voulez-vous. Nous sommes restés *seuls* dans cette grotte pendant deux nuits… sans aucun chaperon…

— Grand Dieu ! Ne me dites pas que certains croient que…

L'image de M. Weston en proie à une passion dévorante, et se jetant sur elle pour l'embrasser lui traversa soudain l'esprit. Elle s'interrompit, les joues en feu.

— Je pense que vous faites une montagne d'une taupinière, articula-t-elle en veillant à ne pas le regarder. Aucune personne sensée ne peut s'imaginer qu'il s'est passé quoi que ce soit de… d'indécent entre nous. Je ne suis pas une gamine tout juste sortie du pensionnat, et vous n'êtes pas…

Que savait-elle de lui, après tout ? Il pouvait parfaitement n'être qu'un libertin à la réputation déplorable, le genre d'homme dont la compagnie suffisait à ruiner la réputation d'une femme. Non, ridicule ! C'était le cousin du comte de Wyndham, et il s'était conduit en parfait homme du monde tout le temps qu'ils avaient passé ensemble.

Elle n'était peut-être qu'une vieille fille, et certainement pas une beauté, mais s'il s'était agi d'un vil séducteur, il aurait profité de l'occasion pour tenter sa chance. À moins que… S'il avait fait preuve d'une telle courtoisie, c'était peut-être justement parce qu'il ne la trouvait pas digne de ses attentions. Elle se ressaisit. Quelle importance, après tout ? Elle n'avait jamais souhaité qu'il s'intéresse à elle, n'est-ce pas ?

— Tout ceci est grotesque, trancha-t-elle, agacée.

— Vous croyez ? En tout cas, ce n'était pas l'avis du pasteur quand il est venu m'en parler hier soir.

— Le… le pasteur ? balbutia Daphné, dont la belle assurance commençait à vaciller. Ce n'est pas possible !

— Je crains que si. Vous ne vous en êtes peut-être pas rendu compte, mais avant même que j'en parle avec M. Henley et votre frère, j'ai eu la nette impression qu'à vingt lieues à la ronde, on attendait l'annonce de nos fiançailles.

Devant la mine horrifiée de la jeune femme, Charles se sentit partagé entre l'envie de rire et l'indignation. Sans être vaniteux, il n'ignorait pas qu'il ne laissait pas le beau sexe indifférent. Il appartenait à l'aristocratie – une excellente lignée ! – et, depuis la mort de sa belle-mère, disposait d'une fortune considérable qui en faisait un parti recherché, et voilà qu'une vieille fille de petite extraction, qui n'avait quasiment pour tout bien que son sourire et ses yeux noisette, faisait la fine bouche à l'idée de l'épouser ! Il y avait de quoi se sentir insulté.

— Je constate que la perspective de m'épouser n'est pas du tout de votre goût, commenta-t-il, narquois.

Complètement abasourdie, Daphné ne savait que dire. Depuis des années, elle ne vivait que pour son frère et sa sœur, et, depuis la mort du jeune lieutenant, elle avait renoncé à tout rêve d'amour ou de mariage. Veiller sur eux lui suffisait amplement, et elle n'avait jamais envisagé d'alternative. Qu'un homme du monde tel que Charles Weston puisse lui demander sa main, même en pareilles circonstances, dépassait l'entendement.

— Adrian… a assisté à votre conversation avec le pasteur ? articula-t-elle.

— Oui. Vous ne pensez tout de même pas que je vous demanderais votre main sans l'accord de votre frère ?

— J'ai beau n'être qu'une humble femme, c'est *moi* qui suis sa tutrice, et qu'il se mêle de mon avenir me paraît des plus cocasse, répliqua-t-elle sèchement.

— Il n'avait pas le choix, et il était on ne peut plus convenable qu'il soit là. Il est le chef de votre famille, après tout, conclut Charles en arquant un sourcil.

Daphné sentit la moutarde lui monter au nez. Depuis des années, c'était elle qui prenait toutes les décisions importantes concernant ses cadets, et voilà qu'Adrian, son frère *cadet*, devait donner son accord sur une décision qui ne concernait qu'elle !

— Il l'est peut-être, concéda-t-elle, mais cela fait un certain temps déjà que j'agis comme chef de famille. Et bien que je comprenne les subtilités de la situation, je ne compte pas m'en remettre à un gamin de dix-sept ans pour une décision aussi lourde de conséquences !

— Dans ce cas, peut-être accorderez-vous un peu de considération à l'avis du pasteur et de sa femme ? Nous en avons parlé ensemble hier soir, et tous deux pensent qu'un mariage est le seul moyen d'éviter le scandale… et ce le plus tôt possible. Mme Henley a fait remarquer que plus nous attendrons pour annoncer nos fiançailles, plus les ragots enfleront, et plus votre réputation en souffrira.

Daphné tenait le pasteur et son épouse en haute estime, et d'apprendre qu'ils considéraient son union avec M. Weston comme absolument nécessaire lui laissait entrevoir la situation sous une lumière différente.

Déstabilisée, elle se mit à arpenter la pièce, puis s'arrêta devant Charles et scruta son beau visage ténébreux. Elle nageait en plein cauchemar. Épouser cet homme ? Cet inconnu au regard froid dont elle ne savait pas grand-chose… sinon qu'il avait risqué sa vie pour elle ?

La situation était loin d'être simple. Si elle avait été seule en cause, elle aurait refusé de satisfaire aux exigences de la société, peu importaient les risques encourus. Mais elle n'était pas seule en cause, justement. Épouser cet homme qu'elle connaissait depuis moins de trois jours signifiait lui confier non seulement son avenir, mais celui de ses cadets. Se rendait-il compte qu'avec ce mariage il allait se retrouver en charge de l'éducation de deux adolescents, et ce, pendant des années ? Pouvait-elle lui faire confiance et remettre leur sort entre ses mains ? Et qu'adviendrait-il de Beaumont Place ? Exigerait-il qu'ils déménagent tous les trois Dieu seul savait où et qu'ils abandonnent la demeure et les domaines de son frère ? Que deviendraient Ketty, Garthwaite, Mme Hutton et tous les domestiques qui dépendaient d'Adrian pour vivre ?

Puis une autre pensée lui traversa l'esprit, si terrible qu'elle se sentit pâlir. Et s'il voulait la séparer d'April et d'Adrian ?

— Que se passe-t-il, ma chère? s'inquiéta Charles en la prenant par les épaules. Nous ne nous attendions certes pas à une telle issue quand je suis venu vous apporter mon aide dans cette grotte, mais vous paraissez au bord de l'évanouissement. La pensée de m'épouser vous horrifie-t-elle à ce point?

— Ce... ce n'est pas ça, balbutia Daphné, dont le trouble ne faisait qu'augmenter sous la chaleur de ces mains viriles. Qu'en sera-t-il de mon frère et de ma sœur?

— Comment cela, qu'en sera-t-il?

— Si je vous épouse, vous ne nous séparerez pas, n'est-ce pas? Vous devez comprendre qu'Adrian et April sont sous ma responsabilité. Je suis responsable de leur avenir.

— Et pour eux, vous seriez prête à compromettre le vôtre?

Il était furieux qu'elle le croie capable de séparer une famille et avait employé un ton beaucoup plus dur quc nécessaire.

— Oui, confirma-t-elle sans hésiter.

— Si je comprends bien, vous refuseriez de m'épouser et seriez prête à affronter le scandale et la disgrâce si je n'acceptais pas vos cadets sous mon toit?

Daphné acquiesça d'un signe de tête, déconcertée par sa soudaine agressivité.

— Mais réfléchissez un peu! Je peux me remettre d'un tel scandale, pas vous. Si vous refusez de m'épouser, non seulement votre réputation sera ruinée, mais celle de votre frère et de votre sœur également. Vous devrez renoncer à tous les rêves de brillants mariages que vous aviez à leur endroit. Peut-être sir Adrian, grâce à sa fortune, trouvera-t-il une jeune fille convenable prête à oublier votre déshonneur, mais April ? Je doute fort qu'elle soit admise dans la bonne société, ou que les propositions qu'elle recevra soient parfaitement honorables.

Daphné ferma les yeux, en proie au désarroi le plus total. Elle n'avait pas songé aux conséquences de son refus sur l'avenir d'Adrian et d'April, et le tableau qu'il lui brossait était effrayant. Il avait raison, bien sûr. Sur tout. Étant un homme, il survivrait aisément au scandale et aux commérages. Mais pas elle. Sa réputation serait en lambeaux et, par association, celle de son frère et surtout celle de sa sœur subiraient le même sort. Si elle voulait protéger ses proches, elle n'avait d'autre choix que d'accepter l'offre de M. Weston.

— Si vous me promettez de ne jamais rien faire qui puisse nuire à mon frère et à ma sœur, de les traiter avec bonté, de les protéger, et de ne jamais tenter de nous séparer, alors je vous épouserai.

— Ce n'est pas ce que j'appellerais un accord enthousiaste, mais je vous en remercie.

— J'attends votre promesse, insista-t-elle sans ciller.

Elle était décidément fort têtue, songea Charles.

— Je vous promets de toujours traiter votre frère et votre sœur avec bonté, de les protéger et de ne jamais tenter de vous séparer d'eux. Satisfaite ?

— Oui, soupira Daphné. Vous m'apparaissez comme un homme d'honneur.

— Dieu soit loué ! murmura Charles. Quant à moi, je ne suis pas tout à fait satisfait… Il me semble que j'ai droit à un avant-goût de ce que j'ai manqué dans cette grotte.

Daphné n'eut pas le temps de comprendre ce qui lui arrivait qu'elle se retrouva plaquée contre lui tandis qu'il s'emparait de sa bouche avec une passion qui fit paraître bien fade le baiser dont elle avait eu la vision au début de cet entretien. Grisée, elle s'abandonna à ces lèvres fermes et chaudes, à cette langue impérieuse qui explorait sa bouche, à ces mains viriles qui resserraient leur étreinte. Bombardée de toutes parts par des sensations inconnues d'une incroyable intensité, elle ne protesta pas quand la main de Charles se referma sur ses fesses et qu'il la pressa étroitement contre lui.

Et comme s'ils étaient doués d'une volonté propre, ses bras se refermèrent autour du cou du jeune homme.

6

À l'instant où sa bouche entra en contact avec celle de Daphné, Charles sut qu'il avait commis une erreur. Qu'elle exerçât sur lui un attrait purement charnel, il le savait déjà. En revanche, il ignorait qu'elle avait le pouvoir d'éveiller en lui un désir affolant, comme jamais il n'en avait ressenti auparavant.

Le goût de ses lèvres lui enflamma les sens, tandis que le poids si léger de son corps contre le sien et la douceur enivrante de son baiser l'excitaient à un point tel qu'il en fut ébranlé. Aveuglé par le désir, il dut faire un effort surhumain pour s'arracher à elle et reculer à une distance convenable – alors qu'il mourait d'envie de la renverser sur la table et d'assouvir la passion qu'elle avait allumée en lui.

Aussi bouleversée que lui, Daphné le regardait sans le voir, les pensées en déroute. Comme dans un rêve, elle porta la main à ses lèvres. Ce n'était pas la première fois qu'un homme l'embrassait – le jeune lieutenant lui avait jadis volé quelques baisers –, mais cela ne pouvait en *rien* se comparer à ce qu'elle venait de vivre à l'instant.

S'il n'avait eu tant de mal à réfréner ses instincts les plus impérieux, Charles se serait amusé de l'expression effarée de la jeune femme. Mais, dans l'état où il était, le souffle court, sa virilité douloureusement gonflée, il en était bien incapable, et ne put que mettre quelque distance entre eux.

Pour se donner une contenance, il se versa d'une main tremblante une autre tasse de café, qu'il dégusta à petites gorgées, le temps de se ressaisir.

— Au moins, nous n'aurons pas de difficultés quand nous en viendrons aux réalités de la vie conjugale, commenta-t-il sans détour.

Daphné rougit. Sortant de son engourdissement, elle rétorqua :

— Il semblerait que vous ne soyez pas du genre à mâcher vos mots.

— Je n'ai effectivement pas la réputation de m'embarrasser de circonlocutions inutiles, admit Charles, admirant la façon dont elle s'était reprise.

— Dans ce cas, vous ne vous étonnerez pas si je vous avoue que vous êtes l'homme le plus grossier que j'aie jamais rencontré.

Il sourit.

— Puisque nous serons bientôt mari et femme, la franchise me paraît recommandée, observa-t-il. Sinon, comment saurai-je que je vous ai offensée ?

Son sourire s'élargit, irrésistible, et elle dut se retenir pour ne pas le lui rendre. S'approchant du buffet, elle remplit sa tasse de café, puis, pivotant face à lui, demanda :

— Vous ne vous offenserez pas si je vous parle franchement ?

— Si je me fie au peu que je connais de vous, j'ai la nette impression qu'il me sera impossible de vous en empêcher.

Le petit sourire qui retroussa les lèvres de Daphné était si charmant que Charles eut une envie folle de l'embrasser de nouveau. S'il avait été sûr d'être capable de se limiter à cela, il aurait peut-être cédé à son impulsion, mais la prudence lui conseilla de n'en rien faire. Il craignait qu'un baiser ne soit pas suffisant, et, puisque leur préoccupation première était d'éviter le scandale, il était inutile de choquer toute la domesticité en faisant l'amour à sa fiancée sur la table du petit déjeuner.

— J'aimerais que vous cessiez de me dévisager, observa Daphné d'une voix un peu hachée. C'est impoli.

— Vous voyez ? Vous venez déjà de me démontrer que je suis dans le vrai.

Décidant de ne pas l'encourager dans cette voie, elle réprima un sourire et choisit de se concentrer sur son café. Mais la curiosité était trop forte.

— Est-ce que le pasteur vous a donné un avis sur la marche à suivre ?

Charles hocha la tête et lui résuma brièvement la conversation qu'il avait eue la veille avec les Henley.

— Ce ne doit pas être facile pour vous de vous retrouver brusquement nanti d'une future épouse et d'une famille, remarqua-t-elle prudemment.

— Pas plus que ça n'est facile pour vous de vous retrouver fiancée à un homme que vous ne connaissiez pas il y a trois jours.

— C'est une position inconfortable pour l'un comme pour l'autre, admit-elle en lui adressant un sourire incertain.

— Ce n'est peut-être pas ce que nous souhaitions, mais je pense que nous nous entendrons bien vous et moi.

Daphné ne paraissait pas aussi confiante, mais avant qu'elle ait eu le temps de répondre, Adrian et April firent leur entrée. Le regard inquisiteur des deux adolescents allait de l'un à l'autre.

— Vous lui avez demandé sa main, monsieur ? risqua enfin le jeune garçon, n'y tenant plus.

— Si je ne l'avais déjà fait, vous auriez dévoilé le pot aux roses, observa Charles avec un sourire qui ôtait à ses paroles ce qu'elles pouvaient avoir de réprobateur. Et votre sœur m'a fait l'honneur d'accepter de devenir ma femme, ajouta-t-il avant de s'emparer de la main de Daphné et de la porter à ses lèvres.

— C'est tellement romantique, soupira April. Daphné, tu dois être folle de joie !

— Je nage en pleine félicité, assura l'intéressée en retirant prestement sa main de celle de Charles.

— Et cet enthousiasme me va droit au cœur, assura le jeune homme, le regard pétillant.

Daphné écourta de son mieux les félicitations et les effusions de ses cadets. Ils étaient manifestement ravis de cette issue, et que M. Weston leur plaise autant la soulageait grandement, même si elle s'inquiétait un peu de la facilité avec laquelle ils l'acceptaient comme un membre à part entière de leur famille.

Adrian était visiblement ébloui, et il buvait bouche bée la moindre parole de sa nouvelle idole, tandis qu'April ne cherchait pas à dissimuler son admiration, bombardant de questions M. Weston, riant et pépiant comme si elle le connaissait depuis toujours.

Elle reconnut en son for intérieur qu'elle éprouvait peut-être une pointe de jalousie. Depuis des années, c'était vers elle que se tournaient son frère et sa sœur quand ils avaient besoin de conseils. C'était elle qui prenait les décisions engageant leur avenir et celui de leur famille et, tout à coup, une autorité nouvelle allait diriger leurs vies à tous, à commencer par la sienne.

C'était finalement une bonne chose qu'Adrian et April accordent d'emblée leur confiance à Charles Weston et se tournent spontanément vers lui, s'efforça-t-elle de se convaincre. Dans quelques semaines, ce serait lui le véritable chef de la famille, après tout.

Elle l'étudia discrètement tandis qu'il écoutait avec intérêt les deux adolescents, un sourire chaleureux aux lèvres. Sous ses dehors charmants et ses manières détendues, elle devinait un homme qu'il ne fallait pas traiter à la légère. À considérer ses traits volontaires, son corps puissant que ses vêtements bien coupés laissaient deviner, une sourde inquiétude étreignit Daphné. Cet inconnu allait bientôt avoir la haute main sur leur vie.

Il lui avait fait des promesses, mais pouvait-elle se fier à lui ?

Comme s'il avait deviné ses pensées, Charles tourna les yeux vers elle. Leurs regards se croisèrent, et elle tressaillit, en proie à une émotion indéfinissable. De l'excitation, oui. Une conscience aiguë de sa présence physique, aussi ; à quoi se mêlait une attraction puissante qui la déconcerta et l'alarma tout à la fois. Un long moment, leurs regards demeurèrent verrouillés, celui de Charles indéchiffrable, le sien méfiant. Puis, avec un demi-sourire il tourna la tête pour répondre à une question d'April et le charme se dissipa. Daphné prit une inspiration tremblante. Cet homme avait sur elle un effet troublant, elle ne pouvait le nier, mais si, au fond d'elle-même, une petite voix ne lui avait assuré qu'elle pouvait lui faire confiance, malgré le scandale, jamais elle n'aurait accepté de l'épouser.

C'est ce moment que choisit lord Trevillyan pour faire son apparition. Tel un collectionneur examinant quelques spécimens rares, il leva son monocle pour les dévisager tour à tour.

— Je suppose que des félicitations s'imposent et que je dois vous présenter tous mes vœux de bonheur ? suggéra-t-il de sa voix traînante.

— En effet, acquiesça Charles. Mlle Beaumont a accepté de m'épouser, et le pasteur Henley nous mariera fin février.

— Il n'a pas perdu de temps, commenta Trevillyan. Mes félicitations, mademoiselle Beaumont, ajouta-t-il froidement. Vous entrez dans une famille illustre et devriez vous estimer heureuse que cette affaire ait trouvé une telle issue.

Daphné se raidit et tourna spontanément les yeux vers Charles, qui lui adressa un sourire réconfortant.

— C'est moi qui m'estime heureux, déclara-t-il d'un ton suave. J'ai énormément de chance que Mlle Beaumont m'ait accordé sa main, et il faudrait être le dernier des benêts pour penser autrement, tu ne trouves pas ?

— Mais, euh… certainement, répondit Trevillyan en détournant le regard. Je n'en ai d'ailleurs jamais douté.

— Je suis vraiment béni des dieux, ajouta Weston, une fois le vicomte hors de combat. J'ai non seulement gagné la plus charmante des fiancées, mais encore un frère merveilleux et une petite sœur adorable. Peu d'hommes ont autant de chance.

À ces mots, Adrian et April s'illuminèrent, et Daphné elle-même ne put retenir un sourire. Vaincu, Trevillyan haussa les épaules et alla se servir au buffet.

— Qu'as-tu prévu pour aujourd'hui ? demanda-t-il à Charles en prenant place à côté d'Adrian. Tu passes la journée ici ou tu préfères rentrer à Lanyon Hall avec moi ? Tu peux compter sur mon hospitalité aussi longtemps que tu le souhaiteras. Bien entendu, je me doute qu'il vous consacrera désormais l'essentiel de son temps, ajouta-t-il à l'adresse de Daphné.

— Je vous assure que M. Weston est parfaitement libre de son temps, répliqua-t-elle. Il peut faire ce que bon lui semble.

— J'ai donc carte blanche ? plaisanta l'intéressé. Je me demande si vous serez toujours aussi accommodante.

Daphné s'empourpra, à sa grande satisfaction, et il reprit :

— Je vais rentrer à Lanyon Hall avec toi et, puisque tu n'y vois pas d'inconvénients, y séjourner jusqu'au mariage. Même si je ferai de fréquentes visites à Beaumont Place.

Une heure plus tard, Charles se mettait en route avec Trevillyan. Il avait dû se faire violence pour quitter Daphné, et attribuait ces difficultés à la familiarité qui s'était installée entre eux au cours de ces deux jours passés ensemble dans la grotte. Mais au fond, il savait qu'il se mentait à lui-même. La jeune femme l'avait envoûté au premier regard et leur intimité forcée n'avait fait qu'accroître cette attraction qu'il ressentait à son endroit. Tout en elle, depuis sa sombre chevelure aux reflets d'acajou jusqu'à ses pieds menus, l'enchantait. Il sourit. Il n'avait pas encore vu ses pieds, mais il était certain qu'ils étaient menus.

Jusqu'à présent, il avait toujours divisé la gent féminine en trois catégories bien distinctes : les parentes, les domestiques, et les demi-mondaines, qu'il s'agisse de chanteuses d'opéra ou de dames aux mœurs légères, comme cette jolie veuve qui l'avait aidé à passer sans trop d'ennui le début de l'hiver.

Or, Daphné n'entrait dans aucune de ces catégories. Elle était tout simplement d'une essence différente. Une fois que le pasteur les aurait déclarés mari et femme, elle ferait certes partie des parentes, mais jamais il ne pourrait penser à elle comme il pensait à Nell, par exemple. Elle n'aurait bien entendu jamais rien à voir avec les domestiques, même si elle allait diriger sa maison. Et enfin, même si tout son corps frémissait de désir rien qu'en pensant à elle, elle n'était pas le genre de femme avec qui il assouvissait d'ordinaire ce genre de besoins.

Il ignorait ce qui, au-delà de l'attrait physique, la rendait à ce point irrésistible. Le défi qu'elle représentait, certes, mais pas uniquement. Son intelligence, sa vivacité, le courage qu'elle avait montré quand ils étaient prisonniers de cette caverne, peut-être…

Il secoua la tête. Le moins qu'on puisse dire, c'était qu'elle l'avait littéralement ensorcelé.

— Pourquoi secoues-tu la tête ? Tu regrettes déjà tes fiançailles ? s'enquit ironiquement Trevillyan.

— Non. Je pensais aux incertitudes du destin. Juste avant que je quitte Stonegate, quand Julian m'a conseillé de me marier, je lui ai ri au nez, mais maintenant… Enfin, peu importe ! Je vais épouser Mlle Beaumont à la fin du mois, et c'est très bien ainsi.

— Tu comptes poursuivre ton enquête ? s'enquit Trevillyan après un silence.

— Oui, mais pour le moment, je ne vois aucune piste qui me permette d'avancer. À part la brutalité de leur mort et le fait qu'on les ait découvertes dans les environs, je ne trouve aucun lien entre ces femmes Comme on ne les a pas identifiées, on ne peut pas savoir si elles se connaissaient ni où elles habitaient. Nous ne sommes même pas sûrs qu'il y ait eu un autre assassinat avant la découverte des deux corps.

— Mais tu as des soupçons, remarqua finement le vicomte. Tu en sais plus que tu ne veux bien le dire.

— Tu crois ça ?

— Raoul disait toujours que tu n'abattais jamais toutes tes cartes en même temps. Il se plaignait également de ce que tu ne lui racontais jamais ce que tu faisais ni où tu allais.

— Tu le connaissais mieux que moi, fit remarquer Charles, s'efforçant de ne pas laisser voir le mépris qu'il ressentait à la simple évocation de son demi-frère. Vous étiez déjà amis à Eton. Je suis sûr qu'il se confiait beaucoup plus à toi qu'à moi.

— Tu as sans doute raison, concéda pensivement le vicomte. Je n'arrive toujours pas à me faire à l'idée qu'il est mort, et encore moins qu'il a été tué par un fou. C'était toi le casse-cou, et j'ai toujours pensé que tu mourrais jeune. Raoul le craignait aussi, d'ailleurs, il me l'a souvent dit.

— Cela ne me surprend pas, commenta Charles. Il n'oubliait certainement pas que s'il m'arrivait quelque chose, ce serait lui qui hériterait de Stonegate.

— Tu ne vas tout de même pas me dire que Raoul souhaitait ta mort pour hériter ! s'exclama Trevillyan, sincèrement choqué.

— Après la mort de John et le suicide de Daniel, la pensée a dû le traverser.

— C'est possible. Mais cela n'a rien que de très normal, au fond. C'est comme avec le vieil Huxley. Je ne souhaitais pas sa mort, mais je savais que j'en profiterais. Enfin, que j'en *aurais* profité sans ce maudit gamin.

— Tu avais l'air de très bien t'entendre avec lui, hier soir, remarqua Charles en arquant un sourcil.

— Je ne voyais pas l'intérêt de me montrer grossier, d'autant que j'étais son invité. Et puis, tout cela ne serait pas arrivé si tu ne t'étais pas laissé enfermer avec sa sœur.

— C'est vrai, admit Charles en riant. Mais je ne le regrette pas, figure-toi.

Daphné ne regrettait pas *vraiment* ses fiançailles avec M. Weston, mais elle était préoccupée lorsque le lendemain, accompagnée d'Adrian, elle pénétra dans le bureau de maître Vinton pour discuter du contrat de mariage. Si le notaire fut stupéfait qu'une femme assiste à ces tractations d'ordinaire réservées aux hommes, il avait trop de métier pour le laisser paraître.

Charles ne put retenir un sourire lorsque Daphné pénétra dans la pièce toutes voiles dehors. Elle portait une pelisse prune et un chapeau de velours orné de plumes de paon qui lui allaient à ravir. La présence de sa fiancée ne le surprenait pas. Il se doutait qu'elle n'avait pas un tempérament à laisser qui que ce soit prendre des décisions la concernant à sa place et qu'elle ne serait jamais une épouse effacée.

Elle lui tendit poliment la main, tout en le défiant du regard tandis qu'il s'inclinait pour la porter à ses lèvres. Ce n'étaient certes pas les manières d'une jeune femme qui venait de prendre dans ses filets un célibataire convoité, et Charles ne savait trop s'il devait se vexer ou s'amuser de cette froideur. Ce fut finalement l'amusement qui l'emporta.

Daphné s'assit et risqua un regard du côté de son fiancé. Son cœur s'emballa lorsqu'il lui décocha son sourire le plus enjôleur et elle détourna promptement les yeux en rougissant. Après son départ, elle avait réussi à se convaincre que la haute taille, l'imposante carrure et les traits virils si séduisants n'étaient que le fruit d'une imagination un peu vive. À tort, constatait-elle à présent. Il était vraiment grand, et magnifiquement découplé. Elle baissa les yeux pour dissimuler son trouble au souvenir de ce corps musclé plaqué contre le sien et du goût envoûtant du baiser torride qu'ils avaient échangé. Il avait si une belle bouche, aux lèvres pleines et sensuelles...

Il n'était pas beau au sens classique du terme, reconnaissait-elle. Il avait des traits un peu trop marqués, le menton volontaire, les sourcils épais, et pourtant... pourtant il y avait en lui quelque chose de si intensément viril, une telle séduction que peu de femmes devaient lui résister.

De nouveau, elle ne put s'empêcher de le regarder, et son cœur bondit dans sa poitrine lorsqu'elle découvrit qu'il avait les yeux rivés sur elle. À son grand soulagement, maître Vinton entra dans le vif du sujet.

Si Adrian n'avait qu'une très vague idée du but de cette réunion et de ce qu'on attendait de lui, sa sœur, quant à elle, en comprenait parfaitement l'importance. C'était grâce à la petite somme d'argent qui lui avait été concédée comme bien propre au moment de son mariage que Mme Beaumont avait pu subvenir à ses besoins après son veuvage et élever correctement ses enfants.

Daphné n'avait pas encore songé à une possible descendance, mais elle était bien décidée à sauvegarder la petite rente que sa grand-mère lui avait léguée. Et tant pis si elle passait pour une grippe-sou !

Elle savait parfaitement que dès qu'elle serait mariée, tout ce qui lui appartenait deviendrait la propriété de son époux, jusqu'aux vêtements qu'elle portait. Il pourrait en toute légalité disposer de son argent sans qu'elle ait son mot à dire. M. Weston ne lui paraissait pas avare, mais c'était encore un étranger pour elle, et mieux valait se montrer prudente.

Elle comprit rapidement que son fiancé n'avait aucune intention de s'emparer de sa maigre fortune, à laquelle, du reste, il ne parut absolument pas s'intéresser. Lorsqu'il insista pour qu'elle soit comptée dans les biens dont elle garderait la disposition, toutes les craintes de Daphné se dissipèrent. Elle lui adressa un timide sourire, en espérant qu'il ne la prenait pas pour une femme intéressée. Elle avait eu tellement de mal, depuis la mort de sa mère, à joindre les deux bouts, et sans cette petite rente, jamais elle n'y serait arrivée.

Elle se sentait immensément soulagée que M. Weston n'en réclame pas la jouissance, mais elle faillit s'évanouir lorsqu'elle entendit la somme qu'il se proposait de lui allouer et de lui reconnaître en propre.

— Qu'y a-t-il ? Cela ne vous paraît pas suffisant ? s'enquit-il devant sa mine effarée. Je peux y ajouter dix mille livres si vous le souhaitez. Et n'oubliez pas que nous n'avons pas encore parlé de vos dépenses personnelles. J'avais pensé à trois mille livres par trimestre, ajouta-t-il en se tournant vers Adrian. Cela vous semble-il suffisant pour ses toilettes et ses bijoux ?

Daphné, qui avait logé, nourri et vêtu toute la famille avec moins de trois mille livres par *an*, fut stupéfaite. Sans réfléchir, elle lâcha tout à trac :

— N'est-ce pas excessif ? Je pense pouvoir m'arranger avec moins. J'en suis même convaincue.

— Chère mademoiselle Beaumont, intervint maître Vinton d'une voix douce, je connais l'étendue de la fortune de M. Weston et vous n'avez aucune raison de vous… arranger. Je vous assure que la somme proposée par votre fiancé, si elle est généreuse, n'a rien d'excessif, et je vous conseille vivement de l'accepter.

— Très bien, murmura Daphné.

Charles Weston s'était montré un homme d'honneur en lui proposant le mariage, mais s'il était *en plus* fortuné… Les circonstances de leur rencontre et leurs fiançailles faisaient déjà suffisamment jaser. Il était apparenté à un comte, il ne fallait pas l'oublier, tandis qu'elle, pour dire les choses sans fard, n'était qu'une rien-du-tout. Les mauvaises langues, qui ne manquaient pas, allaient certainement l'accuser d'avoir manigancé toute l'affaire pour se faire épouser d'un homme riche.

Charles ne s'expliquait pas le malaise de sa fiancée, qu'il avait immédiatement perçu.

Comme ils se levaient pour prendre congé, il se tourna vers Adrian et le notaire.

— Cela vous ennuierait que je reste un instant seul avec Mlle Beaumont, j'aimerais lui dire un mot en privé ?

— Mais pas du tout, assure maître Vinton. Sir Adrian, que diriez-vous d'une tasse de thé dans la bibliothèque ?

— Qu'y a-t-il ? s'alarma Daphné, une fois seule avec son fiancé.

— C'est précisément la question que je comptais vous poser. Qu'est-ce qui ne va pas ? Vous trouvez votre dotation insuffisante ?

— Bien sûr que non ! protesta Daphné, atterrée qu'il puisse la prendre pour une femme intéressée. Vous vous êtes montré plus que généreux.

— De quoi s'agit-il, alors ? Et n'essayez pas de me faire prendre des vessies pour des lanternes. Quelque chose vous tracasse, c'est évident. De quoi il s'agit ?

— Je ne me doutais pas que vous étiez si riche, avoua-t-elle en baissant les yeux. Cela m'a… fait un choc.

— Agréable, j'espère.

— Pas vraiment, lâcha-t-elle en levant les yeux vers lui. Que vous soyez obligé de m'épouser et que vous soyez cousin d'un comte est suffisamment ennuyeux, mais voilà qu'en plus, je découvre que vous êtes riche. Les commérages vont déjà bon train, mais à présent, on va raconter partout que je vous ai délibérément piégé. Je suis d'ailleurs sûre que certains pensent déjà que je vous ai séduit pour vous acculer au mariage.

Charles l'attira dans ses bras.

— Laissez-les dire, murmura-t-il avant de déposer sur ses lèvres un baiser qu'il s'efforça de ne pas approfondir. Quant à savoir qui a séduit ou qui va séduire l'autre, je peux vous assurer que je compte bien m'en charger, ajouta-t-il avec un sourire charmeur. Et que ce sera vous qui serez séduite…

Il l'embrassa de nouveau, mais fut, cette fois, incapable de tenir son désir en bride. Resserrant son étreinte, il prit possession de sa bouche avec une ardeur qui exigeait une réponse.

En proie à un désir vertigineux, Daphné frémit sous la caresse de sa langue. Nouant les bras autour de son cou, elle se cambra pour épouser chaque muscle de ce corps athlétique. Il gémit lorsque son ventre se pressa contre son sexe érigé, et elle en frissonna de plaisir.

Oubliant où il se trouvait, Charles referma les mains sur la croupe de Daphné pour la plaquer fougueusement contre lui. Le désir impérieux qui le submergeait lui faisait perdre tout sens de la mesure. Poussant la jeune femme contre le mur, il tâtonna sous ses jupes, le besoin de toucher sa chair nue était tellement irrésistible que plus rien d'autre ne comptait.

Il fallut le cri stupéfait qu'elle laissa échapper quand ses doigts atteignirent son intimité pour qu'il retrouve brutalement ses esprits.

Consterné d'avoir perdu si aisément tout contrôle, il la lâcha et recula abruptement. Le visage en feu, le souffle court, il inspira à fond, luttant pour se ressaisir.

Le regard fiévreux, la bouche gonflée, Daphné le regardait fixement, ne se rendant pas compte de ce qui avait failli arriver.

Une minute de plus, songea Charles, et il l'aurait prise là, debout contre ce mur, tel un soudard. Et si elle continuait de le regarder ainsi, bon sang, il pourrait bien achever ce qu'il avait commencé, et au diable les conventions ! Il recula de quelques pas supplémentaires et passa une main nerveuse dans ses cheveux.

Daphné demeurait pétrifiée comme si la foudre l'avait frappée, convaincue que lorsqu'elle se déshabillerait, elle retrouverait sur sa chair les traces brûlantes des doigts de Charles. Non seulement elle n'avait rien fait pour lui résister, mais chaque fibre de son corps avait réclamé qu'il continue, qu'il aille jusqu'au bout. Et elle se serait laissé prendre sur place, comme une vulgaire gourgandine dans une ruelle. Submergée de honte, elle se dirigea vers la porte.

— Un instant ! fit Charles.

Comme il s'approchait d'elle, elle eut un mouvement de recul.

— Je ne vais pas vous embrasser, dit-il sans détour.

Il redressa son chapeau, qui était tout de guingois, puis, comme il l'aurait fait pour une petite fille, lissa les plis de sa pelisse froissée par son étreinte passionnée.

Daphné osait à peine respirer. Elle rêvait qu'il la prenne de nouveau dans ses bras tout en étant terrifiée par ce désir ardent qui la submergeait.

— Eh bien, je pense que nous avons résolu la question de la séduction, murmura-t-il.

Comme elle le regardait sans comprendre, il ajouta avec un sourire en coin :

— Je viens de vous apporter la preuve que la séduction, c'est mon domaine. Pas le vôtre.

7

Daphné rejoignit les autres et refusa poliment la tasse de thé qu'on lui offrait. Elle ne se sentait pas de force à discuter de tout et de rien, et avait hâte de regagner Beaumont Place.

— Quelque chose te tracasse ? s'inquiéta Adrian comme il chevauchait à côté du petit cabriolet découvert de sa sœur.

— Mais non, bien sûr que non, assura-t-elle en plaquant sur ses lèvres un sourire forcé.

Visiblement peu convaincu, le jeune garçon essaya un autre angle d'attaque.

— Il me semblait que le contrat de mariage était plutôt avantageux pour toi, non ?

— Il l'est, en effet, admit-elle. Tu te doutais que M. Weston était aussi riche ?

Il secoua la tête.

— Et il n'a pas d'oursins au fond des poches ! commenta-t-il. C'est une rude aubaine pour nous. On aurait pu tomber sur un bon à rien sans le sou. C'est vraiment une chance qu'il t'ait secourue !

— Ce n'est pas lui qui m'a secourue, rectifia sèchement Daphné, c'est toi, avec l'aide de nos gens. Et s'il n'avait pas insisté pour rester avec moi dans cette grotte, tout ceci ne serait pas arrivé. Tout est sa faute.

— Mais je pensais qu'il te plaisait, s'étonna le garçon.

— Je l'aime bien, concéda Daphné avec son honnêteté habituelle, mais reconnais que toute cette histoire a changé nos vies à tout jamais.

— C'est vrai, mais une fois que nous nous serons faits à cette idée, tout rentrera dans l'ordre et nous serons parfaitement heureux.

Daphné décocha à son frère son regard le plus noir. Ce n'était pas lui qui allait se retrouver marié à un parfait inconnu, qui pourrait disposer de lui comme bon lui chanterait.

Une fois de plus, elle s'efforça de se rappeler les avantages que cette union apporterait à ses cadets. Que M. Weston soit apparenté à un comte venait largement en tête, et qu'il dispose d'une fortune auprès de laquelle celle d'Adrian faisait pâle figure ne comptait pas pour rien non plus. Si son futur mari n'était pas trop regardant, elle pourrait leur faire les somptueux cadeaux qui avaient toujours été au-dessus de ses moyens. Elle se prit à rêver des toilettes éblouissantes et des bijoux somptueux dont elle couvrirait April, des chevaux de prix qu'elle offrirait à Adrian…

Et retomba brutalement sur terre en se rappelant ce qui lui valait cette fortune toute fraîche.

Malgré la caution du pasteur, son mariage allait alimenter les commérages au cours des semaines à venir, et certains n'hésiteraient pas à se montrer cruels et méprisants quand la fortune de M. Weston et son cousinage avec un comte seraient de notoriété publique. Elle ne se faisait aucune illusion, mais tant que les ragots n'éclaboussaient pas Adrian et April, elle les supporterait stoïquement. Pour eux, elle pouvait tout supporter, y compris un mariage avec Charles Weston. Et qu'importait si un seul de ses regards la faisait fondre, et si un seul de ses baisers suffisait à enflammer tout son être.

Les instants regrettables, mais tellement intenses, passés dans le bureau de maître Vinton, quand son fiancé l'avait enlacée, lui revinrent en mémoire. Comme elle se remémorait le goût de ses lèvres sur les siennes, la chaleur de sa main entre ses cuisses, son cœur commença à battre la chamade tandis qu'une étrange palpitation naissait au creux de son ventre. Mieux valait ne pas s'attarder sur ce qui avait failli arriver, décida-t-elle. Elle allait toutefois faire en sorte que cela ne se reproduise plus.

Il faisait frais, mais beau, et elle tourna son attention sur le paysage. Les vents qui balayaient cette côte déchiquetée ne permettaient pas à la végétation de s'épanouir, mais des vallées étroites et plus fertiles traversaient les landes arides, adoucissant ce paysage sévère.

À quelques lieues de la ville, au détour d'une petite hauteur, ils passèrent devant une jolie chaumière entourée d'un mur de pierres sèches.

— Attends, Adrian, dit-elle soudain. Je crois qu'Anne Darby, la sœur de Goodson, habite ici.

J'aimerais profiter de l'occasion pour faire sa connaissance.

Le garçon n'avait pas l'habitude de discuter les volontés de son aînée, et il tira sur les rênes de sa monture sans poser de questions.

— Arriver à deux sans prévenir pourrait être embarrassant, reprit-elle, et je sais que tu n'as pas envie de laisser ton cheval. Pourquoi ne vas-tu pas faire un tour ? J'en ai pour une minute.

Alors qu'elle se dirigeait vers la maison, Daphné s'immobilisa, prise d'un doute. Qu'allait faire une demoiselle de qualité chez une femme réputée être une sorcière ? Parler fantôme et phénomènes surnaturels, décréta-t-elle en poursuivant son chemin.

Elle s'apprêtait à frapper lorsque la porte s'ouvrit. Daphné n'aurait su dire à quoi elle s'attendait. Quelque vieille bique édentée et ridée, peut-être, mais certainement pas la petite femme avenante qui se tenait sur le seuil. Elle paraissait beaucoup plus jeune que son frère. Pas un fil d'argent dans ses cheveux châtains, et hormis quelques rides d'expression aux coins de la bouche et des yeux, elle affichait un visage lisse. Elle en était à se demander s'il s'agissait bien là d'Anne Darby, lorsque la femme déclara en souriant :

— Mais oui, mademoiselle Beaumont, je suis bien Anne Darby, la sœur de Goodson ! Je m'attendais à votre visite depuis un certain temps déjà. Entrez, je vous en prie.

Elle ouvrit la porte en grand.

— Entrez, n'ayez pas peur. Vous n'avez rien à craindre, je ne jette de sorts qu'aux gens qui m'ennuient.

Non sans une pointe d'appréhension, mais cependant charmée par la gaieté et la bonhomie de Mme Darby, Daphné pénétra dans le cottage. Là encore, elle n'aurait su dire à quoi elle s'attendait, mais ce n'était certainement pas à la pièce douillette dans laquelle elle se trouvait.

Perplexe, elle considéra le tapis aux couleurs fanées qui recouvrait le plancher, les quelques bibelots de porcelaine sur le manteau de la cheminée et les rideaux de dentelles qui ornaient les fenêtres. Une odeur de cire et de lavande flottait dans l'air, ainsi qu'un autre parfum indéfinissable – cœur de crapaud, langue de lézard ? Quoique vieux, les meubles étaient en bon état. Le regard de Daphné s'attarda sur la lourde table de chêne, ainsi que sur un meuble de rangement dont les étagères étaient chargées de flacons, de fioles, de bols de toutes tailles et même d'un mortier. Cela servait-il à la sorcière à concocter ses potions ?

— Asseyez-vous, je vous en prie, proposa Anne en indiquant un sofa sous l'une de fenêtres. Voulez-vous une tasse de thé ?

— Je vous remercie, mais je ne vais rester qu'un instant, mon frère m'attend, expliqua Daphné en s'asseyant. Comment avez-vous su qui je suis ? ajouta-t-elle, curieuse. Et pourquoi attendiez-vous ma visite ?

— Il n'y a rien de mystérieux à cela. Je vous ai aperçue la dernière fois que je suis passée voir mon frère, et Mme Hutton m'a dit que vous vous intéressiez aux légendes locales, et que vous viendriez probablement me rendre visite, confessa Anne Darby en riant.

— Donc, pas de boule de cristal ni de chat noir ? s'amusa Daphné, à qui la sœur de Goodson plaisait décidément beaucoup.

— Désolée de vous décevoir, pas de boule de cristal ! J'ai bien un chat, mais Samantha est trop grosse et paresseuse pour aller frayer avec le diable. Je laisse toutes ces sornettes aux Gitans. Je n'ai pas le pouvoir de prédire l'avenir, mais si vous avez quelque chose sur le cœur, et que je peux vous aider, je le ferai.

— Je suis si transparente que cela ? demanda Daphné en s'empourprant.

— En général, quand on vient me voir, c'est pour que je trouve une solution à un ennui ou que j'aide un vœu à se réaliser.

— En l'occurrence, il ne s'agit pas de mes souhaits ou de mes ennuis, déclara Daphné prudemment en évitant le regard d'Anne. J'aimerais juste en savoir plus sur les vieilles légendes qui ont trait à Beaumont Place.

— Le pasteur fait autorité pour tout ce qui concerne l'histoire de la région. Vous lui en avez parlé ?

— Oui, mais je crains que ses archives ne m'apprennent rien sur…

Daphné s'interrompit, cherchant comment formuler la raison de sa requête sans passer pour une folle.

— Qu'est-ce qui vous fait croire que j'en sais plus que le pasteur ?

Daphné hésita, elle regrettait d'être venue, tout à coup, et elle avait beau avoir une impression favorable d'Anne Darby, elle ne se voyait pas lui avouer qu'un fantôme lui avait rendu visite.

— Mme Hutton m'a dit que vous connaissiez… euh, disons la version moins officielle des récits qu'on trouve dans les archives de M. Henley. Voyez-vous, avant d'apprendre la mort de sir Huxley et l'héritage de mon frère, nous ignorions que nous avions encore de la famille. Ce qui m'intéresse, ce sont les légendes familiales qui se transmettent de génération en génération. Je serais prête à vous payer, ajouta-t-elle en rougissant.

Anne Hutton la dévisagea pensivement, puis :

— Je ne vois aucune objection à vous raconter les légendes qui courent sur les anciens Beaumont, mais je dois vous prévenir que certains de vos ancêtres n'étaient pas très recommandables.

— Je m'en doute. Et puisque les vôtres sont au service des miens depuis la nuit des temps, si j'en crois votre frère et Mme Hutton, vous devez bien avoir un ou deux ascendants aussi peu recommandables.

— Ce n'est que trop vrai, hélas ! admit Anne Darby en souriant. Pour chaque scélérat que vous trouverez chez les Beaumont, vous avez de fortes chances de trouver l'équivalent chez les Goodson. Quand voudriez-vous entendre quelques-uns de ces récits ? Tout de suite ?

— Oh, non ! Je ne veux pas abuser de votre temps. Mais nous pourrions peut-être fixer une date pour une prochaine rencontre ?

— Bien sûr. Et puisque c'est vous qui payez, mon temps vous appartient. Qu'est-ce qui vous conviendrait ?

Daphné préférait venir chez Anne pour observer une certaine discrétion, et elles s'accordèrent sur le vendredi suivant à 14 heures.

— Vos visites ne resteront pas secrètes très longtemps, la prévint Anne en la raccompagnant à la porte. Mais si c'est vous qui venez, cela me laissera un peu de temps avant que mon frère vienne me tirer les oreilles parce que je vous raconte toutes ces histoires du passé.

— Je ne voudrais pas être cause de mésentente entre vous, observa Daphné, ennuyée.

— Ne vous faites pas de souci. J'aime bien le faire sortir de ses gonds, de temps à autre. Il est parfois si content de lui.

Daphné rejoignit la route où Adrian l'attendait, l'air impatient.

— Mais qu'est-ce que tu fabriquais ? lança-t-il. Cela fait des heures que tu es là-dedans. Je commençais à m'inquiéter !

— Je suis désolée. Rentrons vite à la maison, éluda Daphné en montant dans l'élégant cabriolet.

— Tu ne veux pas me dire ce que tu faisais chez la sœur de Goodson ? insista-t-il une fois en route.

— Mme Hutton m'a dit de m'adresser à Mme Darby si je m'intéressais aux légendes concernant nos ancêtres. Elle a une réputation de sorcière, et j'étais curieuse de la connaître.

— Une sorcière ? La sœur de *notre* Goodson ?

— C'est ce qu'on raconte, mais elle est tout à fait charmante. À vrai dire, elle me plaît bien.

— Et elle t'a raconté des choses intéressantes ? Pourquoi notre aïeul a quitté sa famille et la région en jurant de ne jamais y revenir, par exemple ?

— Nous n'avions pas suffisamment de temps, et je voulais simplement faire connaissance. Mais je vais revenir la voir vendredi après-midi.

Que Daphné veuille rencontrer une sorcière n'aurait certainement pas surpris Charles. De la part de sa fiancée, rien ne pouvait l'étonner. Le stupéfier, peut-être. Le déconcerter, éventuellement. Le contrarier, certainement. Mais le surprendre, non.

Sur le chemin de Lanyon Hall, il se remémora la rencontre chez maître Vinton. Pas la discussion concernant le contrat de mariage – c'était un mal nécessaire et il n'avait rien à redire sur la façon dont les choses avaient été organisées afin de protéger sa fiancée –, non, c'étaient les instants passés en tête à tête avec la jeune femme qui occupaient son esprit.

Qu'elle l'attire au point qu'il ait du mal à se contrôler en sa présence augurait bien de leur vie conjugale, certes, mais cela le perturbait aussi profondément. Il n'avait rien d'un novice pour tout ce qui touchait au beau sexe, pourtant, il ne se souvenait pas d'avoir jamais eu autant de difficultés à maîtriser ses instincts, même lorsqu'il était un tout jeune homme.

Il s'en était fallu d'un cheveu qu'il ne franchisse le pas et séduise sa fiancée. Il aurait suffi d'un geste de sa part… Une onde brûlante le balaya à la pensée de la main de Daphné se refermant sur son sexe. Sa virilité réagit immédiatement, et il dut se faire violence pour chasser cette délicieuse vision de son esprit.

Réprimant un juron, il éperonna sa monture. Il n'avait qu'un petit mois à attendre, Dieu merci, mais entre-temps, sa volonté serait mise à l'épreuve, il le savait, et il lui faudrait faire preuve de retenue, ce qui n'avait jamais été son fort.

Il ne ralentit l'allure qu'à l'approche de Lanyon Hall. La façade de l'imposante demeure élisabéthaine était presque entièrement recouverte de lierre si bien qu'on devinait à peine le granit gris. Les fenêtres à meneaux luisaient doucement dans le soir tombant. Bifurquant en direction des écuries, Charles laissa son cheval à l'un des palefreniers, puis gagna le manoir.

Trevillyan ayant insisté pour qu'il se conduise comme chez lui, il pénétra dans le hall sans frapper, et confia son chapeau et ses gants au majordome qui venait à sa rencontre, ayant sans doute entendu son cheval.

— Une lettre est arrivée pour vous, monsieur Weston, lui annonça Eames. Je l'ai fait porter dans vos appartements.

Charles le remercia et gravit l'escalier en hâte. Une fois dans sa suite, il s'empara de la lettre posée sur un plateau d'argent et, reconnaissant l'écriture de son homme de loi, l'ouvrit sans attendre. Le contenu se révéla décevant. Maître Gerrard lui expliquait que, selon ses instructions, il avait pris contact avec maître Smalley, le notaire de Sophie Weston, mais qu'il n'avait trouvé trace d'aucune transaction sortant de l'ordinaire.

Maître Smalley, écrivait maître Gerrard, *a été* extrêmement *surpris par mes demandes et a voulu savoir si nous l'accusions de malhonnêteté dans la gestion des biens de Mme Weston. Je lui ai assuré qu'il n'en était rien. Il a alors déclaré avec véhémence qu'il n'avait jamais fait preuve de négligence et encore moins de malhonnêteté, et qu'il appréciait fort peu mes questions.*

Je suis désolé de n'avoir rien de plus à vous dire, et je reste, bien entendu, à votre disposition pour tout autre renseignement.

Charles se mit à arpenter le salon de long en large. Sophie avait pu ouvrir un compte en banque sous un nom d'emprunt, et si tel était le cas, ce qui était loin d'être certain, Smalley ne pouvait l'ignorer. Il saurait également où ce compte avait été ouvert et à quel nom. Mais à part la torture, il ne voyait aucun moyen d'obtenir de telles informations si le notaire refusait de les lui fournir. Cependant, si ce compte existait bel et bien et si des sommes y étaient régulièrement prélevées...

Il se servit un xérès et s'assit confortablement pour relire la lettre de maître Gerrard. À supposer que Sophie ait ouvert un compte secret, et qu'il fonctionne encore, sa découverte ne prouverait pas que Raoul était toujours vivant. En revanche, s'il découvrait ce compte et que personne n'y avait touché depuis trois ans, ce serait la preuve que son demi-frère était bien mort. En effet, son cadet était un enfant gâté à qui sa mère n'avait jamais rien refusé, et qui avait d'importants besoins financiers. Et comme il ne serait jamais venu à l'idée de Raoul de travailler pour gagner sa vie...

Mais à moins de retourner à Londres et d'entrer par effraction dans les bureaux de l'étude Smalley, Slocomb & Todd et de fouiller lui-même dans les dossiers de maître Smalley, il ne voyait pas comment vérifier son hypothèse. Et s'il n'y avait pas d'autre solution…

Il se leva d'un bond et se mit en quête de son hôte, qu'il trouva dans la bibliothèque, une tasse de punch à la main. Charles se servit sans façon et rejoignit Trevillyan.

— Je ne connais pas meilleure façon de terminer la journée, remarqua-t-il avant d'avaler une gorgée de punch.

— Le contrat de mariage est bouclé ? lâcha son hôte en lui adressant un regard narquois. Je ne peux pas croire que tu vas épouser cette petite moins que rien sans fortune, sans famille et même pas particulièrement belle, poursuivit le vicomte, qui n'en était visiblement pas à sa première tasse. Si tu veux mon avis, puisque les bans n'ont pas encore été publiés, offre à ce petit Adrian une somme rondelette, rentre à Londres et oublie cet incident.

— J'aimerais te rappeler deux choses, commença aimablement Charles, qui aurait trouvé de mauvais goût de jeter le contenu de sa tasse à la figure de son hôte. La première, c'est que si tu n'as pas envie que je t'étrangle sur-le-champ, tu ferais bien de nous présenter tes excuses, à ma fiancée et à moi. La seconde, c'est que si tu réitères une seule fois de tels propos, je t'étranglerai séance tenante.

Trevillyan considéra son invité d'un air ahuri. L'homme qui se tenait devant lui n'avait plus rien de commun avec le plaisant invité qui vivait sous son toit depuis trois semaines. Disparu l'homme du monde souriant et plein de charme. À sa place se trouvait un étranger au regard dur, dont l'expression farouche et la posture rigide ne disaient que trop qu'il ne plaisantait pas.

— Oh, mais c'étaient des… paroles en l'air ! Je… euh, je marmonnais dans ma tasse, bégaya Trevillyan. Je ne voudrais pour rien au monde t'offenser, mon vieux !

— Et encore moins ma fiancée, je suppose ? ajouta Charles d'une voix faussement suave.

— Ni Mlle Beaumont, bien sûr ! Jamais je n'ai eu l'intention de l'insulter… ni toi, du reste. Satané punch ! J'ai trop bu. Pardonne-moi.

Charles le fixa sans ciller pendant quelques interminables secondes, puis son sourire charmeur réapparut, et il déclara d'un ton affable :

— Mais certainement. Nous ferons comme si cet incident n'avait pas eu lieu.

Avec l'impression d'avoir échappé aux griffes d'un fauve, Trevillyan risqua un pâle sourire.

— Raoul m'avait averti que tu avais un sacré caractère, mais jusqu'à maintenant, je ne l'avais jamais cru. Ce regard que tu avais…

— Je croyais que nous étions d'accord pour faire comme si cet incident n'avait pas eu lieu.

— Tu as raison, n'en parlons plus, fit Dorian, qui n'aimait pas la lueur qui dansait au fond des yeux de son invité.

— Alors, dis-moi ce que tu as prévu pour la soirée ? Allons-nous dîner seuls ou as-tu des invités ?

— Je pensais que tu dînais chez les Beaumont, et j'avais envisagé de rendre visite à une certaine jeune dame de Penzance que je vois de temps en temps, confessa Trevillyan.

— Je t'en prie, ne te prive pas d'aller voir ta maîtresse pour moi. Eames veillera à ce que je ne meure pas de faim, et je peux parfaitement passer une soirée seul.

— Je suis un hôte en dessous de tout, marmonna le vicomte.

— Mais non, c'est moi qui suis un invité en dessous de tout. En fait, à moins que nous ne prenions de dispositions contraires, pars du principe que ton temps t'appartient, et ne t'inquiète pas pour moi.

— Et les... victimes des meurtres ?

— À moins de découvrir un élément nouveau, nous sommes dans une impasse, il me semble.

— Je ne crois pas qu'il y ait une explication logique à ces meurtres, observa Dorian, complètement dégrisé, à présent. Je n'ai pas vu le corps trouvé par Brierly, mais celui de la plage, en revanche... Selon moi, c'est l'œuvre d'un dément.

Plus tard ce soir-là, après un délicieux dîner arrosé d'un excellent vin du Rhin, Charles alla s'installer dans la bibliothèque avec un verre plein pour méditer la remarque de Trevillyan.

Deux balles avaient atteint Raoul en pleine poitrine avant qu'il fasse une chute d'une bonne dizaine de mètres. Comment aurait-il pu survivre ? Certes, tout était possible. Son demi-frère avait perdu beaucoup de sang, mais rien ne disait que Julian et lui avaient atteint un organe vital.

La chute dans la fosse avait certainement fait des dégâts, mais n'avait pas nécessairement été fatale.

Julian et Nell ne se posaient pas tant de questions. Les cauchemars de Nell, dans lesquels elle « voyait » les horreurs perpétrées par Raoul dans les cryptes de Dower House, avaient cessé, et pour le couple, c'était la meilleure preuve de la mort de leur cousin.

Cela leur suffisait peut-être, mais dans la mesure où on n'avait pas retrouvé le corps de Raoul, et tant qu'on n'aurait pas expliqué rationnellement comment, seul et grièvement blessé, il avait fait pour se volatiliser, Charles aurait toujours un doute.

Se rendant compte qu'il tournait en rond, il s'efforça de se concentrer sur les meurtres des jeunes femmes dans la région. Trevillyan lui avait confié qu'elles avaient été horriblement torturées et mutilées. Cela ressemblait trop à ce que Nell voyait en rêve, et à la description du cadavre que Marcus et Julian avaient trouvé dans les bois de Wyndham pour n'être qu'une coïncidence.

S'il n'avait aucune preuve que son demi-frère était encore en vie, Charles ne pouvait cependant croire qu'un second monstre du même acabit rôdait dans la campagne anglaise. Avec sa côte rocheuse et ses vastes landes désolées, ses villages de contrebandiers où l'on était taiseux autant par tempérament que par prudence et où personne ne s'occupait des affaires de son voisin, la Cornouailles offrait un refuge idéal pour un criminel comme Raoul.

Il ne pouvait certes pas prouver qu'il était toujours vivant, mais il y avait tout de même une chose qu'il pouvait faire, et il se demanda pourquoi il n'y avait pas pensé plus tôt. S'il n'était pas mort, et s'était replié dans la région, il fallait bien que Raoul réside quelque part.

En faisant l'inventaire des maisons et des domaines qui avaient changé de main au cours des trois dernières années, il avait de bonnes chances de dénicher le repaire de son demi-frère.

8

Bien entendu, Adrian rapporta à April la visite de Daphné chez la sorcière, sorcière qui se trouvait être la sœur de Goodson. Les domestiques entrant et sortant continuellement durant le dîner, l'adolescente n'osa pas poser les questions qui lui brûlaient les lèvres. Mais dès qu'ils passèrent dans le petit salon où on leur servait le thé et le café, et que le majordome eut quitté la pièce, elle demanda d'un ton pressant :

— Daphné, est-ce que je peux aller avec toi chez la sorcière, vendredi après-midi ? S'il te plaît !

Ketty leva vivement les yeux de son ouvrage.

— Une sorcière ? Qu'est-ce c'est que cette histoire à dormir debout ?

— Mais c'est vrai ! intervint Adrian. Cet après-midi, sur le chemin du retour, Daphné s'est arrêtée chez une sorcière et elle doit retourner la voir vendredi prochain. J'ai failli tomber à la renverse quand elle m'a dit que c'était la sœur de Goodson.

— Mademoiselle Daphné, à quoi avez-vous donc pensé ? s'insurgea la vieille gouvernante. Et peu importe que cette *créature* soit la sœur de votre majordome. Votre pauvre mère doit se retourner dans sa tombe !

— Je vous assure, Ketty, qu'Anne Darby n'a rien d'une sorcière. C'est une personne très convenable, et je pense qu'elle vous plairait si vous la connaissiez, assura Daphné non sans avoir décoché un regard noir à son frère.

— Une femme qui gagne sa vie en profitant de l'ignorance et de la superstition des pauvres gens ? J'en doute fort ! Mais qu'êtes-vous allée faire chez une sorcière ? questionna-t-elle cependant, dévorée de curiosité.

— Mme Hutton, à qui j'expliquais que je m'intéressais à l'histoire de nos ancêtres, m'a déclaré que c'était la personne la mieux à même de me renseigner.

— Vous n'avez pas trouvé suffisamment de renseignements auprès du pasteur ?

— Oh, il a une documentation très complète, mais très aride, et je suis sûre que les histoires d'Anne Darby seront beaucoup plus… vivantes, expliqua Daphné en s'empourprant.

— Mais enfin, mon petit, une sorcière ! Vous croyez que c'est raisonnable ? Elle va vous farcir la tête de contes à dormir debout, j'en suis sûre !

— Et en quoi est-ce mal ?

— En quoi ? Regardez ces enfants ! Ils trépignent d'impatience à l'idée de rencontrer cette personne. Cette conversation n'est pas du tout pour eux, d'ailleurs.

— Je ne vois pas ce qu'il y a de mal à écouter quelques légendes concernant nos ancêtres, s'entêta Daphné.

— En avez-vous parlé à M. Weston ? demanda imprudemment Ketty. Je me demande si voir sa fiancée fréquenter une sorcière serait de son goût !

— Cela ne regarde en rien M. Weston. Je suis parfaitement capable de décider moi-même qui je veux voir, et je n'ai pas besoin de sa permission.

— À ta place, je n'en serais pas aussi certain, intervint Adrian. M. Weston m'a l'air de savoir ce qu'il veut et je parie que lorsque vous serez mariés, il voudra savoir ce que fait sa femme.

— Qui se soucie de ce que pense M. Weston ? Daphné ne l'a pas encore épousé, lui rappela April. Elle a le droit de faire ce qu'elle veut. S'il te plaît, emmène-moi avec toi vendredi, ajouta-t-elle à l'adresse de sa sœur. Et peut-être que cette dame me donnera un charme pour transformer Adrian en crapaud...

— Aucune sorcière ne peut rien contre moi, même avec tous ses charmes et ses maléfices, se vanta en riant son frère. Toi, en revanche, tu risques de faire des cauchemars pendant des semaines. Il vaut mieux que je vous accompagne.

— Vous voyez ? triompha Ketty. Ils parlent déjà de charmes et de maléfices ! Ce ne sont pas des conversations qui conviennent à de jeunes esprits malléables.

Daphné était de cet avis, et elle regrettait de n'être pas allée seule chez Mme Darby. Mais le mal était fait, et maintenant que ses cadets connaissaient son existence, ils n'auraient de cesse de l'accompagner chez elle. Si elle refusait de les emmener, leur imagination débordante les entraînerait beaucoup plus loin que toutes les histoires de la sœur de Goodson.

Elle céda donc, au grand dam de Ketty qui, indifférente aux cris de triomphe des deux adolescents, protesta :

— Vous ne songez pas sérieusement à emmener ces enfants innocents chez une sorcière ? Même s'il s'agit de la sœur de notre respectable Goodson, ce que j'ai d'ailleurs du mal à croire.

— Je le tiens de Mme Hutton, qui a grandi avec le frère et la sœur, dit Daphné.

— Eh bien, c'est réglé ! conclut Adrian en se levant. À quelle heure irons-nous ?

— À 14 heures ?

— Je ferai préparer une voiture et mon cheval. En attendant, je vais me coucher.

— Déjà ? s'étonna Daphné, qui remarqua alors que son frère avait les yeux cernés.

— Je dors mal depuis quelque temps, dit-il en étouffant un bâillement. Le vent fait un raffut de tous les diables, au point de me réveiller. Parfois, je jurerais qu'un enfant ou une femme pleure. Cela fait un tapage infernal !

— Ah, toi aussi, tu entends cela ? s'écria April. Les premières fois que ce bruit m'a réveillée, j'étais terrifiée. J'ai allumé toutes les chandelles de la chambre pour chercher d'où cela provenait, mais je n'ai rien trouvé.

— Pourquoi ne m'en avez-vous jamais parlé ? questionna Daphné, le cœur battant à tout rompre.

Si le bruit du... vent vous dérange à ce point, vous pouvez changer de chambre, la maison est assez grande.

— Mais je n'ai aucune envie d'abandonner ce magnifique appartement, répliqua Adrian. Et je ne suis plus un bébé, pour me laisser terroriser par le bruit du vent.

— Et moi non plus, renchérit April d'un ton un peu moins assuré. Ce n'est que le vent qui fait craquer la charpente, cela ne peut pas nous faire de mal.

— Tu as raison, sourit Daphné.

— Et vous voulez les emmener voir une sorcière qui va leur farcir la tête de récits terrifiants sur les gens qui ont habité cette demeure ! intervint Mlle Kettle. Croyez-moi, mademoiselle Daphné, si vous persistez dans cette folie, Mlle April va nous faire des cauchemars et se réveiller en criant toutes les nuits. Et ce sera votre faute.

— Oh, ne faites pas tant d'histoires, Ketty, tout ira bien !

La vieille demoiselle n'était pas du tout de cet avis, et le lendemain matin, M. Weston reçut une lettre de la gouvernante l'informant de l'idée saugrenue de leur chère Mlle Daphné de se rendre, avec son frère et sa sœur, dans l'antre d'une nécromancienne s'adonnant à la magie noire.

La pauvre Ketty avait longuement hésité avant de se résoudre à écrire ce billet, et elle avait eu bien du mal à l'envoyer, mais elle n'avait pas trouvé d'autre moyen de sauver ses chers petits. Elle était déchirée entre sa loyauté envers sa bien-aimée Daphné et une farouche détermination à protéger ses trois agneaux innocents de l'influence maléfique de la sorcière.

Charles ouvrit des yeux comme des soucoupes à la lecture du billet de la gouvernante. Pour des motifs obscurs, Daphné emmenait ses cadets voir une sorcière ? Une sorcière qui se trouvait être la sœur de Goodson ? Et on comptait sur lui pour dissuader cette chère Mlle Daphné de commettre une telle imprudence ? Mais ladite Mlle Daphné était parfaitement capable de lui arracher les yeux et le foie s'il osait se mêler de ses affaires, de cela au moins il était certain. Et s'il essayait de la dissuader de se rendre chez cette sorcière, il ne ferait que la renforcer dans sa détermination.

Mlle Kettle lui accordait apparemment une influence sur sa fiancée qu'il doutait fort de posséder.

Dévoré de curiosité quant aux motivations de cette dernière, il fit seller son cheval et se rendit à Beaumont Place. Il remontait l'allée du manoir, se demandant encore comment et pourquoi intervenir, lorsqu'il entendit dans son dos un galop furieux. Il se rangea sur le côté et reconnut Adrian, monté sur un magnifique étalon noir, et Daphné sur un grand hongre gris.

Ils faisaient la course, et l'aînée menait d'une longueur, mais dès qu'ils l'aperçurent, ils tirèrent sur les rênes. La monture de la jeune femme renâcla, et Charles admira la grâce et la maîtrise avec laquelle sa fiancée imposait sa volonté et se faisait obéir d'une bête aussi puissante.

Il la trouva particulièrement ravissante. Elle avait les joues rosies par la course, ses épais cheveux sombres attachés en un chignon bas et un petit chapeau noir incliné de manière canaille qui mettait en valeur l'ossature délicate de son visage. Dans son costume de velours bleu nuit orné de brandebourgs, elle était l'incarnation même de l'élégance, et il ne put s'empêcher de parcourir d'un regard appréciateur sa poitrine haute, sa taille fine, et ses cuisses galbées visibles sous l'étoffe tendue de sa jupe comme elle montait en amazone.

Même s'il avait toujours eu du succès auprès du beau sexe, Charles n'était pas ce qu'il était convenu d'appeler un homme à femmes, mais Daphné éveillait en lui un désir comme il n'en avait encore jamais éprouvé. Il avait à peine posé les yeux sur ses cuisses qu'il imagina aussitôt ses jambes nues enroulées autour de ses hanches. La vision était si vivace qu'il crut sentir la peau soyeuse de la jeune femme, le frottement de sa chair contre la sienne, et qu'un flot brûlant de désir le submergea.

Maudissant ce corps indiscipliné, il se demanda une fois de plus comment il allait survivre jusqu'à de leurs noces.

— Bonjour, monsieur, le salua joyeusement Adrian en arrivant à sa hauteur. C'est vraiment un temps idéal pour une promenade, vous ne trouvez pas ?

Espérant que sa veste suffisait à cacher les signes les plus évidents de son émotion, Charles hocha la tête.

— Idéal, en effet, acquiesça-t-il.

Un homme sage aurait mis le plus de distance possible entre lui et la tentation, c'est pourquoi il envisagea un instant de rester près d'Adrian. Mais l'attirance exercée par Daphné était trop forte, et, remettant son destin entre les mains des dieux, il poussa sa monture jusqu'à celle de la jeune femme.

— Je me suis levé avec l'intention de venir vous proposer une promenade à cheval, mais je vois que j'arrive trop tard, hélas! lui dit-il.

— Beaucoup trop tard, répliqua-t-elle avec entrain. Peut-être un autre jour, si je suis libre.

— Mais maintenant que vous êtes là, vous vous joindrez bien à nous pour le petit déjeuner? proposa Adrian.

— Je suis sûre que M. Weston a une foule de choses à faire, intervint en hâte Daphné.

— Mais pas du tout, assura Charles en la regardant droit dans les yeux, un sourire innocent aux lèvres. Je serais ravi de me joindre à vous.

Pour toute réponse, sa fiancée éperonna son cheval et partit au petit trot, laissant les deux jeunes gens en arrière.

— Ne faites pas attention, commenta Adrian avec philosophie. Elle n'aime pas qu'on la tienne en bride, mais elle se radoucira, vous verrez.

À voir la désinvolture avec laquelle sa fiancée le traitait, Charles doutait qu'elle devienne jamais une épouse docile. Il observait avec amusement la façon dont elle feignait de ne pas s'apercevoir de sa présence et s'absorbait dans une discussion avec Mlle Kettle sur la plantation de nouveaux rosiers. La vie avec Daphné Beaumont s'annonçait imprévisible, et il était prêt à parier que le mot « ennui » serait à jamais banni de son vocabulaire une fois qu'il l'aurait épousée – ce qui n'était pas pour lui déplaire.

Les coups d'œil furtifs que lui glissait la gouvernante lui rappelèrent l'objet de sa visite. Il profita d'un moment où Daphné était occupée à se servir pour rassurer d'un sourire la vieille demoiselle. Il ne la trahirait pas, mais cela lui posait un problème : s'il ne voulait pas révéler le rôle qu'elle avait joué dans sa visite de ce matin, il fallait que quelqu'un d'autre l'informe du rendez-vous chez la sorcière.

Il cherchait une solution lorsque April vint résoudre son dilemme.

— Est-ce que Daphné vous a dit que nous devions rendre visite à une sorcière demain ? demanda-t-elle impulsivement, oubliant qu'ils avaient décidé la veille de ne pas lui en parler.

Daphné sursauta, et sa fourchette heurta son assiette. Retournant s'asseoir à table, elle adressa un regard réprobateur à sa sœur, puis déclara d'un ton coupant :

— Je suis certaine que la façon dont nous occupons notre temps n'intéresse pas du tout M. Weston.

— Détrompez-vous, répliqua Charles, cela m'intéresse énormément. Je ne crois pas avoir jamais eu le plaisir de rencontrer une sorcière, figurez-vous.

— Pourquoi ne viendriez-vous pas avec nous ? proposa Adrian en évitant habilement le coup de pied dans le tibia que s'efforça de lui flanquer sa sœur aînée.

— Pourquoi pas, en effet, répondit Charles. À quelle heure dois-je venir ?

— C'est nous qui allons chez Mme Derby, à la sortie de Penzance, indiqua Daphné, les dents serrées. Elle a une toute petite maison et quand nous nous sommes mises d'accord, je devais venir seule. Je ne pense pas qu'elle apprécie de voir débarquer toute une horde à l'improviste.

— Eh bien, faites-la prévenir, suggéra Charles. Ou, mieux, pourquoi ne pas lui demander de venir ici ? Il y a toute la place qu'il faut, et nous n'aurions pas à nous déplacer.

Daphné dut se retenir pour ne pas exploser. Décidément, M. Weston était l'homme le plus agaçant qu'elle ait jamais rencontré. Et dire qu'elle allait l'épouser !

— J'ai de bonnes raisons de trouver préférable de rencontrer Mme Goodson chez elle, expliqua-t-elle posément.

— Cette sorcière est la sœur de notre majordome, chuchota April.

— Vraiment ? Alors raison de plus pour la faire venir, fit Charles en adressant un sourire innocent à Daphné. Elle pourra en profiter pour rendre visite à son frère. Mais au fait, pouvez-vous m'expliquer pourquoi vous voulez la rencontrer ?

— Elle est censée nous raconter les vieilles légendes qui courent sur Beaumont Place et nos ancêtres, expliqua obligeamment April. Daphné dit que les archives de M. Henley sont trop arides et que les histoires de Mme Darby seront bien plus vivantes.

— Je n'approuve absolument pas cette initiative, s'empressa de déclarer Mlle Kettle. Fréquenter une sorcière, vous imaginez ? Ce n'est pas convenable.

— Oh, je suis entièrement d'accord avec vous, acquiesça Charles, qui monta encore d'un cran dans l'estime de la brave demoiselle. Mais que pouvons-nous y faire ? Mlle Daphné me semble décidée, et sir Adrian et Mlle April piaffent d'impatience. Nous ne pouvons tout de même pas les décevoir. En faisant venir Mme Darby ici, nous pourrons veiller au grain afin que rien de fâcheux n'arrive, poursuivit-il du ton d'un adulte parlant d'enfants un peu turbulents.

— Goodson ne voit pas d'un bon œil les activités de sa sœur, et je pense que sa présence ici ne serait pas du tout de son goût, objecta Daphné.

— Alors mieux vaut l'avertir tout de suite, proposa Charles d'un ton suave. Cela lui laissera le temps de se faire à cette idée.

Il vit les doigts de Daphné se crisper dangereusement autour de sa tasse, mais elle se retint de lui jeter son café à la figure – non pas qu'elle n'ait pas été tentée, il en était certain. Au lieu de cela elle le gratifia d'un sourire tout aussi suave et déclara :

— Quelle excellente idée ! Et puisque vous prenez tellement de plaisir à arranger les occupations de chacun, vous aurez le plaisir de prévenir

Goodson ! Et maintenant, si vous voulez bien m'excuser, je vais aller écrire un mot à Mme Darby pour l'informer de ces changements.

Sur ce, la jeune femme se leva et quitta la pièce, drapée dans sa dignité.

— Jusqu'à la dernière minute, je pensais avoir gagné la partie, observa Charles sans s'adresser à quiconque en particulier.

— Avec Daphné, ce n'est jamais gagné ! s'esclaffa Adrian. Disons qu'elle a remporté la première manche.

— Indubitablement. Vous croyez que Goodson prendra très mal la visite de sa sœur ? lança-t-il à la ronde.

— Goodson est trop bien élevé pour manifester une quelconque désapprobation. Je suis certaine que cela ne lui fera pas plaisir, mais qu'il n'en montrera rien, assura Ketty.

— Il n'y a qu'une façon de le savoir, fit Charles en se levant. Puisque c'est vous le maître de maison, il vaut mieux que vous m'accompagniez, ajouta-t-il à l'adresse d'Adrian.

— D'accord, mais c'est vous qui parlerez ! C'est ce qu'a dit Daphné.

— Je ne m'en étais pas encore rendu compte, mais vous ressemblez énormément à votre sœur aînée, se plaignit Charles comme ils quittaient la pièce.

Le visage de Goodson se crispa à l'annonce de la visite de sa sœur, et Charles compatit. Le majordome était le premier de tous les domestiques, et il était embarrassant pour un homme occupant sa position de découvrir que ses employeurs connaissaient sa parenté avec la sorcière du pays et qu'ils l'avaient invitée au château.

— Très bien, messieurs, dit-il froidement. Tout sera prêt demain pour la visite de Mme Darby.

— Ce n'est pas si terrible d'avoir une sorcière dans la famille, le consola Adrian. Il y a des moments où j'échangerais bien April contre une sorcière, ce serait plus amusant !

La bouche du majordome frémit imperceptiblement.

— Je vous remercie, sir Adrian. Ces confidences me vont droit au cœur.

Charles quitta Beaumont Place relativement content de lui. Bien sûr, il aurait aimé rester un moment seul avec sa fiancée mais étant donné ce qui s'était passé les deux dernières fois où ils s'étaient retrouvés en tête à tête, il était sans doute préférable qu'elle se soit claquemurée dans ses appartements – pour le vouer aux gémonies probablement.

Il était encore tôt et puisqu'il n'avait rien d'autre à faire, il prit la direction de Penzance. Après s'être diverti avec les Beaumont, il était temps de passer aux choses sérieuses et de s'occuper de Raoul. Maître Vinton lui avait fait l'effet d'un homme efficace et discret. Il était du pays et connaissait parfaitement la région. En un mot, il lui paraissait tout indiqué pour lui fournir les informations dont il avait besoin sans éveiller les soupçons.

Le notaire l'accueillit avec amabilité et, une fois échangées les politesses d'usage, s'enquit du but de sa visite.

— J'aimerais que vous recherchiez discrètement les propriétés possédant certaines caractéristiques qui ont été vendues ou louées, disons, ces trois dernières années. Je ne veux à aucun prix qu'on sache que vous agissez pour mon compte. Personne, je dis bien personne, ne dois le soupçonner, insista-t-il.

— Je me dois de vous demander si cette requête a un rapport avec la famille Beaumont, fit l'homme de loi, visiblement ennuyé. Si c'est le cas, je me verrai dans l'obligation de refuser d'agir en votre nom.

— Non, cela n'a rien à voir avec eux. Il s'agit d'une affaire privée qui ne concerne que moi.

Maître Vinton l'étudia longuement, puis :

— Très bien, j'accepte de me charger de cette recherche. Mais je dois vous avertir que si je découvrais le moindre lien avec mes clients, j'en informerais immédiatement sir Adrian et je renoncerais à cette mission.

— Je n'en attendais pas moins de vous, assura Charles avant de prendre congé.

Le temps était tout à fait approprié pour une rencontre avec une sorcière, songea Charles Weston, le lendemain après-midi, tandis qu'il remontait l'allée menant à Beaumont Place. Voyant les gros nuages noirs qui obscurcissaient l'horizon et le vent qui se levait, il avait prudemment choisi un cabriolet à capote et emporté du linge de rechange, au cas où une tempête l'empêcherait de regagner Lanyon Hall.

Remarquant sa valise, Adrian, qui descendait le perron pour l'accueillir, s'écria :

— Oh, parfait, vous passez la nuit ici ! J'ai failli vous le proposer hier, et puis cela m'est sorti de la tête.

Les deux hommes pénétrèrent dans le hall et, après qu'Adrian eut demandé au majordome de faire préparer une chambre pour son invité, ils gagnèrent directement le petit salon bleu où la famille aimait à se réunir. Une dame aux yeux sombres, vêtue d'une robe bronze démodée, trônait sur un canapé aux côtés de Daphné. Il ne pouvait s'agir que de la sorcière. S'il avait eu le moindre doute, les regards noirs que lui jetait Ketty chaque fois qu'elle levait le nez de ses habituels travaux d'aiguille auraient suffi à dissiper toute équivoque. Assise un peu en retrait comme il sied à une jeune personne, April avait du mal à contenir son impatience.

Les présentations faites, Charles fut obligé de réviser son opinion concernant Mme Darby. Sans partager l'effroi de Mlle Kettle, il était loin d'être convaincu de l'intérêt d'une telle visite. Tout ce qu'il savait d'Anne Darby, c'était qu'elle était la sœur de Goodson et qu'elle avait la réputation de s'adonner à la sorcellerie. Il pouvait parfaitement s'agir d'une mystificatrice attirée par la fortune de la famille Beaumont et cherchant à leur extorquer de l'argent. Il s'était donc préparé au pire, y compris à jeter dehors l'importune, quitte à s'attirer les foudres de Daphné pour une durée indéterminée.

Il ne savait trop à quoi pouvait ressembler une sorcière, mais la petite femme brune aux cheveux soigneusement tirés, qui avait visiblement revêtu ses plus beaux atours pour être reçue au château, avait plutôt l'air d'une gouvernante que d'une sorcière. Il crut lire un certain amusement au fond de son beau regard intelligent et n'y perçut aucune arrière-pensée. Cela valait mieux pour tout le monde, décida-t-il. Anne Darby éviterait ainsi de se voir chassée d'une façon humiliante et lui de se fâcher avec sa fiancée.

On frappa discrètement à la porte et Goodson entra avec un plateau. En le regardant vaquer à ses occupations avec son flegme habituel, Charles se demanda ce qu'il pouvait bien ressentir en servant sa sœur. Mais derrière son masque impassible, il était impossible de deviner quoi que ce soit des sentiments qui agitaient le majordome.

Lorsque ce dernier eut quitté le salon, Adrian se tourna vers sa sœur aînée et annonça d'un air de défi :

— J'ai proposé à M. Weston de rester pour la nuit, Daphné. Une tempête s'annonce, et ce ne serait pas prudent qu'il rentre à Lanyon Hall.

— Tu as bien fait, approuva tranquillement Daphné, qui se délecta de la surprise de son frère et de son fiancé.

Elle avait réfléchi et était arrivée à la conclusion que des escarmouches continuelles avec son cadet et son futur époux ne la mèneraient à rien. Adrian était chez lui, après tout, et il pouvait bien inviter qui il voulait. Quant à M. Weston...

Elle étudia à la dérobée son fiancé, qui plaisantait avec son frère, négligemment accoudé à la cheminée, et son cœur fit une cabriole. Sa redingote bleu foncé soulignait ses larges épaules, sa culotte couleur daim moulait ses cuisses musclées, et elle se sentit rougir en se remémorant ce corps viril pressé contre le sien, le goût de sa langue sur la sienne. Un seul sourire de lui, un seul regard suffisait à la faire chavirer, et lorsqu'il la touchait, comme il l'avait fait dans le bureau de maître Vinton... Elle se sentit toute faible au souvenir de l'onde brûlante qui l'avait alors submergée, des émotions inconnues qu'elle avait ressenties. Quand il la touchait de cette façon, elle devenait littéralement folle, n'éprouvait plus que le besoin irrésistible de s'offrir à lui et de le laisser faire d'elle tout ce qu'il voulait.

Pourtant, c'était lui qui avait mis fin à leur étreinte passionnée, pas elle. L'avait-il trouvée trop audacieuse ? Dévergondée, même ? Voilà qui ne lui plaisait guère.

Un discret toussotement la ramena au présent.

— Nous commençons ? s'enquit Mme Darby.

— Je vous en prie, répondit-elle.

— Je crois que je vais débuter par la légende de Beaumont-le-Noir.

— Beaumont-le-Noir ? Ç'a dû être un type épouvantable, fit remarquer Adrian.

— En effet, confirma Mme Darby, le regard pétillant. On raconte qu'au temps du roi Jean, pendant que le bon roi Richard Cœur-de-Lion était aux croisades, il jeta son dévolu sur la femme d'un autre seigneur...

9

— Je me dois de protester, intervint Mlle Kettle en jetant un regard furibond à Daphné, à peine ces mots étaient-ils sortis de la bouche d'Anne Darby. Ce genre de sornettes ne convient pas du tout aux oreilles innocentes de Mlle April.

— Allons, Ketty ! s'exclama l'intéressée. J'ai lu tout le cycle de la quête du Graal et de la vie du roi Arthur, et je sais très bien ce que faisaient messire Lancelot et la reine Guenièvre. Ça ne doit pas être très différent, j'imagine.

— En effet, approuva Daphné. Et vous oubliez qu'April va avoir bientôt dix-sept ans, ma chère Ketty. Même si pour nous elle restera toujours notre benjamine, c'est une jeune fille désormais, et ce serait injuste de la cantonner dans la nursery. Il ne s'agit que d'une légende, après tout, et si je vois que le récit prend un tour inapproprié, je prierai Mme Darby de s'interrompre.

Sans laisser le temps à Ketty de défendre plus avant son point de vue, elle se tourna vers la sœur de Goodson.

— Voulez-vous commencer ?

Tandis que Mme Darby contait son histoire, Charles observait avec amusement les mines captivées des trois Beaumont. La légende se déroulait exactement comme il s'y attendait. Beaumont-le-Noir, un soudard sans scrupules, avait enlevé la jeune et ravissante Blythe, dont le malheureux époux, beaucoup plus âgé qu'elle, était mort de chagrin. Charles était intimement persuadé que le barbon était mort de vieillesse et que la belle avait été plus que ravie de troquer son vieux mari pour un jeune et vaillant chevalier de la trempe de Beaumont-le-Noir, mais il jugea préférable de garder son opinion pour lui. L'histoire s'achevait de manière prévisible : Blythe avait épousé son ravisseur et ils avaient vécu heureux.

Au fil du récit, il crut remarquer une certaine déception chez Daphné. À quoi s'attendait-elle donc ? Que Blythe poignarde Beaumont et retourne vivre auprès de son vieux mari ? Oui, sans doute, songea-t-il en réprimant un sourire.

Weston se trompait. Ce n'était pas l'épilogue qui décevait la jeune femme. Ce qui l'ennuyait, c'était de ne trouver dans ce récit aucun lien avec l'étrange visite nocturne de sa deuxième nuit à Beaumont Place. Elle avait beau se douter que ça ne serait pas aussi facile, elle n'en était pas moins désappointée. Elle était d'autant plus pressée d'en apprendre davantage sur les Beaumont qu'Adrian et April avaient été, eux aussi, témoins d'étranges phénomènes. Quelle qu'en soit l'origine, elle trouvait intolérable que ses cadets soient ainsi perturbés, et elle était bien décidée à trouver une explication.

Jusqu'à présent, la lecture des archives du pasteur n'avait rien donné, et elle doutait de découvrir ce qu'elle souhaitait, même au prix de longues recherches. Dans toutes les familles, on avait une fâcheuse tendance à cacher les squelettes au fond des placards et à offrir à la postérité une version passablement édulcorée de l'histoire ancestrale.

Pour l'heure, Anne Darby était très probablement sa meilleure source d'informations possible.

— Nous avons pris beaucoup de plaisir à votre récit. Cela vous ennuierait de nous raconter une autre histoire ? hasarda-t-elle.

Le temps s'était écoulé comme dans un songe, et le jour tombait déjà. À en juger par les coups de tonnerre occasionnels, le gémissement du vent, et la pluie qui martelait les carreaux, la tempête approchait.

— Je pensais vous raconter une histoire de fantômes, mais le temps empire et je ferais mieux de rentrer chez moi, répondit Mme Darby. Peut-être une autre fois.

— Nous ne pouvons pas vous laisser repartir par ce temps ! intervint Adrian. J'insiste pour que vous acceptiez notre hospitalité pour la nuit. Goodson et Mme Hutton vont prendre les dispositions nécessaires.

Le cœur de Daphné avait fait un bond dans sa poitrine à la mention du mot « fantôme », et elle aurait volontiers embrassé son frère quand il avait invité Mme Darby.

— Restez, je vous en prie, renchérit-elle comme cette dernière hésitait.

— Oh, oui, restez ! s'écria April. Voyez, c'est une nuit qui convient parfaitement aux histoires de fantômes, ajouta-t-elle en riant tandis que retentissait un coup de tonnerre formidable.

La réaction de Daphné au mot « fantôme » n'avait pas échappé à Charles. De toute évidence, sa fiancée tenait à ce que Mme Darby passe la nuit à Beaumont Place, et il aurait aimé comprendre pourquoi. Il décida donc de voler à son secours.

— Il n'est pas question que vous repartiez par ce temps, madame Darby. Acceptez l'invitation de sir Adrian, insista-t-il. Du reste, cette jeune personne a raison, c'est une nuit idéale pour les histoires de revenants.

Anne Darby capitula donc et Daphné sonna pour demander à Goodson et à Mme Hutton de faire le nécessaire. Même le devin le plus habile n'aurait pu soupçonner les sentiments du majordome, alors que ceux de la femme de charge se lisaient sur son visage.

— Goodson va faire rajouter un couvert pour le dîner, dit-elle avec un grand sourire, et je vais prévenir la cuisinière qu'il y a un convive supplémentaire.

— Je vous remercie de votre hospitalité, sir Adrian, intervint Anne Darby, mais je ne veux pas en abuser. Il serait plus convenable que je dîne à la cuisine avec le personnel, et je m'y sentirais plus à l'aise.

— Et comme il commence à se faire tard, nous allons laisser Mme Darby s'installer dans sa chambre. Elle nous rejoindra après le dîner, déclara Daphné pour dissiper toute gêne.

— Vous ne craignez pas de heurter davantage la susceptibilité de son frère ? s'inquiéta Charles après le départ des deux domestiques et d'Anne Darby.

— Oh que si ! Pauvre Goodson ! sourit Daphné. Demain, il faudra que nous nous montrions particulièrement gentils avec lui si nous voulons rester dans ses bonnes grâces.

Après le dîner, ils se réunirent de nouveau dans le petit salon bleu. Un bon feu dansait joyeusement dans l'âtre, toutes les chandelles avaient été allumées, et la pièce semblait une oasis de calme et de chaleur au milieu de la tempête qui faisait maintenant rage, tel un prélude aux histoires de fantômes.

Adrian et April étaient pelotonnés sur le même canapé en face de Daphné et de Mme Darby, Charles avait retrouvé sa place près dc la cheminée, tandis que Mlle Kettle s'était assise dans un fauteuil, son ouvrage sur les genoux, et l'air désapprobateur. Elle n'était visiblement pas la seule à désapprouver cette réunion. La température parut chuter de plusieurs degrés lorsque Goodson vint apporter les boissons. La tension entre sa sœur et lui était presque palpable.

— Vous nous avez promis une histoire de fantômes, rappela Daphné après le départ du majordome.

— Effectivement. Mais, cette fois, il n'y aura pas de fin heureuse, je le crains, prévint Anne Darby en se tournant vers April. Il s'agit d'une triste histoire, qui a connu une tragique issue.

— Merveilleux, soupira April.

— Cela se passait, commença Mme Darby, sous le règne de Marie-la-Sanglante. Sir Wesley et son neveu John, qui était aussi son unique héritier, ne faisaient pas partie du même camp.

Anne expliqua que sir Wesley, qui n'avait jamais eu d'enfant, était resté secrètement partisan de l'Église de Rome et avait longtemps attendu le retour de la vraie foi, tandis que son frère cadet Édouard, mort en 1555, et son neveu John étaient d'ardents fidèles de la religion anglicane instituée par Henry VIII. Depuis leur plus jeune âge, Édouard et sir Wesley ne s'étaient jamais entendus et leur mésentente n'avait fait que croître. Le mariage du cadet avec une ravissante héritière avait ruiné tout espoir de réconciliation entre les deux frères. Sir Wesley, fou d'envie et de jalousie, était persuadé que son frère avait délibérément séduit la seule femme qu'il avait jamais aimée, l'empêchant ainsi de fonder une famille et de procréer.

— Il ne manquait pas le toupet, marmonna Adrian profitant de ce que la conteuse buvait une gorgée de thé. Il n'avait qu'à épouser quelqu'un d'autre s'il voulait des enfants, au lieu de s'en prendre à son frère.

— Mais peut-être qu'aucune autre femme ne lui plaisait, intervint April. La mère de John était peut-être son grand amour.

— Balivernes ! rétorqua son frère. Tu lis trop de romans à deux sous.

— Certainement pas ! s'exclama Mlle Kettle. Je ne le lui permettrais pas.

L'air coupable d'April contredisait ces propos, et, peu désireuse de donner à Ketty l'occasion de gronder sa sœur, Daphné suggéra à Mme Darby de poursuivre son récit.

— Sir Wesley avait la réputation d'être un homme froid, insensible, au cœur dur. Ses vassaux le craignaient et ses voisins avaient peu d'estime pour lui. Édouard, en revanche, était aimé et respecté de tous, ce qui ne faisait qu'accroître la haine de son aîné, qui avait également pris son neveu en grippe et avait juré que jamais il n'hériterait du nom et des armes des Beaumont.

En dépit du feu qui crépitait dans la cheminée, Daphné resserra frileusement les plis du grand châle de cachemire drapé sur ses épaules. Tous paraissaient captivés par le récit d'Anne Darby, mais la sensation de froid persistait, et elle remarqua qu'April frissonnait dans sa robe légère, tandis que Ketty boutonnait jusqu'au cou sa palatine à l'ancienne mode. Charles lui-même s'était penché pour attiser le feu qui n'en avait pourtant nul besoin.

Ce n'était donc pas le fruit de son imagination ; tout le monde paraissait ressentir ce même froid glacial que celui qu'elle avait éprouvé dans sa chambre la nuit où s'étaient produits les étranges phénomènes. Spontanément, elle chercha des yeux la forme blanchâtre qu'elle avait aperçue cette nuit-là. Sans résultat. Il lui sembla cependant que la flamme des chandelles était moins vive.

— John, continua Mme Darby en se frictionnant les bras comme pour se réchauffer, était devenu un beau jeune homme et, tout comme Édouard avant lui, il avait trouvé une charmante épouse, Anne-Marie, quelques mois avant la mort d'Édouard. Malgré le chagrin que lui avait causé la mort de son père au printemps 1556, il avait tout pour être heureux. Il jouissait de l'estime de tous et sa femme adorée attendait un heureux événement.

Elle s'arrêta pour avaler une gorgée de thé brûlant tandis qu'un coup de tonnerre plus puissant que les autres ébranlait le manoir.

— L'époque était terrible pour les protestants. La reine Marie avait restauré la suprématie de l'Église catholique et, l'année précédente, notre brave évêque Latimer, qui avait refusé de se soumettre à Rome et d'abjurer la foi anglicane, était monté au bûcher en même temps que d'autres martyrs. Certains n'hésitaient pas à utiliser les querelles religieuses à des fins de vengeances personnelles, à commencer par sir Wesley. Il se servit de son crédit auprès de la reine pour s'emparer des terres de ses voisins, et beaucoup de ses vassaux finirent dans les oubliettes sur lesquelles cette demeure est bâtie. On raconte même que la jeune fille qu'il avait fini par épouser dans l'espoir d'avoir enfin un héritier n'échappa pas à sa cruauté.

— Pourquoi fait-il si froid tout à coup ? s'inquiéta April en claquant des dents.

— Quelque chose ne va pas avec le feu ? intervint Mlle Kettle. Mlle April a raison, il fait un froid glacial.

— Ce doit être à cause de la tempête, suggéra Adrian.

— Le feu brûle très bien, mais je peux rajouter quelques bûches, si vous le souhaitez, proposa Charles.

— Faites, je vous en prie, murmura Daphné, qui doutait cependant que cela change quoi que ce soit.

Elle ignorait la raison de cette soudaine chute de température, mais elle éprouvait une sensation bien différente de celle qu'elle avait ressentie dans sa chambre. La frayeur qui l'avait éveillée cette fameuse nuit n'était en rien comparable avec la terreur qui lui nouait la gorge. La lumière faiblissait, et elle avait la pénible impression d'une présence étrangère dans la pièce, qui n'était pas l'apparition qu'elle avait entendue gémir.

« Que diable se passe-t-il ? » s'interrogea Charles de son côté. Il faisait bel et bien froid dans la pièce, et il ressentait comme un vague danger qui lui hérissait les poils de la nuque. Il croisa le regard de sa fiancée et ce qu'il y lut le poussa à traverser la pièce pour la rejoindre.

— Qu'est-ce qui ne va pas ? murmura-t-il.

Elle s'efforça de sourire, n'y parvint pas, et se contenta de secouer la tête.

Anne la scruta du regard, puis reprit lentement :

— Mon enfance a été bercée des légendes qui courent sur Beaumont Place, et une vieille rumeur prétend que certaines pièces sont hantées. Quelques-unes des chambres… et même ce petit salon, qui était autrefois le bureau de sir Wesley. On entend, paraît-il, des gémissements… Des phénomènes inexplicables se produisent…

— Ça suffit ! jappa Ketty d'un air outré. J'ai tenu ma langue jusqu'à maintenant, mais trop, c'est trop. Des fantômes ! Et puis quoi encore ? Je ne tolérerai pas qu'on farcisse la jeune tête de Mlle April avec ces balivernes. Vous voulez qu'elle fasse des cauchemars pendant toute la semaine ? Quant à vous, reprit-elle en se dressant devant Daphné, regardez-vous ! Vous êtes blanche comme un linge, et vous tremblez. Vous non plus, vous ne fermerez pas l'œil de la nuit !

Charles baissa les yeux sur sa fiancée. La brave demoiselle avait raison. Daphné était livide et tremblait comme une feuille.

— Vous ne vous sentez pas bien ? s'alarma-t-il. Voulez-vous un cognac pour vous réchauffer ?

Daphné secoua la tête, pétrifiée.

— Regardez, souffla-t-elle en pointant le doigt vers la cheminée.

Toutes les têtes se tournèrent d'un même mouvement dans cette direction. Le feu qui brûlait joyeusement quelques secondes plus tôt n'était plus que braises. Une épaisse fumée noirâtre tourbillonna dans l'âtre, puis commença à se répandre dans la pièce. Elle s'avançait, se rassemblait, puis se dissolvait, comme douée d'une volonté propre, chaque fois plus épaisse et plus menaçante. Elle se divisa, prit la forme de deux mains qui se tendirent vers le canapé où se tenaient Daphné et Mme Darby, comme si elle voulait s'emparer de l'une d'entre elles.

Réprimant un juron, Charles arracha sa fiancée à son siège et la fit passer derrière lui pour lui faire un rempart de son corps. Avec un cri strident, Mlle Kettle se rua en direction de la porte, tandis qu'April se recroquevillait contre le dossier du canapé, et qu'Adrian bondissait sur ses pieds en s'écriant :

— Bon sang, qu'est-ce que c'est que ça ?

Anne Darby semblait calme, mais son visage blême trahissait sa frayeur. Comme les doigts de fumée se rapprochaient encore, elle se dressa soudain en brandissant un objet en or.

— Quitte immédiatement ces lieux, esprit ! Il n'y a rien pour toi ici !

À ces mots, la nuée menaçante parut hésiter, se contracta. La sorcière, tendant le bijou devant elle comme un bouclier, fit encore un pas.

— Par tout ce qui a été sacré pour toi jadis, je t'ordonne de quitter cette pièce ! lança-t-elle d'une voix plus assurée.

Il s'écoula une interminable seconde, puis une espèce de soupir étouffé résonna dans le salon, et la fumée disparut dans la cheminée aussi brusquement qu'elle était apparue. Avec l'impression d'être délivrée d'un maléfice qui la clouait sur place, Daphné quitta son refuge derrière Charles. À son grand soulagement, le feu crépitait de nouveau joyeusement, la flamme des chandelles éclairait plus vivement, et il régnait dans la pièce une agréable chaleur.

La jeune femme se laissa tomber sur le canapé, beaucoup plus ébranlée qu'elle ne l'imaginait. April et Adrian, qui pensaient qu'il s'agissait d'un tour de magie, retrouvèrent aussitôt leurs esprits et leur gaieté.

— Oh, madame Darby, c'était extraordinaire ! s'exclama April. Je n'ai jamais rien vu de tel, pas même à Londres.

— Ma sœur a raison, renchérit Adrian. C'était fabuleux. Un instant, j'ai bien cru que cette fumée noire allait vous attraper, ou Daphné ! Comment faites-vous ça ?

— Cela vous amuse ? se récria Mlle Kettle. Eh bien, moi pas. Je n'ai jamais assisté à quelque chose d'aussi horrible. C'est honteux, ajouta-t-elle en lançant un regard dégoûté à Mme Darby. J'étais morte de peur, et Mlle April aussi ! Il y avait de quoi la rendre malade pour la semaine. Et je ne vous permets pas de rire, mon jeune ami, poursuivit-elle à l'adresse d'Adrian. Si c'est pour endurer ce genre de mauvaises farces, je ne resterai pas une minute de plus dans cette pièce. Quant à vous, jeune demoiselle, il est grand temps d'aller vous coucher, conclut-elle en se tournant vers la benjamine.

— Viens donc, suggéra Adrian comme sa sœur ouvrait la bouche pour protester. Ketty a raison, il est tard. Moi aussi, je vais aller me coucher.

Une fois qu'ils eurent pris congé, Charles se servit une rasade de cognac qu'il dégusta pensivement en contemplant les flammes qui s'élevaient dans la cheminée.

— April a raison, déclara-t-il après quelques secondes, votre numéro était vraiment très réussi. Pourquoi gâcher vos talents en Cornouailles ? Vous auriez un succès fou à Londres.

— Il ne s'agissait pas d'un numéro, précisa calmement Anne Darby.

— Je vous crois sans peine. Je me demandais simplement si vous alliez tenter de vous en attribuer le mérite.

— Le mérite ? répéta Daphné en frissonnant. Qui voudrait s'attribuer le mérite d'une telle horreur ?

Charles lui jeta un coup d'œil, l'expression indéchiffrable.

— C'est une chance que Mlle Kettle et vos cadets soient persuadés que ce qu'ils ont vu n'était qu'un habile tour de magie. Mais dites-moi... saviez-vous ce qui allait se passer ? C'est pour cette raison que vous avez fait venir Mme Darby ici ?

— Non, avoua Daphné, je ne m'attendais à rien d'aussi... spectaculaire. Vous ne pensez tout de même pas que j'aurais autorisé April et Adrian à rester si j'avais soupçonné que les choses prendraient une telle tournure !

— Et vous, madame Darby, vous doutiez-vous de cc qui allait arriver ? questionna-t-il.

— Je ne m'y attendais pas non plus... mais c'était une possibilité et je m'y étais préparée. Comme je vous l'ai dit, j'ai grandi dans cette maison, et l'on racontait que certaines pièces étaient particulières, qu'il s'y passait des choses étranges. Cela n'a rien d'étonnant, du reste. Beaumont Place est une très ancienne demeure entre les murs de laquelle toutes sortes de gens ont vécu, dont certains ont commis des actes innommables. Beaucoup pensent que la trace de ces horreurs subsiste par endroits, comme si les murs même en demeuraient imprégnés.

Visiblement mal à l'aise, elle jeta un regard circulaire.

— Je vous ai dit la vérité à propos de ce salon ; c'était bel et bien le bureau de sir Wesley autrefois. Ma grand-mère et mon arrière-grand-mère, qui avaient toutes deux le don de double vue, n'auraient jamais mis les pieds dans cette pièce une fois la nuit tombée, et ne s'y seraient jamais aventurées seules, même en plein jour. Ce que Mme Hutton vous a raconté à propos de la demoiselle venue de Londres à l'époque de sir Huxley n'est qu'une des nombreuses histoires de fantômes concernant cette maison.

— Personne ne me l'a racontée. Voulez-vous le faire ? demanda Charles.

Anne Darby lui narra l'anecdote brièvement, mais sans omettre aucun détail. Il l'écouta avec la plus grande attention, puis se tourna vers Daphné.

— C'est pour cela que vous avez fait venir Mme Darby ? Vous vouliez vérifier la véracité de cette histoire ?

Peu encline à mentionner l'apparition qui avait troublé son sommeil, Daphné haussa les épaules et répondit :

— Je vous l'ai dit, je voulais simplement en apprendre davantage sur mes ancêtres.

— Comment se fait-il que je n'en croie rien ?

— Vous me traitez de menteuse ? Prier Mme Darby de nous raconter quelques anecdotes, véridiques ou non, me paraissait un bon moyen de... euh... de nous faire une idée de notre passé familial. Adrian et April ne resteraient pas dix minutes penchés sur de vieux grimoires alors qu'ils écouteront volontiers n'importe quelle légende concernant leurs aïeux.

— Et vous vous imaginiez que convoquer un fantôme particulièrement déplaisant constituait le meilleur moyen de les intéresser à votre famille ? rétorqua Charles, incrédule.

— Parce que pour vous, il s'agissait d'un fantôme ? demanda Daphné, les mains crispées dans son giron.

Charles hésita. Il n'avait pas pensé un seul instant que Mme Darby avait cherché à les abuser par un tour de charlatan. Il avait tout de suite compris que ce qui se déroulait sous leurs yeux sortait de l'ordinaire et qu'Anne Darby était aussi surprise qu'eux. Quant à qualifier cette forme grotesque de fantôme, il y avait un pas qu'il avait franchi sans y penser. Il n'avait pas été le jouet de son imagination, de cela au moins il était certain. Tout le monde avait vu la même chose, même si Mlle Kettle et les plus jeunes s'imaginaient qu'il s'agissait d'un tour de passe-passe. Ils avaient vu quelque chose qui leur avait flanqué une frousse de tous les diables, à lui comme aux autres. Mais s'agissait-il d'un fantôme pour autant ? Il se remémora le froid d'outre-tombe, la flamme des chandelles qui pâlissait, l'impression de danger qui avait précédé l'arrivée tourbillonnante de la forme effrayante.

Il soupira. S'il ne s'agissait pas d'un fantôme, cela y ressemblait fort.

— Oui, je crois que nous avons vu un fantôme, admit-il, ou, à tout le moins, une créature malfaisante.

— J'ai cru devenir folle, murmura Daphné. Et ce froid polaire ? Vous l'avez senti aussi ?

— Oui, et j'ai également vu pâlir la flamme des bougies. Vous avez dit que vous ne vous attendiez pas à un tel phénomène, madame Darby, mais que vous vous y étiez néanmoins préparée. Qu'entendez-vous par là ?

— Je n'avais aucune idée de ce qui allait se passer, croyez-moi. Je n'avais pas réfléchi aux légendes que j'allais vous raconter et quand on m'a fait entrer dans l'ancien bureau de sir Wesley, il m'a semblé tout naturel de vous raconter son histoire. Je ne peux même pas dire que j'ai perçu un danger imminent – je n'ai pas le don de double vue de mes aïeules, mais je me souviens de leur répugnance à pénétrer dans cette pièce. J'ai peut-être eu une espèce de pressentiment, admit-elle à contrecœur, car lorsque je suis descendue rejoindre les autres pour le dîner, j'ai demandé à mon frère de me prêter le talisman qu'il tient de notre grand-père. Il était furieux que je veuille le lui emprunter, mais aussi que je songe à vous raconter la légende de sir Wesley, et il a fallu l'intervention de Mme Hutton et son insistance pour qu'il accepte de me le confier.

— Et c'est grâce à ce talisman que vous avez mis en fuite le fantôme ? interrogea Daphné.

— Ce n'est pas vraiment un talisman, en fait. Il s'agit d'un crucifix en or.

— Je peux le voir ? demanda Charles.

Anne le sortit de sa poche et le lui tendit. C'était un petit crucifix ciselé, visiblement fort ancien. Un objet bien insignifiant pour combattre un pouvoir aussi maléfique.

— Connaissez-vous son histoire ?

— Comme vous le savez sans doute, les Goodson sont au service des Beaumont depuis la nuit des temps. Ce crucifix, qui appartenait aux Beaumont depuis l'époque des croisades, a été offert par son maître à l'un de nos ancêtres en récompense de ses bons et loyaux services. On raconte qu'il a été béni par le pape en personne.

Portant la main à sa gorge, Daphné demanda d'une voix hachée :

— Était-il... a-t-il appartenu à...

— Avant qu'il le donne à mon aïeul sur son lit de mort, il appartenait à sir Wesley, murmura Mme Darby.

10

Daphné était convaincue qu'elle ne fermerait pas l'œil de la nuit, mais à peine eut-elle posé la tête sur l'oreiller qu'elle sombra dans un sommeil sans rêve. Quand elle s'éveilla le lendemain matin, la tempête avait cédé la place à une petite pluie fine accompagnée de bourrasques de vent.

Tout en faisant sa toilette, elle se remémora les événements de la soirée. Ils ne s'étaient pas attardés au salon après que Mme Darby leur eut révélé la provenance du crucifix – ils n'avaient pas de raison. En montant se coucher, Daphné espérait encore qu'à la lumière du jour, les phénomènes effrayants auxquels ils avaient assisté prendraient un autre sens. Hélas, il n'en était rien. Elle ignorait peut-être la nature de l'étrange apparition gémissante aperçue au cours de sa deuxième nuit à Beaumont Place, mais elle était certaine que l'horrible forme noire de la veille était une émanation de sir Wesley.

La seule chose positive, c'était que Charles et Mme Darby avaient vu et ressenti les mêmes choses qu'elle. Elle n'était donc pas folle, et l'immense soulagement qu'elle éprouvait lui donnait la mesure de l'inquiétude qui avait été la sienne toutes ces semaines.

Elle songea à Charles. S'il ne doutait apparemment pas de s'être trouvé en présence d'un fantôme la veille, comment réagirait-il si elle lui apprenait qu'un autre revenant hantait probablement la maison ? Après le sinistre tourbillon, la petite forme blanche qui était venue se lamenter dans sa chambre paraissait bien inoffensive.

Fallait-il vraiment que leur nouvelle demeure abrite non pas un, mais deux fantômes ? Elle était toute prête à croire que l'affreuse masse noire était bien le spectre de sir Wesley, mais qui était la malheureuse gémissant de façon si pathétique ? Pourquoi pensait-elle qu'il s'agissait d'une femme, d'ailleurs ? À cause de sa petite taille ? Parce qu'elle n'avait rien de menaçant ? Elle n'en avait pas la moindre idée, mais elle en était convaincue, l'apparition de la chambre était une femme.

Était-elle à l'origine des pleurs et des plaintes qu'avaient entendus Adrian et April ? Il ne pouvait s'agir de sir Wesley, qui était plutôt du genre à faire pleurer qu'à pleurer lui-même. Se pouvait-il qu'il y ait un lien entre les deux ?

Se rendant compte qu'elle pouvait se perdre en conjectures pendant des journées entières sans arriver à rien, elle descendit prendre son petit déjeuner.

— Comment a-t-elle fait, à ton avis ? questionna Adrian, les yeux brillants de curiosité, dès qu'elle eut pris place à table.

— Un jeu de miroirs, peut-être ? suggéra-t-elle d'un air faussement indifférent.

Même si elle était d'un autre avis, il valait mieux que ses cadets continuent de croire à un habile tour de passe-passe.

— Il lui aurait fallu un comparse, rétorqua l'adolescent après un temps de réflexion. À moins que la brouille entre Mme Darby et Goodson ne soit que du vent pour mieux nous tromper.

Daphné manqua s'étrangler avec son thé.

— Et pourquoi Goodson l'aiderait-il ?

— En effet, pourquoi ? Alors c'est peut-être Mme Hutton ?

— La même question s'applique à Mme Hutton, observa Charles. Et à tous vos domestiques, d'ailleurs. Êtes-vous un maître si détestable que votre personnel se liguerait pour vous chasser de Beaumont Place ?

— Je doute qu'ils aient jamais eu un maître aussi facile qu'Adrian, déclara Daphné, une lueur amusée dans le regard. À mon avis, ils ne l'échangeraient pas pour tout l'or du monde.

— Ce peut-être juste qu'il y a un trésor caché dans la maison, et qu'ils veulent se débarrasser de nous pour pouvoir le chercher tranquillement, hasarda April.

— Ça, c'est une idée de génie ! s'enthousiasma Adrian.

— D'après maître Vinton, Beaumont Place est resté vide pendant des mois, lui rappela Daphné. Ils ont eu tout le temps de fouiller de la cave au grenier. Et puis, cela fait plusieurs mois que sommes là.

Pourquoi auraient-ils subitement envie que nous partions ?

Les deux plus jeunes n'avaient visiblement pas pensé à cela.

— J'imagine que tu as raison, admit à regret Adrian. Mais si Mme Darby n'a pas eu d'aide extérieure, comment a-t-elle fait ?

— Elle a fait appel à la magie, bien sûr, répondit Charles.

— Il est vrai que Mme Darby est une sorcière, intervint April. Cela explique beaucoup de choses.

Son frère ne paraissait pas convaincu, aussi Daphné s'empressa-t-elle de changer de sujet et de leur demander s'ils comptaient toujours rendre visite aux enfants du pasteur. La conversation prit un tour plus prosaïque, et personne n'évoqua plus les événements de la nuit passée.

La jeune femme ne se faisait pourtant aucune illusion, ils étaient certainement encore dans tous les esprits. April allait tout raconter à son amie Rebecca tandis qu'Adrian se ferait un plaisir de détailler à Quentin et à Maximilien, en les embellissant, les phénomènes de la veille. Avant la nuit, l'histoire aurait fait le tour du pays, enrichie chaque fois de moult détails spectaculaires, et elle pouvait s'attendre à voir défiler tout le voisinage dans les jours à venir.

Comme en écho à ses pensées, Charles murmura :

— Si vous voulez mon avis, vous n'allez pas tarder à avoir de la visite. À commencer par le pasteur et sa femme, qui voudront connaître le fin mot de l'histoire. Qu'allez-vous leur dire ?

Ils venaient d'accompagner les deux adolescents jusqu'au perron et, évitant le salon bleu, Daphné avait pris la direction du grand salon aux boiseries crème et or. Son pouls s'emballa lorsque Charles referma soigneusement la porte derrière lui. Seule avec lui, elle se sentait mal à l'aise. Elle craignait autant qu'elle en rêvait qu'il la prenne dans ses bras et l'embrasse comme il l'avait fait dans le bureau de maître Vinton.

Risquant un regard dans sa direction, elle se demanda ce qui, chez cet homme, la poussait à se comporter comme une dévergondée qui ne se souciait de rien d'autre que de son plaisir. Elle avait grandi dans des garnisons, et avait rencontré quantité d'hommes, mais aucun ne lui avait jamais fait un tel effet. Elle n'était que trop consciente de sa masculinité, dut-elle admettre, frissonnant à la pensée de ce corps athlétique pressé contre le sien. À sa grande horreur, elle sentit ses seins durcir tandis qu'une pulsation délicieuse prenait naissance au creux de son ventre. Ses pensées prenaient décidément un tour dangereux, et elle s'efforça de se concentrer sur leur conversation.

— Alors ? Qu'allez-vous leur dire ? répéta-t-il en s'arrêtant à quelques pas d'elle.

— La vérité. Que Mme Darby nous a offert un spectacle de magie étonnant, et que nous en sommes restés le souffle coupé. Nous n'avions pas vu mieux à Londres ! conclut-elle d'un ton plein de défi.

— Et vous croyez qu'Anne Darby va corroborer cette version ?

Weston savait qu'il avait été témoin d'un événement sinon surnaturel, du moins sortant de l'ordinaire, mais il avait encore du mal à se convaincre qu'il s'agissait d'une créature de l'au-delà. Il n'avait jamais cru aux revenants, pourtant, il devait admettre que si ce qu'il avait vu la veille n'était pas le spectre de sir Wesley, cela y ressemblait sacrément. Cependant, ce qui le troublait le plus dans toute cette affaire, c'était le rôle de Daphné.

Il ne parvenait pas à se défaire de l'impression qu'elle en savait plus qu'elle ne voulait l'admettre. Elle avait beau prétexter qu'entendre une conteuse était plus distrayant que de s'abîmer les yeux sur de vieux grimoires, il la soupçonnait d'avoir une raison précise de s'être adressée à Mme Darby. Qu'elle n'ait pas su ce qui allait arriver, il n'en doutait pas. L'apparition l'avait visiblement surprise, elle aussi, mais sans doute pas *autant* que les autres assistants.

Quoi qu'il en soit, elle n'avait de toute évidence pas l'intention de le mettre dans la confidence, et cela l'irritait profondément. Dans moins d'un mois, ils seraient mari et femme. Il avait le droit de savoir, que diable !

Comme elle demeurait silencieuse, il reprit d'une voix tendue :

— La question que je viens de vous poser n'a rien de compliqué. Pensez-vous que Mme Darby dira la même chose ?

Daphné haussa les épaules.

— Je l'ignore. Je suppose que oui. Nous n'en avons pas parlé la nuit dernière et d'après ce que m'a dit Mme Hutton, elle est partie à la pointe du jour. Je n'ai donc pas eu l'occasion de lui parler.

— Et Goodson et Mme Hutton ? Avez-vous découvert dans quelle mesure ils étaient au courant de ce qui s'était passé ?

— Seigneur, non !

— Je ne pense pas qu'Adrian et April aient observé la même discrétion et, à l'heure qu'il est, au moins la moitié du personnel a dû entendre une version plus ou moins précise des événements d'hier. Et je parierais tout ce que vous voulez que Mlle Kettle n'a pas perdu une minute pour rendre compte à Goodson des agissements scandaleux d'Anne Darby et compatir à son infortune d'être affligé d'une sœur pareille.

— Je crains que vous n'ayez raison, soupira Daphné. Et comme elle doit passer la matinée avec Mme Hutton pour inspecter les chambres avant l'arrivée de nos invités, elles auront tout le temps d'en discuter.

Elle se tut, le souffle court à l'idée que, dans quelques semaines à peine, il serait son mari, et aurait tout pouvoir sur elle. Il lui avait juré de ne jamais la séparer d'April et d'Adrian et, depuis leurs fiançailles, ne lui avait donné aucune raison de douter de sa parole. Il s'était montré agréable, indéniablement charmant, mais elle savait que la cruauté se dissimulait parfois sous des dehors séduisants…

— Cela dit, Ketty est persuadée qu'il s'agit d'une supercherie, reprit-elle. C'est donc ce qu'elle aura raconté à Goodson, qui ne va certainement pas la détromper, tout comme Mme Hutton, quelle que soit leur intime conviction.

Charles ne l'écoutait que d'une oreille, trop occupé à la contempler. Sa chevelure était retenue par un lacis de rubans incarnat assortis à celui qui soulignait la taille haute de sa robe, juste sous la poitrine. Pourquoi s'ennuyer avec de hideux fantômes alors qu'il avait sous les yeux deux délicieuses petites pommes plus appétissantes que celles du Paradis ? Il s'imaginait en goûter la douceur, en sentir la fermeté sous sa langue, tandis qu'une certaine partie de son anatomie manifestait déjà son intérêt.

Il fut saisi d'une furieuse envie de l'embrasser, de plaquer ce corps souple contre le sien. Adrian et April étaient sortis pour la journée, Mlle Ketty était occupée à l'étage avec la femme de charge, Goodson n'avait aucune raison de les déranger, sinon pour annoncer des visiteurs, or ils n'attendaient personne.

Ils étaient seuls et n'avaient à craindre aucune intrusion, ce qui n'était pas si fréquent après tout.

Il avait beau résister, il ne pouvait détacher les yeux de ces seins tellement attirants. Il se conduisait comme un satyre lubrique, mais la tentation était trop forte. Daphné poussa un petit cri de surprise lorsqu'il l'attira dans ses bras, mais sa bouche s'ouvrit sous la sienne, et le temps s'arrêta.

Ce fut un long baiser, aussi ardent qu'impérieux, et la jeune femme s'y abandonna sans que l'idée de résister lui ait traversé l'esprit un seul instant. Son corps semblait se fondre dans le sien, elle savourait la pression si insistante, si intime de sa virilité contre son ventre.

Un feu liquide se répandit en elle, l'enflammant tout entière. Ses doigts caressèrent les joues fraîchement rasées de son fiancé, s'égarèrent dans ses cheveux. Et lorsque la main du jeune homme se referma sur son sein et qu'il agaça du pouce la pointe qui se dressait orgueilleusement, elle crut que ses jambes allaient se dérober sous elle.

Les doigts de Charles s'insinuèrent dans le décolleté de la jeune fille et il dégagea la poitrine d'albâtre qui frémit sous sa caresse. Le besoin de savoir si sa chair était aussi délicieuse qu'il l'imaginait était trop puissant. Il inclina la tête et ses lèvres se refermèrent sur la petite pointe rose.

Seigneur, elle était si douce, si délicate, qu'il laissa échapper un gémissement de pure félicité. Il agaça ses seins des dents et de la langue, savourant son parfum, le satin de sa peau...

Ivre de désir, il la souleva soudain dans ses bras, la porta jusqu'au canapé, et s'agenouilla près d'elle. Il dut se retenir pour ne pas lui arracher ses vêtements afin de se repaître du spectacle de sa nudité.

Subjuguée, prisonnière d'une passion inconnue, Daphné aurait été incapable de lui refuser quoi que ce soit. Elle se cambra pour mieux s'offrir à ses mains qui exploraient sa chair nue, et lorsque sa bouche se referma de nouveau sur son sein, la vague de désir qui déferla en elle fut si puissante qu'elle ne put retenir un cri.

— Chut, mon ange, souffla Charles contre sa bouche. Je vous ai fait mal ?

— Non ! Non, vous ne m'avez pas fait mal, haleta Daphné, inquiète à l'idée qu'il puisse cesser ses caresses. Je ne m'attendais pas... Je n'ai jamais...

Il la désirait comme jamais il n'avait désiré aucune autre femme. Il aurait pu la prendre sur-le-champ, il n'aurait fait que devancer ce qui arriverait dans quelques semaines. Elle le voulait autant que lui, du reste, il le lisait dans son regard implorant, il le sentait à l'ardeur de ses baisers, mais son expression d'émerveillement teintée d'innocence le rappela à ses devoirs de gentleman.

Nombreux étaient ceux qui le considéraient comme un être froid et calculateur, et il l'était à bien des égards, mais il avait toujours eu un sens inné de l'honneur. Déflorer Daphné avant le mariage aurait été se conduire comme le dernier des libertins. Elle allait être sa femme, pour le meilleur et pour le pire, et il souhaitait qu'elle vienne à lui selon les règles de l'honneur.

— Je suis désolé, murmura-t-il en remontant à regret son corsage et en l'aidant à s'asseoir. Je ne peux pas faire une chose pareille.

Le moment fut délicat, pour l'un comme pour l'autre. Si Charles doutait de réussir à se contrôler, Daphné, elle, était mortifiée. Elle ne comprenait pas cette interruption brutale de leur étreinte passionnée, et les excuses de son fiancé ne firent qu'ajouter à sa détresse. Et à sa colère. Il était *désolé* ? Elle allait lui en donner, des raisons d'être désolé, mais d'abord, elle voulait savoir ce qu'elle avait fait de mal.

— J'ai fait quelque chose qui vous a déplu ? s'enquit-elle d'une voix crispée, en évitant de le regarder tandis qu'il se redressait et s'asseyait près d'elle. Il me semble que j'ai le droit de savoir pourquoi vous me rejetez.

— Seigneur, je ne vous rejette pas ! assura-t-il. Je refuse simplement de me conduire comme un ruffian. Vous n'avez rien fait pour me déplaire, au contraire. Il faudrait que vous soyez aveugle pour ne pas avoir remarqué que je ne peux m'empêcher de vous toucher, quel que soit mon désir de n'en rien faire. Il suffit que je sois seul avec vous pour abdiquer tout sens de l'honneur.

— Vous vous êtes arrêté à cause de votre sens de l'*honneur* ?

— C'est ridicule, je sais, et j'ai du mal à le croire moi-même. Si le bruit s'en répand, c'en sera fait de ma réputation, mais c'est ainsi.

Daphné ne savait plus quoi penser. D'un côté, elle admirait son sens moral. De l'autre, elle aurait préféré qu'il soit un tout petit moins tatillon en ce domaine. Mais surtout, elle était aux anges d'apprendre que non seulement elle ne lui déplaisait pas, mais encore qu'il la désirait comme un fou. Elle était tellement contente qu'elle faillit se jeter à son cou.

— Ne me jouez pas de mauvais tour, ma douce, la prévint-il avec un sourire qui la fit fondre. Mon sens de l'honneur n'est pas d'une grande solidité, ne le mettez pas à trop rude épreuve. Vous ne voudriez pas que je me conduise comme un vil suborneur, tout de même ?

— Votre honneur serait *ma* responsabilité ?

— Uniquement si vous cherchez à me tenter.

— Ce n'est pas juste ! protesta-t-elle.

Justement, elle aurait aimé mesurer jusqu'où allait le sens de l'honneur de l'estimable Charles Weston, mais surtout, elle aurait aimé éprouver son pouvoir de séduction sur son futur mari. Il avait raison sur un point, cependant, elle n'avait aucune envie qu'il se conduise comme le dernier des roués.

— C'est un témoignage de la confiance aveugle que j'ai en vous, répliqua Charles, qui vit sur son visage à quel moment précis elle renonça à le tester davantage.

Il en fut un instant désolé, mais dut admettre que c'était tout à son honneur.

Daphné se leva et remit de l'ordre dans sa toilette avant de lâcher :

— Eh bien, puisque vous êtes tout à fait capable de vous conduire correctement quand nous sommes en public, je suggère que nous ne nous attardions pas ici. La tentation peut frapper sans prévenir, ajouta-t-elle d'un ton taquin, et plus tôt nous serons en compagnie, plus vous serez à l'abri.

— Il y a du vrai dans vos paroles, concéda Charles avec un sourire narquois.

Ils avaient atteint la porte lorsqu'il ajouta :

— Je compte faire une petite halte chez Mme Darby sur le chemin du retour.

— Et pourquoi feriez-vous cela ?

— Peut-être parce que ce que nous avons vu hier était particulièrement déplaisant, répliqua-t-il. Ou parce que l'idée que sir Wesley puisse s'inviter quand bon lui semble ne me plaît pas du tout. Vous imaginez qu'il sorte de la cheminée un jour où nous aurons du monde à dîner ? Ou, pire, le jour de notre mariage ?

— Je n'avais pas pensé à cela, admit-elle, visiblement perturbée.

— Eh bien, je vous suggère d'y penser, rétorqua-t-il d'un ton sec, furieux qu'elle refuse de se confier et de lui avouer ce qu'elle avait en tête.

Comment pouvait-il l'aider si elle ne lui disait pas ce qu'elle recherchait ? Il ne s'expliquait pas les événements de la veille, mais il était sûr qu'ils présentaient un danger. Il avait peur pour elle, et ne pas savoir comment la protéger le rendait fou.

— Si cette « chose » est apparue une fois, elle peut apparaître de nouveau, reprit-il plus calmement. Et nous n'avons aucun moyen de savoir quand.

— Nous pourrions peut-être faire venir un prêtre pour pratiquer un exorcisme ? hasarda-t-elle.

— Excellente idée ! Comme cela, tout le voisinage saura que Beaumont Place est infesté de fantômes, d'esprits, de revenants, de succubes, appelez cela comme vous voudrez.

— Et que voulez-vous que je fasse ? riposta-t-elle, agacée.

— Pourquoi ne pas me dire la vérité, tout simplement ? lâcha-t-il, les yeux rivés aux siens.

— La… la vérité ? De quoi parlez-vous ? Je n'ai pas pour habitude de mentir.

— Possible. Peut-être aussi que vous gardez certaines choses pour vous… comme les raisons pour lesquelles vous vouliez rencontrer une sorcière.

— Je ne vois pas ce que vous voulez dire, et, de toute façon, vous n'avez aucun droit de m'interroger sur quoi que ce soit.

— J'ai tous les droits, cingla-t-il avec tant de dureté dans son regard de jade que Daphné recula d'un pas. Je vais être votre mari.

— Vous ne l'êtes pas encore, rétorqua-t-elle, et vous n'avez aucun droit de venir fourrer votre nez dans mes affaires ! Je suis assez grande pour savoir ce que j'ai à faire, monsieur Weston.

— Petite idiote, vous ne voyez pas que j'essaie de vous protéger ? s'emporta-t-il en lui agrippant les poignets.

Aussi furieuse que lui, Daphné se dégagea et lui asséna une gifle magistrale. Effarés, tous deux demeurèrent face à face, incapables de faire un geste.

La colère de Charles retomba comme un soufflé.

— J'imagine que je l'ai méritée, commenta-t-il en frottant sa joue rougie.

— Je suis désolée, murmura Daphné, honteuse. Vous ne l'aviez absolument pas mérité. Depuis que vous êtes venu à mon secours dans cette horrible grotte, vous m'avez toujours témoigné la plus grande gentillesse et moi, je me suis constamment montrée désagréable envers vous.

— Vous n'avez rien à vous reprocher. C'est moi qui ai commencé. Je me suis montré brutal.

— Vous êtes très gentil.

— Vous vous trompez, je n'ai rien de gentil. D'ordinaire, du moins. Bon sang, ma chérie, je ne comprends pas plus que vous ce qui s'est passé hier, mais je sens, je sais, qu'il s'agit de quelque chose de dangereux. Tout ce que je veux, c'est vous aider, mais je ne peux le faire si vous me tenez à l'écart.

Peut-être était-ce parce qu'elle se sentait coupable de l'avoir giflé, ou peut-être avait-elle suffisamment confiance en lui pour lui révéler un secret devenu trop lourd à porter, toujours est-il qu'elle murmura :

— Quelle serait votre réaction si je vous disais que sir Wesley n'est pas le premier revenant que j'ai croisé à Beaumont Place ?

— Nom de Dieu, grommela Charles en se dirigeant vers le cordon de la sonnette. Pardonnez mon langage, mais j'ai absolument besoin d'un cognac avant que vous ajoutiez quoi que ce soit. La bouteille entière, même !

11

Lorsque le majordome eut déposé un plateau avec l'alcool ainsi qu'une théière pour Daphné, Weston referma soigneusement la porte et fonça vers le flacon de cristal tel un naufragé vers une terre longtemps espérée.

— Je vous écoute, fit-il après avoir avalé une confortable rasade. Dites-moi tout.

C'est ce qu'elle fit et, à sa grande surprise, la tâche se révéla beaucoup moins difficile qu'elle ne l'aurait crue. Son fiancé l'écouta sans l'interrompre, et sans manifester le moindre soupçon de moquerie ou même d'incrédulité.

— Cela s'est produit le soir de votre arrivée ? demanda-t-il lorsqu'elle eut terminé

— Non, pas la toute première nuit. La deuxième, je crois. Oui, c'est cela. Nous avions rencontré maître Vinton dans l'après-midi.

— Et selon vous il s'agit d'une femme ?

— Je le crois, oui, mais comme elle ne s'est pas matérialisée et qu'elle n'a rien dit, ce n'est qu'une impression. Cependant, les plaintes avaient quelque chose de nettement féminin.

Arpentant la pièce, Charles observa, l'air songeur :

— Toutes les vieilles demeures ont leurs histoires de revenants, remarqua Charles en faisant les cent pas, son verre à la main. À Stonegate, c'est une femme assassinée qui réclame vengeance, à Wyndham Manor, la maison de mon cousin, c'est un chevalier décapité sous Henry VII, ou Henry VIII, je ne sais plus exactement, qui revient chercher sa tête, mais personne ne les a jamais vus. Ce ne sont que des légendes.

Il s'immobilisa, le dos à la cheminée, et poursuivit :

— Ce qui s'est passé hier est complètement différent. Nous avons tous vu quelque chose, et je suis convaincu qu'il s'agissait du fantôme de sir Wesley. Personne ne me fera changer d'avis. Et si nous avons vu sir Wesley, pourquoi n'auriez-vous pas été témoin d'un autre phénomène surnaturel ?

Ces paroles mirent du baume au cœur de Daphné. Après les événements de la nuit passée, elle ne pensait pas qu'il se moquerait d'elle ou la traiterait de folle, mais un minuscule doute subsistait tout de même. Il était déjà difficile d'admettre que Beaumont Place abrite un fantôme, mais deux !

— Elle ne s'est plus jamais remontrée ? s'enquit Charles.

— Jusqu'à maintenant, non. Mais n'oubliez pas qu'Adrian et April ont entendu comme des sanglots. Ils ont mis cela sur le compte du vent, mais je suis convaincue que c'était mon apparition. J'ai du mal à croire qu'il y ait un troisième revenant. Deux me paraissent amplement suffisants.

— Quoi qu'il en soit, il doit y avoir un rapport entre eux, sinon je ne comprends pas pourquoi ils auraient choisi la même période pour se manifester. Jusqu'à votre arrivée, ni sir Wesley ni votre pleureuse n'avaient jamais fait parler d'eux.

— Vous oubliez la demoiselle de Londres, quand sir Huxley était jeune homme.

— Je pense qu'il s'agissait de votre petit fantôme et non de sir Wesley. En tout cas, vu le nombre de domestiques, d'invités et de visiteurs qui se sont succédé dans cette demeure, je trouve pour le moins étonnant qu'il n'y ait ni rumeur ni ragots concernant des phénomènes surnaturels.

— Nous n'en savons rien. Rappelez-vous la grand-mère et l'arrière-grand-mère d'Anne Darby. Elles n'ignoraient pas qu'il se passait des choses étranges dans certaines pièces. Et puis, beaucoup ont peut-être craint qu'on ne les traite d'idiots, ou pire, s'ils racontaient qu'ils avaient vu ou entendu un spectre. Quant à sir Huxley, il n'avait sans doute pas envie d'aller clamer sur tous les toits que sa maison était hantée. Et cela se conçoit.

— Je suis d'accord, mais vous ne pouvez pas non plus empêcher que cela finisse par se savoir, objecta Charles. En ce moment même, vos cadets doivent raconter à qui veut les entendre ce qui s'est passé hier soir. Mlle Kettle a dû en rebattre les oreilles de Goodson et de Mme Hutton. La nouvelle va se répandre, comme elle se serait répandue du temps de sir Huxley et avant lui. Croyez-moi, si ces phénomènes s'étaient produits ne serait-ce qu'une fois tous les dix ans, il en resterait des traces, comme avec l'histoire de la jeune Londonienne.

Daphné ne trouva rien à objecter, mais l'idée que leur arrivée ait pu provoquer ou réveillé des forces inconnues tapies dans les vieux murs de Beaumont Place la mettait profondément mal à l'aise. En était-elle responsable ? Avait-elle mis en danger son frère et sa sœur ?

— Quelque chose a poussé ces spectres à se manifester, poursuivit Charles comme s'il avait lu dans ses pensées, et j'ai bien peur que ce ne soit vous. Jusqu'à votre venue, tout était paisible, mais quarante-huit heures après votre arrivée, la petite pleureuse sort du néant.

— Ne dites pas cela ! s'insurgea sa fiancée en se levant d'un bond. Je n'ai rien fait pour provoquer de tels incidents. Je n'aurais jamais rien fait qui puisse nuire à Adrian et à April.

— Je le sais bien, ma douce. Selon moi, il ne s'agit pas de vos actes, mais de votre présence, tout simplement. Je comprends parfaitement que la venue d'une belle jeune femme fasse sortir ce vieux pervers de sir Wesley de l'au-delà, ajouta-t-il pour détendre l'atmosphère.

— Il n'y a pas de quoi rire, riposta Daphné. Oh, et puis, cette conversation est ridicule ! Nous faisons des suppositions quant au nombre de fantômes qui errent dans la maison comme si leur existence ne faisait aucun doute. Nous devons avoir perdu l'esprit !

— Normalement, je serais de votre avis, mais, reconnaissez que nous ne pouvons prétendre qu'il ne s'est rien passé hier soir. Je n'ai jamais été adepte du spiritisme – la plupart du temps ce sont des sornettes – et si nous n'avions pas tous vu hier le fantôme ou l'esprit de sir Wesley, quel que soit le nom que vous lui donniez, je traiterais de fou quiconque viendrait me raconter un conte de ce genre. Ou je dirais qu'il a été victime d'une mauvaise plaisanterie.

— C'est peut-être le cas, suggéra-t-elle, pleine d'espoir. Peut-être Adrian et April ont-ils raison.

— Et l'apparition de votre petite pleureuse ? Encore un tour de Mme Darby ?

— Non, bien sûr que non ! J'ignorais jusqu'à son existence à ce moment-là. J'étais fatiguée, je me trouvais dans une chambre nouvelle… J'ai pu, j'ai *dû* être le jouet de mon imagination.

— Si j'abonde dans votre sens, cela vous rassurera-t-il ? Vous voulez que je vous dise que vous avez rêvé l'apparition de la petite pleureuse et qu'hier soir, nous avons été dupés par une habile falsificatrice, qui en remontrerait aux meilleurs prestidigitateurs de Londres ? C'est ce que vous voulez ? Vous vous sentiriez mieux ?

— Non, murmura Daphné. Cela me rendrait folle.

Posant son verre, Charles la rejoignit et lui souleva doucement le menton pour plonger son regard dans le sien.

— Que cela nous plaise ou non, cette histoire nous rattrapera, ma douce, et se cacher la tête dans le sable n'y changera rien, dit-il doucement. Il se passe ici des choses qui sortent de l'ordinaire et, malheureusement, c'est à nous qu'il revient de trouver quoi, en essayant de ne pas passer pour fous.

Daphné prit une profonde inspiration puis, lui adressant un sourire vacillant :

— Merci… de m'avoir crue. Depuis cette fameuse nuit, je me demandais si je n'étais pas en train de perdre l'esprit, et je n'ai cessé de craindre ce qui arriverait à April et à Adrian si le bruit se répandait que j'avais des hallucinations et que je voyais des revenants dans ma chambre. Vous avez été tellement gentil avec nous, souffla-t-elle en lui caressant la joue. D'abord en risquant la mort avec moi dans cette grotte, ensuite en demandant ma main, et maintenant en m'accordant votre confiance. Vous êtes un homme bon, Charles Weston, jamais je ne vous témoignerai assez ma gratitude.

Réprimant un juron, Charles l'attira contre lui et plaqua ses lèvres sur les siennes, la gratifiant d'un baiser farouche.

— Ne me parlez plus jamais de *gratitude*, gronda-t-il en s'arrachant à elle comme le désir montait dans ses reins. C'est bien la dernière chose que j'accepterai de vous !

Daphné le fixa, interdite devant cette colère subite qui lui faisait prononcer le mot « gratitude » comme s'il s'agissait d'une insulte.

— Je… je ne comprends pas, balbutia-t-elle.

— Non, vous ne comprenez pas, et je ne vais sûrement pas me fatiguer à vous expliquer, répliqua-t-il en se passant la main dans les cheveux.

À présent, avant que je cède de nouveau à la tentation, montrez-moi votre chambre.

— Ma chambre ? répéta-t-elle en sursautant. Vous n'y pensez pas ! Il n'en est pas question.

Il lui adressa un sourire ironique.

— Je n'ai aucune mauvaise pensée en tête, rassurez-vous. Je veux simplement examiner l'endroit où vous avez cru voir la trace d'une porte.

Comme elle ne bougeait pas, il s'impatienta :

— Quoi ?

— Nous ne pouvons pas entrer ensemble dans ma chambre, voyons ! Vous imaginez les commérages ?

— D'accord, admit-il. Je ne peux pas monter avec vous, mais il faut absolument que je jette un coup d'œil à ce mur. Si je ne peux pas le faire maintenant, que suggérez-vous ? Que je me glisse subrepticement chez vous quand tout le monde sera couché ?

— Seigneur, non !

— Alors, trouvez un prétexte pour que j'aille inspecter votre chambre à coucher. Maintenant.

Elle réfléchit un instant, puis :

— Je ne peux pas vous la montrer moi-même, mais je peux vous indiquer avec précision où j'ai vu cette trace, et Goodson peut vous accompagner.

— Et quelle raison vais-je invoquer pour demander à votre respectable majordome de m'accompagner dans vos appartements ?

— Vous pourriez dire que vous craignez que mes appartements ne soient pas suffisamment vastes pour nous deux lorsque nous serons mariés et que, donc, vous souhaitez vous assurer qu'ils conviendront à un couple quand nous résiderons ici.

— Quelle petite futée ! s'exclama le jeune homme, plein d'admiration. Dites-moi où je dois regarder.

Elle le lui expliqua, puis il sonna Goodson, et les deux hommes s'en furent, laissant Daphné dans le salon.

— Nous en parlions justement l'autre jour, Mme Hutton et moi, et nous nous demandions si vous ne préféreriez pas avoir chacun votre chambre à coucher avec un salon entre les deux, remarqua le majordome en ouvrant la porte de la chambre de Daphné.

Un peu désarçonné par les lourdes tentures de damas pourpre qui isolaient le grand lit à l'ancienne, Charles fit une réponse on ne peut plus vague. La teinte des rideaux lui parut cependant beaucoup plus intéressante lorsqu'il imagina sa fiancée dans toute sa glorieuse nudité, se détachant sur ce fond sombre tel un joyau dans son écrin.

Le toussotement discret de Goodson le ramena au présent, et il fit lentement le tour de la pièce, comme s'il l'examinait en détail. Elle lui paraissait suffisamment grande pour un couple, mais sa future épouse aurait sans doute besoin d'un peu d'intimité. De toute façon, même s'ils avaient des chambres séparées, elle ne dormirait pas souvent seule… ni habillée.

Il s'arrêta devant le pan de mur que Daphné lui avait indiqué et feignit d'étudier le dessin de la tapisserie.

— C'est ravissant, murmura-t-il en laissant ses doigts errer sur le tissu soyeux.

— Elle a été posée quand la mère de sir Huxley est arrivée au château, je crois. Le prince de Galles a mis les chinoiseries à la mode et c'est aujourd'hui très répandu, mais à cette époque, c'était considéré comme tout à fait original.

Le jeune homme avait beau scruter la soie un peu fanée, il ne voyait rien qui ressemblât à une rainure, et encore moins à l'encadrement d'une porte. Sur ce point au moins, Daphné avait dû être le jouet de son imagination.

— La mère de sir Huxley avait fait beaucoup de changements dans la maison ? voulut-il savoir.

— D'après mon grand-père, qui était majordome à l'époque, les premières années, elle semblait avoir toujours un nouveau projet en tête.

— A-t-elle fait des modifications particulières dans cette pièce ?

— À vrai dire, c'est une des choses dont nous parlions avec Mme Hutton l'autre jour. À l'origine, cette chambre faisait partie des appartements du maître, jusqu'à ce que lady Beaumont fasse agrandir la suite qu'occupe actuellement sir Adrian et qu'elle s'y installe avec son époux. Cette chambre-ci communiquait avec un salon qui lui-même donnait dans la chambre de la maîtresse de maison. La porte a été condamnée, mais il ne serait pas difficile de la rouvrir. Cela ferait un très bel appartement pour Mme Weston et vous.

Weston ressentit une pointe de déception. Ainsi, la porte que Daphné avait vue existait bel et bien, et le surnaturel n'avait rien à faire dans cette histoire…

— Et où se trouve cette porte, s'enquit-il néanmoins.

— Derrière cette armoire, répondit le majordome qui s'en approcha. Lady Beaumont ne l'avait pas fait murer, au cas où leur fils se serait marié de leur vivant. De cette façon, le jeune couple aurait pu utiliser la suite complète.

Charles s'efforça de ne pas laisser voir son étonnement. L'armoire en question se trouvait à l'exact opposé de l'endroit désigné par sa fiancée. Se pouvait-il qu'il se soit mépris ? Non. Impossible. Daphné s'était montrée très précise.

— La porte est entièrement cachée par l'armoire, poursuivit Goodson, mais nous pourrions parfaitement la déplacer si vous le souhaitez. Le salon et la chambre de l'autre côté n'ont pas été utilisés depuis des années et il faudra sans doute revoir l'ameublement, mais je vous assure que tout peut être prêt pour le mariage. Voulez-vous les voir ?

— Bien sûr, répondit Charles.

Dans le couloir, Goodson le précéda jusqu'à une large porte. Il prit une chandelle aux torchères du couloir et pénétra dans une pièce spacieuse qui sentait le renfermé. Une fois les rideaux ouverts, Charles découvrit de jolies boiseries et un plafond mouluré, une grande cheminée de marbre surmontée d'un miroir doré et un beau parquet en noyer. Une fois nettoyé et aéré, ce salon serait fort agréable.

Il avisa près de la cheminée une porte à deux battants, qui devait conduire à la seconde chambre, ce que lui confirma le majordome.

— Le maître logeait dans la chambre de mademoiselle Daphné, et vous avez de ce côté-ci les appartements de sa femme.

Goodson le précéda dans l'autre chambre à coucher qui communiquait avec une garde-robe. Charles en fit rapidement le tour, puis déclara :

— Eh bien, une fois remis en état, ces appartements nous conviendront parfaitement.

— Je vais faire le nécessaire immédiatement. Voulez-vous voir le mobilier ? Il est un peu démodé mais très élégant. Je suis sûr que nous pouvons changer ce qui ne vous conviendra pas.

— Je vous fais entièrement confiance, à Mme Hutton et à vous, assura Charles, qui avait maintenant hâte de rejoindre Daphné.

À peine eut-il pénétré dans le salon que cette dernière l'interrogea du regard.

— J'ai eu beau chercher, je n'ai trouvé aucune trace de porte, dit-il d'emblée.

— Vous êtes sûr d'avoir regardé au bon endroit ? insista-t-elle, visiblement déçue.

— Certain. Croyez-moi, j'ai scruté la tapisserie à m'en user les yeux. En vain.

Daphné se raidit.

— Vous doutez de ma parole ?

— Non. Mais il faisait nuit, vous étiez bouleversée et vous avez *cru* voir une porte. Vous avez examiné le mur à la lueur d'une bougie, et vous avez pu vous tromper.

— Dans ce cas, pourquoi ne pas mettre aussi en doute mes propos concernant l'apparition ? Vous ne l'avez pas vue non plus, et pourtant vous me croyez. Je vous dis que j'ai *vu* le contour de cette porte ! Je ne l'ai pas imaginée, et il ne s'agissait pas des ombres projetées par la lueur de ma chandelle.

— Pardonnez-moi. Vous avez entièrement raison, cette porte est un élément important, et j'ai eu tort de la prendre à la légère. Son apparition est peut-être liée à celle de votre petit fantôme. Savez-vous que votre chambre faisait jadis partie des appartements du maître de maison ?

Comme Daphné secouait la tête, Charles continua :

— D'après Goodson, c'est la mère de sir Huxley qui a décidé de transférer leurs appartements là où loge actuellement Adrian. C'est aussi elle qui a fait tapisser la pièce avec cette tapisserie à motifs chinois. La grande armoire dissimule une porte de communication avec le salon, la chambre à coucher et la garde-robe de la maîtresse de maison – que j'ai, du reste, visités. Ils vont les préparer pour nous et faire rouvrir le passage. Nous y serons très bien quand nous séjournerons ici.

Daphné s'était habituée à sa chambre, elle s'y sentait chez elle et était heureuse de ne pas avoir à déménager après leur mariage. Mais les propos de Charles avaient soulevé une question qui la taraudait depuis un moment, à savoir : de quelle fréquence et de quelle durée seraient leurs séjours en Cornouailles ?

S'il était évident qu'ils diviseraient leur temps entre les deux domaines, ils n'avaient encore jamais évoqué le sujet. Charles ne pouvait abandonner Stonegate pour Beaumont Place, cela allait de soi, mais elle ne croyait pas souhaitable qu'Adrian déserte ses terres et sa maison jusqu'à sa majorité. Ils feraient également des séjours à Londres, surtout quand April aurait fait ses débuts dans le monde, mais où serait leur résidence principale ?

À Stonegate ? Son cœur se serra. Elle s'était attachée à Beaumont Place et à cette région, s'était fait des amis qu'elle n'avait pas envie de quitter. Et puis, qu'adviendrait-il de Goodson et de Mme Hutton ? Resteraient-ils ici ou les accompagneraient-ils à Stonegate ? Charles ne devait pas manquer de personnel là-bas, et il y avait peu de chances qu'il ait besoin d'eux. Elle se mordit la lèvre à la pensée de devoir trouver sa place dans une nouvelle demeure, s'habituer à de nouveaux domestiques, tout recommencer de zéro dans cette nouvelle résidence. Non. Pas une résidence, se rappela-t-elle. Sa maison. Elle serait *chez elle* à Stonegate. Et Charles serait son mari…

Charles serait son mari, mais il ne fallait pas négliger pour autant les intérêts d'April et d'Adrian. Elle comprenait qu'il ait son propre domaine à considérer, mais qu'en était-il de Beaumont Place ? Avait-il l'intention d'en confier la gestion à une personne de confiance comme maître Vinton tandis qu'ils vivraient tous à Stonegate ? Il en avait parfaitement le droit.

Elle l'observa à la dérobée. Elle le connaissait depuis quelques jours à peine et elle allait l'épouser dans trois semaines, mais que savait-elle de lui au juste ? Elle savait qu'il était extrêmement séduisant et qu'un seul regard de lui suffisait à mettre ses sens en émoi, qu'il témoignait beaucoup de gentillesse envers Adrian et April, qu'il était riche et apparenté à un comte.

D'instinct, elle lui avait fait confiance, sinon, elle n'aurait pas accepté de l'épouser ni ne lui aurait raconté l'apparition de la petite pleureuse, mais à côté de cela, il y avait tant de choses qu'elle ignorait. Et dans quelques semaines, il aurait tout pouvoir sur elle. Sur elle et sur ses cadets. Elle lui faisait confiance, certes, mais pouvait-elle se fier à lui aussi complètement ?

— Qu'y a-t-il ? Vous m'examinez comme si je venais de tomber de la lune, lança le jeune homme.

— Je… je me demandais simplement, balbutia-t-elle en rougissant, si nous ferions de fréquents séjours à Beaumont Place quand nous serons mariés.

— Vous avez peur que je vous enferme en haut du donjon de Stonegate et que je jette la clef ? ironisa-t-il.

— Vous êtes injuste ! Nous avons sous notre responsabilité deux grands domaines avec des fermes, des métairies, une armée de domestiques et que sais-je encore ? L'un est à vous, l'autre appartient à Adrian. Nous n'avons jamais parlé de vos intentions à ce sujet. Une fois que nous serons mari et femme, vous aurez non seulement ma vie entre vos mains, mais aussi celle de mon frère jusqu'à sa majorité et celle d'April jusqu'à ses noces.

De toute évidence, elle ne lui faisait pas totalement confiance. Et, encore de toute évidence, le bonheur de ses cadets passait avant tout le reste.

April et Adrian occupaient la première place dans son cœur, et Charles se demanda amèrement s'il en resterait jamais pour lui.

— Nous partagerons notre temps entre les deux domaines et Londres, en fonction des besoins, j'imagine. Naturellement, une fois que nous serons mariés, je m'attends que nous passions du temps à Stonegate. Vous y serez chez vous, et votre frère et votre sœur aussi, aussi longtemps qu'ils le souhaiteront, mais je suppose que nous passerons autant de temps ici. Votre frère a un personnel parfaitement qualifié pour faire marcher ses affaires en son absence, et moi aussi. Nous ne devrions donc pas avoir d'inquiétude de ce côté-là.

Comme elle ne paraissait pas encore complètement rassurée, il vint s'asseoir près d'elle et lui prit la main.

— Daphné, je ne peux pas vous promettre que tout ira toujours selon vos souhaits. Je vous demanderai parfois de faire passer mes désirs avant ceux de vos cadets. Il se peut que ma présence soit nécessaire à Stonegate pendant quelque temps, et dans ce cas-là, j'attendrai que vous y soyez également. Votre sœur et votre frère y seront toujours les bienvenus. Adrian est jeune, mais un jour viendra où il lui faudra prendre ses affaires en main, et il ne peut pas apprendre tout ce qu'il doit savoir en restant tout le temps à Stonegate, je le comprends parfaitement. Je sais que nous devrons passer du temps ici, plus que je ne le souhaiterais peut-être, mais j'y suis tout disposé, pendant quelques années au moins. Adrian doit se familiariser avec ses gens et ses terres, asseoir son autorité, et je l'y aiderai de mon mieux, mais je ne veux pas vous mentir, je ne sacrifierai pas mon domaine au sien. Pas plus que je ne sacrifierai ma vie pour lui, ou que je vous laisserai sacrifier la vôtre, acheva-t-il d'un ton ferme.

Daphné soutint son regard. Elle lui en voulait du pouvoir que la loi lui donnait sur elle, mais elle avait conscience qu'il s'était montré honnête, et qu'il se conduisait de façon plus équitable que la plupart des hommes. N'empêche…

— Très bien, fit-elle sèchement. Je vous remercie de votre franchise.

— Ma franchise ? Ma chère, si vous me connaissiez mieux, vous sauriez que je me suis montré exceptionnellement diplomate.

Ces paroles résonnèrent aux oreilles de Daphné longtemps après le départ de Charles pour Lanyon Hall.

Elle avait eu au cours de cette conversation l'occasion de constater ce qu'elle soupçonnait déjà : derrière le charme nonchalant qu'affectait son fiancé se cachait une volonté implacable. Et elle se demandait, mal à l'aise, jusqu'à quel point il pouvait se montrer implacable. Lui cachait-il sa véritable nature ? L'endormait-il dans un sentiment de fausse sécurité ?

Non. On ne pouvait accuser Charles Weston de dissimulation. Il avait peut-être choisi ses mots avec soin, mais il n'avait pas tenté de la berner. L'homme qu'elle allait épouser était habitué à mener sa barque comme il l'entendait, c'était une évidence, et il avait bien l'intention de continuer, mais il se conduirait correctement avec eux.

Elle ne pouvait lui en demander davantage.

Le soir venu, le reste de leur conversation lui revint à l'esprit et, après le départ de sa femme de chambre, elle s'approcha de la grande armoire, mais celle-ci était tout contre le mur si bien qu'elle ne vit pas la porte dont Charles lui avait parlé.

C'est seulement après s'être mise au lit et avoir mouché la chandelle qu'elle se rappela que cette chambre faisait à l'origine partie d'une suite où logeaient les châtelains de Beaumont Place. Elle se redressa brutalement dans son lit, le souffle coupé. Grand Dieu !

Elle dormait dans la chambre de sir Wesley !

12

Daphné ne parvint pas à trouver le sommeil cette nuit-là. Pour conjurer l'esprit du sinistre sir Wesley, elle alla allumer le plus grand des candélabres et retourna dans son lit scruter les ombres que projetait la lueur des chandelles. Toute la nuit, elle guetta la monstrueuse apparition qui avait failli se jeter sur elle dans le salon bleu. Pour un peu, elle aurait accueilli avec joie le spectre de la petite pleureuse…

Au petit matin, elle eut beau prendre le parti d'en rire, elle savait que plus jamais elle ne serait complètement à l'aise dans cette pièce. À plusieurs reprises, tandis qu'elle s'habillait, elle glissa un coup d'œil par-dessus son épaule, comme si le fantôme de sir Wesley n'attendait que le moment propice pour se jeter sur elle.

Avant de descendre prendre le petit déjeuner, elle fit le tour de la chambre, se demandant à quoi elle ressemblait à la Renaissance, et quels forfaits avaient pu y être perpétrés.

L'instinct lui dictait de changer de chambre, mais elle hésitait. Durant des mois, elle y avait dormi paisiblement, et déménager maintenant ne manquerait pas de susciter spéculations et commentaires parmi les domestiques. Et puis, la veille, Charles avait décrété que cette pièce et les suivantes leur convenaient parfaitement, et Goodson devait avoir déjà pris ses dispositions pour les remettre en état. Il ne lui restait donc plus qu'à prendre son mal en patience et à prier pour que sir Wesley – ou quelque autre fantôme – ne vienne pas lui rendre visite.

Renseignements pris, il s'agissait bien de la chambre du triste sire, mais Mme Hutton lui assura que la literie et les rideaux étaient d'époque plus récente, et que seuls le lit et la grosse armoire lui avaient appartenu, ce qui lui fut une bien piètre consolation.

Nul ne devinait quelle force d'âme il lui fallait pour regagner sa chambre chaque soir. Elle prit l'habitude de laisser une bougie allumée avant de s'endormir, mais elle se réveillait en sursaut au moindre bruit. Pourtant, au bout de quelques jours, sa peur diminua, et elle retrouva un sommeil presque aussi paisible qu'à l'accoutumée.

Les travaux pour remettre en état les pièces voisines allaient bon train. Une armée de valets s'affairait à épousseter, cirer, battre les tapis, nettoyer les fenêtres et les miroirs, décrocher les rideaux, curer les cheminées, et tout le couloir embaumait le vinaigre de cidre et la cire d'abeille. Le jour où l'on enleva la grosse armoire qui masquait la porte, Daphné éprouva un curieux sentiment à la pensée que, sous peu, Charles Weston franchirait cette porte et pénétrerait dans sa chambre, dans son lit…

L'arrivée de curieux attirés par les phénomènes étranges du salon bleu ne se produisit pas, au grand soulagement de la maîtresse de maison. Dès que la présence d'Anne Darby ce soir-là avait été connue, tout le monde avait pensé à quelque tour bien rodé, comme Daphné le découvrit plus tard.

Ils n'étaient plus qu'à dix jours du mariage et toute la maisonnée bourdonnait des préparatifs. Les domestiques s'affairaient dans des pièces qui n'avaient pas été occupées depuis des années, la cuisinière, qui avait demandé et obtenu des renforts conséquents, préparait de quoi nourrir une armée en campagne, les dames avaient mobilisé toutes les couturières et les modistes de Penzance et des environs, tandis que les lettres de félicitations et les cadeaux s'amoncelaient à une cadence digne d'un mariage royal.

Une visite à Mme Darby avait beau être en haut de la liste des projets de Daphné, elle n'avait tout simplement pas trouvé le temps. Elle était cependant parvenue à s'isoler un long moment avec le pasteur après le dîner que les Henley avaient donné en leur honneur.

— Ne vous inquiétez pas à l'idée que le sang de ce ruffian coule dans vos veines, mon petit, avait-il souri dès qu'elle avait mentionné le nom de sir Wesley. On a raconté qu'il avait fait tuer son neveu, et même si c'est probable, on n'a jamais pu le prouver. Quoi qu'il en soit, la femme et l'enfant de John lui ont échappé. Dès que la famille d'Anne-Marie a appris l'arrestation du jeune homme, elle l'a emmenée dans ses terres, où elle a donné naissance à un garçon, Jonathan, dont descendent les Beaumont actuels. Sir Wesley n'a eu aucune descendance en ligne directe, et pas une goutte de son sang ne coule dans vos veines, c'est tout ce qui compte.

Daphné n'avait pas eu l'occasion de l'interroger plus avant, car sa femme était arrivée.

Par la suite, elle n'eut pas le temps de fouiller dans le passé de sir Wesley, et n'en fut pas mécontente. En effet, à tout instant, elle avait une décision urgente à prendre ou bien quelqu'un avait besoin de son avis toute affaire cessante. Son mariage constituait apparemment l'événement mondain le plus important de la région depuis des années, et tout le monde s'arrachait les fiancés.

Charles était très occupé de son côté et, à part quelques brèves visites à Beaumont Place, ils ne se voyaient guère en dehors dcs invitations où ils se rendaient ensemble.

— Je ne m'étais pas rendu compte à quel point des fiançailles peuvent être éprouvantes, murmura-t-il un soir en aidant Daphné à monter en voiture. Est-ce que vous serez aussi contente que moi d'en finir avec toute cette agitation ?

— Apparemment, nous avons une vie bien plus mondaine et trépidante qu'à Londres !

— C'est incroyable ce qu'une pointe de scandale peut faire pour vous rendre populaire, observa-t-il avec un demi-sourire.

— Cela vous ennuie ? s'alarma Daphné.

— Si cela m'ennuyait, je ne serais pas ici. Je ne fais jamais rien qui m'ennuie.

La jeune femme réprima un frisson. Elle devinait qu'il ne plaisantait pas. Une main de fer dans un gant de velours ! songea-t-elle, mal à l'aise. Si Charles Weston n'était plus un étranger pour elle, il y avait encore quantité de choses qu'elle ignorait de lui, et elle aurait menti en prétendant que cela ne l'inquiétait pas.

Adrian et April les avaient rejoints, et il était trop tard pour approfondir la question. D'autant que Charles, qui était venu avec le vicomte, prit aussitôt congé.

En fait, le jeune homme attendait la cérémonie avec une impatience qu'il avait du mal à contenir. Toutes ses nuits étaient hantées par des rêves érotiques parfaitement explicites et dans la journée, l'hospitalité de Trevillyan lui pesait. Son hôte n'était pas un compagnon désagréable, et il l'aimait bien, mais il n'avait pas surmonté son amertume d'avoir vu la fortune de sir Huxley lui échapper, et Charles en avait assez de ses incessantes allusions à l'injustice de la Destinée qui favorisait de jeunes parvenus. Et puis, le vicomte buvait décidément trop.

Mais il avait tout de même envers celui-ci une dette dont il ne pourrait jamais s'acquitter. S'il ne l'avait pas accueilli à Lanyon Hall, il n'aurait jamais rencontré Daphné. Peu importait que Trevillyan désapprouve cette union et soit convaincu qu'il ne tarderait pas à regretter sa galanterie, sans lui, il mènerait toujours la même existence solitaire et n'aurait jamais connu les délices de la passion et le bonheur qui allait avec.

La seule idée de rentrer à Stonegate sans la jeune femme l'emplissait de terreur. Sa Daphné adorée l'avait sauvé de la solitude et du désespoir, admettait-il humblement – et Charles se montrait rarement humble – et, pour la première fois, il comprenait ce que l'arrivée de Nell dans la vie de Julian avait pu signifier.

Comme une brise de printemps emporte les derniers frimas de l'hiver, la présence de sa bien-aimée chasserait les ombres maléfiques du passé, et Stonegate redeviendrait la maison chaleureuse et accueillante qu'il avait connue dans son enfance, avant la mort de sa mère et l'arrivée de Sophie. Et qu'importait si sa fiancée amenait avec elle deux adolescents et ses propres fantômes ? Il aimait beaucoup April et Adrian, s'entendait bien avec eux, et quant aux revenants, il en faisait son affaire.

Tout comme Daphné, il avait eu l'intention de faire des recherches et d'en apprendre davantage au sujet de sir Wesley et de la petite pleureuse, mais il n'en avait pas trouvé le temps. De toute façon, il habiterait bientôt Beaumont Place et aurait le loisir d'étudier avec sa femme les curieuses apparitions qui hantaient le château. Quand ils ne feraient pas l'amour, bien sûr ! Ragaillardi à cette pensée, il piqua des deux comme si Daphné l'attendait à Lanyon Hall.

À son arrivée, Eames l'informa qu'une lettre était arrivée pour lui.

— Vous veniez juste de partir, mais comme cela ne me paraissait pas urgent, je ne l'ai pas fait suivre chez M. et Mme Henley. J'espère que j'ai bien fait ?

— Mais bien sûr ! s'impatienta Trevillyan, la voix pâteuse. Weston vous aurait prévenu s'il attendait un courrier. Que dirais-tu d'un cognac avant d'aller se coucher ? ajouta-t-il à l'adresse de son invité.

Ce dernier déclina poliment. Le vicomte avait déjà beaucoup trop bu, et il ne tenait pas à prolonger la soirée. Une fois dans ses appartements, il se mit à l'aise et décacheta la lettre.

Déterminé à mettre un terme à ses interrogations concernant Raoul et à avancer dans l'enquête sur les meurtres avant son mariage, il n'avait pas ménagé sa peine. Il avait passé tout son temps libre à traîner dans les pubs, les tavernes et autres endroits mal famés des alentours pour s'enquérir, avec toute la prudence et la discrétion nécessaires, de tout étranger ou nouveau venu dans les environs.

Bien entendu, être soi-même étranger à la région constituait un inconvénient sérieux, mais on n'imagine pas comme les langues se délient facilement après quelques pintes de bière ou quelques verres de gin. Charles avait donc largement ouvert sa bourse et fait le bonheur de tous les tenanciers du pays. Malheureusement, certains esprits mal tournés avaient remarqué la bourse bien garnie de cet inconnu si peu loquace lui-même, et avaient eu l'idée de l'en soulager. Ils y avaient gagné quelques contusions et avaient appris à respecter l'étranger taciturne.

Charles, de son côté, avait récolté un ou deux bleus, une solide connaissance de tous les repaires de contrebandiers de la côte, et la conviction que ces meurtres inexpliqués inquiétaient beaucoup plus les gens du peuple que les autorités. Ils détaillaient à voix basse les sévices infligés aux deux malheureuses, et tremblaient pour leurs femmes et leurs filles. Personne ne mentionna jamais un troisième corps, et il finit par douter de son existence. Mais il n'entendit jamais souffler mot d'un étranger ou d'un nouveau venu qui pourrait bien être le meurtrier.

Maître Vinton n'avait pas eu plus de succès, apparemment, et Charles, dépité, abandonna la lettre sur un guéridon. Si seulement ils avaient retrouvé le corps de Raoul, il pourrait enfin tourner la page. Certes, le fait de ne pas l'avoir retrouvé ne prouvait pas qu'il était vivant. Bien que touché de deux balles en pleine poitrine, son frère avait eu la force de disparaître dans la fosse. Peut-être avait-il réussi à suivre le lit du ruisseau qui se jetait directement dans la rivière, et, vu son état de faiblesse, avait-il fini par se noyer. Son cadavre avait pu rester coincé sous un rocher, ou être entraîné jusqu'à la mer. Il était temps de se rendre à l'évidence, Raoul était bien mort, et il perdait son temps à tenter de démontrer le contraire.

Les meurtres des deux jeunes femmes qui l'avaient amené en Cornouailles étaient l'œuvre d'un autre ou n'avaient peut-être rien à voir entre eux, et, là encore, il avait perdu un temps précieux qu'il aurait pu occuper bien plus agréablement. Le souvenir des lèvres de Daphné, si douces sous les siennes, lui revint en mémoire, ce qui ne manqua pas d'émouvoir le reste de sa personne.

Finalement, son enquête sur le sort de Raoul lui avait permis de tuer le temps utilement en attendant le mariage. Sans cela, il aurait consacré tous ses moments libres à Daphné, et il n'aurait pas pu résister à la tentation bien longtemps. Il aurait cherché à passer un moment seul avec elle pour lui voler un baiser, qui en aurait entraîné un autre, puis ses mains se seraient égarées… Il n'aurait pas pu se contenir et si elle ne l'avait repoussé – et il savait qu'elle n'en aurait rien fait –, l'irréparable serait arrivé avant même qu'il ait eu le temps de s'en rendre compte.

Le corps et l'esprit échauffés, il se mit au lit en proie à une douloureuse érection. Et dire qu'il lui restait encore dix jours, et dix nuits, à endurer ce supplice ! songea-t-il, déprimé.

Contrairement à Charles, Daphné trouvait que le temps passait trop vite, l'énormité des changements qui l'attendaient lui semblant à la fois grisants et effrayants.

Beaumont Place bourdonnait comme une ruche. On avait recruté des domestiques supplémentaires, fait venir de Penzance et des fermes environnantes des monceaux de nourriture, les cadeaux de mariage continuaient de s'amonceler, à croire que son fiancé était apparenté à tout le pays. Depuis des semaines, elle n'avait pas eu une minute à elle, et voilà que l'avant-veille de la cérémonie arrivaient une foule de gens qu'elle ne connaissait ni d'Ève ni d'Adam, et qui feraient bientôt partie de sa famille.

Ils étaient tellement nombreux que la tête lui tournait, mais seuls quelques-uns se détachaient du lot dont Marcus Sherbrooke, qui ressemblait de façon étonnante à Charles, et, bien sûr, le comte et la comtesse de Wyndham. Daphné appréhendait cette rencontre et s'inquiétait de la façon dont ils prendraient ce mariage précipité avec une inconnue sans fortune et sans position dans le monde, mais le sourire du comte et l'étreinte chaleureuse de la comtesse la rassurèrent immédiatement.

La ressemblance entre Marcus et son fiancé était certes frappante, mais celle entre le comte et Charles était tout bonnement confondante, et elle ne pouvait détacher les yeux du visage étonnamment familier de leur invité.

Ils auraient pu passer pour des jumeaux !

— Ne soyez pas gênée, ils se ressemblent comme deux gouttes d'eau, sourit la comtesse en la voyant rougir. Par chance, on m'avait prévenue avant que je rencontre Charles, et je n'ai pas été surprise, mais j'imagine qu'il ne vous avait rien dit, n'est-ce pas ?

— Il ne m'avait effectivement pas avertie, admit Daphné. Pas plus que de sa ressemblance avec M. Sherbrooke, du reste.

— Mais vous devez bien convenir que c'est moi le plus séduisant des trois, intervint l'heureux fiancé en s'efforçant, sans succès, de paraître modeste.

— Et certainement le plus arrogant, répliqua Wyndham. Nous sommes enchantés de faire votre connaissance, mademoiselle Beaumont, ajouta-t-il en prenant la main de Daphné, et de vous accueillir dans notre famille. Nous venons juste de nous rencontrer, mais je sens déjà que vous avez une influence bénéfique sur le voyou que vous projetez d'épouser. Il a besoin d'être mené à la baguette, croyez-moi.

— Allons donc, Julian, Daphné n'a pas besoin de tes conseils, elle sait parfaitement s'y prendre pour me mener par le bout du nez, assura Charles en souriant à sa fiancée.

— Je fais de mon mieux en tout cas, murmura malicieusement la jeune fille.

— J'étais sûre que nous allions nous entendre ! s'écria Nell. Charles a besoin d'une femme qui ne se laisse pas faire. Mais où sont donc sir Adrian et votre sœur ? J'ai hâte de les connaître. Charles nous a tellement parlé d'eux dans ses lettres. Ils m'ont l'air absolument charmants.

La comtesse venait de trouver le plus sûr moyen de gagner l'affection de Daphné, qui lui adressa son plus chaleureux sourire.

— Ils préféraient que nous fassions d'abord connaissance et nous attendent dans le grand salon. Si vous voulez bien me suivre.

Adrian et April se levèrent d'un bond à leur entrée, visiblement nerveux, mais la bonhomie de Julian et l'amabilité de Nell eurent tôt fait d'apaiser leurs inquiétudes et de les mettre à l'aise. Daphné n'était pas peu fière de voir son frère converser tranquillement avec le comte et Marcus Sherbrooke, tandis que la benjamine, assise aux côtés de la comtesse, répondait avec aisance à ses questions.

— Vous projetez déjà de gagner l'appui de Nell pour les débuts d'April dans le monde ? lui chuchota Charles à l'oreille.

Daphné eut la bonne grâce de rougir.

— Je pensais juste que la comtesse aurait peut-être la gentillesse, si elle aimait bien April, de la prendre sous son aile et de la présenter à certains des membres les plus éminents de la haute société. Quant à Adrian, avec l'aide du comte, on pourrait peut-être lui proposer de rejoindre les clubs les plus fermés de Londres. Forts du patronage du comte et de la comtesse de Wyndham, leur position dans le monde serait assurée.

— Et il ne vous est pas venu à l'idée que je pouvais m'en charger ? lui fit-il remarquer en arquant un sourcil, étonné de découvrir qu'il était un peu vexé que Daphné n'ait pas pensé d'emblée à lui.

— Vous le pourriez ? Oh, Charles, voir toutes les portes s'ouvrir devant eux serait mon rêve le plus cher !

Le jeune homme se demanda sombrement s'il aurait un jour le pouvoir d'allumer dans le regard de sa fiancée la même flamme d'amour et de fierté. Pour Daphné, il venait en troisième position, loin derrière son frère et sa sœur, et c'étaient des rivaux trop puissants pour lui. Contre un autre homme, ou une paire d'insupportables gamins trop gâtés, il aurait su quoi faire, mais il était désarmé devant Adrian et April.

Comment résister à deux adolescents aussi charmants ? Ils n'étaient certes pas issus de la haute aristocratie, mais leur famille était parfaitement respectable, et avec la fortune et le titre d'Adrian, rien ne s'opposait à une ascension rapide dans la meilleure société. Ils méritaient tout ce dont Daphné rêvait pour eux, et quant à lui, il ferait tout ce qui était en son pouvoir pour le leur offrir.

— Je n'ai peut-être pas un nom aussi prestigieux que le comte de Wyndham, ni la respectabilité bien établie de mon cousin Marcus, mais il y a peu de portes qui ne s'ouvrent pas devant moi, observa-t-il négligemment. Et puisque je suis son beau-frère, je serai heureux de guider Adrian dans le monde. En ce qui concerne April, il sera sans doute préférable de vous en remettre à Nell. Quelques hôtesses parmi les plus en vue risqueraient de se méfier de toute personne du beau sexe que je recommanderais.

— Vous avez si mauvaise réputation ? risqua Daphné.

— Disons qu'il y a quelques années, les mères de famille qui avaient une fille à marier préféraient les mettre sous clef lorsque j'étais dans les parages. Mais la plupart des messieurs me trouvaient de compagnie agréable, ajouta-t-il avec un sourire charmeur.

— Ne le laissez pas vous embobiner, intervint Julian, qui s'approchait, Adrian et Marcus dans son sillage. C'était le pire noceur qu'on puisse imaginer. Le plus charmant des bons à rien, le pire casse-cou qui soit jamais monté à cheval, et le plus chanceux des joueurs.

— Un bagarreur redoutable, une lame diabolique et une tête brûlée, compléta Marcus.

— Mais aussi le genre d'homme qu'on rêve d'avoir à ses côtés quand on est le dos au mur, acheva Wyndham avec un regard indéfinissable.

— Si vous vous y mettez tous les deux, je n'ai aucune chance, se plaignit Charles. Ne les écoutez pas, ajouta-t-il à l'adresse de Daphné, ils ont toujours été jaloux. Vous avez devant vous un homme nouveau, qui s'est définitivement rangé et qui sera un mari exemplaire, conclut Charles en portant la main de la jeune fille à ses lèvres.

Le baron Templeton, sa femme et leur fils arrivèrent en même temps que l'Honorable Stacy Bannister, mais il suffit à Daphné d'un regard pour comprendre que l'Honorable et lady Templeton étaient parents de Charles. Lady Templeton était effectivement la tante de Charles, et Stacy le plus jeune de ses cousins. Elle fut ravie de constater qu'il s'entendait très bien avec Adrian, et son air émerveillé lorsqu'il fut présenté à April la transporta d'aise.

Le dîner fut des plus animés, la conversation brillante et la chère exquise. Quand les dames laissèrent les messieurs déguster leurs digestifs, Daphné, toute à ses rêves de grandeur pour ses cadets, avait l'impression de flotter sur un nuage.

Ce n'est que beaucoup plus tard, lorsqu'elle se retrouva devant la porte qui reliait sa chambre au salon qu'elle partagerait avec Charles, que la réalité de ce qui l'attendait la frappa. Le surlendemain, à 11 heures, elle serait mariée à un homme dont elle ignorait jusqu'au nom un mois plus tôt.

En devenant Mme Charles Weston, son destin et ceux de ses cadets reposeraient entièrement entre les mains d'un inconnu – et qu'elle ait confiance en lui et le respecte n'y changeait rien.

Elle se demanda soudain si elle devait s'en réjouir, s'en effrayer, ou les deux à la fois.

13

Daphné eut l'impression que les deux jours qui suivirent passèrent en éclair. D'autant que la veille du mariage, un grand dîner avait réuni tout ce qui comptait dans les environs.

Avant qu'elle ait eu le temps d'y songer, la voiture aux armes des Beaumont les déposait, ses cadets et elle, devant l'église du village, elle relevait le bas de sa robe blanche et argent pour gravir les marches et, le cœur battant, faisait son entrée dans le sanctuaire.

Sa main tremblante posée sur le bras de son frère, elle marcha jusqu'à l'autel où l'attendait son fiancé, en compagnie du pasteur et du comte de Wyndham, qui était son témoin. C'est à peine si elle remarqua les stalles décorées de roses blanches, le sourire chaleureux de la comtesse et le regard embué de Mlle Kettle. Elle ne voyait que l'homme imposant au beau visage austère qui l'attendait devant l'autel. Quand leurs regards se croisèrent, elle crut que son cœur, qui battait déjà la chamade, allait jaillir hors de sa poitrine.

Adrian, qui paraissait encore plus jeune dans son habit de cérémonie, lui prit la main et la plaça solennellement dans celle de Charles. Quand les doigts de son fiancé se refermèrent sur les siens, Daphné eut le sentiment d'avoir enfin trouvé sa place et, tout naturellement, elle exerça une douce pression de la main.

Une fois que le pasteur aurait prononcé la formule sacramentelle, ils seraient liés pour la vie. Ses cadets et elle ne formeraient plus ce petit trio seul contre le monde, ils feraient partie intégrante de cette puissante famille qui les accueillait avec tant de chaleur.

Et tout à coup, elle comprit qu'elle n'aurait jamais pu épouser un autre homme. Durant l'espace d'une saisissante seconde, elle découvrit trois choses : qu'elle lui faisait aveuglément confiance, qu'une seule de ses caresses suffisait à l'enflammer, et qu'elle était follement amoureuse de lui…

Un instant elle se pétrifia, stupéfaite. Bien sûr qu'elle l'aimait ! Comment aurait-il pu en être autrement ? Il était honorable, bon, séduisant, il possédait toutes les qualités qu'elle attendait d'un époux, et qu'il témoignât de l'affection à April et à Adrian ne faisait qu'ajouter à son attrait.

Elle lui adressa un sourire si rayonnant que Charles en eut le souffle coupé. Il n'avait pas la moindre idée de ce qui lui valait ce merveilleux sourire, mais il voulait qu'elle continue de le regarder avec cette expression si douce, et il mourait d'envie de l'embrasser. Les yeux rivés sur ses lèvres, il se penchait déjà quand la voix du pasteur le rappela sur terre.

Main dans la main, ils prononcèrent l'engagement solennel, la voix de Charles résonnant haut et fort dans l'église, celle de Daphné plus claire et plus timide. Et puis tout fut fini… Ils étaient mari et femme, et quittèrent l'église, la foule des invités dans leur sillage, pour retrouver le pâle soleil de février.

Le couple regagna Beaumont Place dans la luxueuse voiture que Charles avait fait venir de Stonegate quelques jours plus tôt. Appuyée contre les coussins de velours bordeaux, Daphné regardait sans la voir la foule des métayers et des fermiers massés sur leur passage.

« J'aime Charles Weston ! Je suis amoureuse de mon mari », se répétait-elle.

Charles, qui se demandait toujours ce qui lui avait valu ce sourire éblouissant, lui adressa un regard perplexe. Il aurait donné cher pour savoir ce qui se passait dans cette jolie petite tête. Encore des rêves de grandeur pour Adrian et April, à n'en pas douter, songea-t-il en réprimant un soupir.

— Tout s'est très bien passé, vous ne trouvez pas ? murmura-t-il platement.

Daphné acquiesça en silence, intimidée tout à coup par ce bel homme si plein de charme qui était maintenant son mari.

— Bonjour, madame mon épouse, reprit-il avant de déposer un baiser sur sa main.

— Bonjour, monsieur mon mari, souffla-t-elle en lui caressant tendrement la joue.

La douceur de cette caresse laissa Charles sans voix, ce qui était une expérience nouvelle pour lui. Seigneur, elle était adorable ! Et pour la première fois de sa vie, il était amoureux, amoureux fou. Il l'aimait, soupçonnait-il, depuis qu'il avait posé les yeux sur elle sur cette grève battue par les vents. Sinon pourquoi aurait-il risqué sa vie pour elle dans cette maudite caverne ? Pourquoi se serait-il embarrassé de deux gamins, si charmants soient-ils ? Deux gamins qui le supplantaient dans son affection !

Il ne savait plus où il en était, ne savait plus qu'une chose : il l'aimait, et il désirait lui faire l'amour. Et si elle continuait à le fixer de ce regard à faire fondre les glaciers, il allait consommer leur mariage sans attendre, sur la banquette de cette voiture ! Sa virilité s'anima tandis que l'idée de glisser la main sous la robe blanche, là où se cachait la source de tous les délices, l'effleurait.

S'arrachant aux visions de chair nue qui lui enflammaient l'esprit, il chercha désespérément un sujet de conversation anodin. Il pourrait peut-être lui confier les arrangements qu'il avait pris, songea-t-il, se raccrochant à cette possibilité tel un noyé à une bouée. Le moment était certes mal choisi, mais il n'était pas sûr qu'il y en ait de meilleur. Quels que soient l'heure et le lieu, il craignait sa réaction.

Où diable étaient passées cette arrogance et cette détermination à arranger les choses comme bon lui semblait ? Bon, d'accord, il avait fait ce qui lui convenait, admit-il avec une pointe de culpabilité. Mais il avait aussi songé à Daphné ! Du reste, depuis quand était-il inquiet des réactions d'une femme, quand bien même il s'agissait de la sienne ? Il sourit. Depuis que cette petite sorcière l'avait envoûté et qu'il en était tombé amoureux.

Prenant une profonde inspiration, il se jeta à l'eau.

— Euh… J'ai parlé à Julian et à Nell, et ils ont accepté de rester quelques jours à Beaumont Place, le temps que nous fassions un voyage éclair à Stonegate. J'ai fait le nécessaire, et nous partirons cet après-midi. Nous passerons la nuit à Looe, dans une excellente auberge, et nous arriverons à Stonegate demain après-midi, en début de soirée au plus tard.

— Mais c'est impossible ! protesta Daphné. Mes bagages ne sont pas faits ! Il y a des invités plein la maison. Et puis, Adrian et April…

— Adrian et April seront très bien – Julian et Nell veilleront sur eux. J'ai pris la liberté de demander à Nell de prévenir votre femme de chambre afin qu'elle fasse vos bagages. Elle est déjà en route avec mon valet. Nous ne serons absents qu'une petite semaine.

Il attendit l'orage, mais Daphné paraissait plus stupéfaite que fâchée.

— Mais pourquoi cette précipitation ? s'étonna-t-elle. J'aurai tout le temps de voir Stonegate.

— Parce que, expliqua-t-il en lui étreignant la main, qu'il avait gardée dans la sienne, je veux que vous connaissiez votre nouvelle maison, que vous rencontriez vos nouveaux domestiques, mais surtout, je veux faire l'amour avec vous sans devoir affronter des regards entendus chaque fois que nous ferons un pas hors de nos appartements.

Daphné s'empourpra. S'asseoir à la table du petit déjeuner le lendemain matin avec Adrian, April, Ketty, le comte, la comtesse en sachant que toute la maisonnée… Elle s'empourpra davantage.

— Oh, fit-elle. Je n'y avais pas pensé.

— Moi, si ! Nous allons déjeuner avec notre famille et nos amis, après quoi nous partirons pour Stonegate.

Jamais Daphné n'aurait imaginé dire au revoir à ses cadets le cœur aussi léger. Ils n'avaient jamais été séparés jusqu'à présent, mais elle comprit, avec un petit sursaut d'étonnement, que si le bien-être d'Adrian et d'April demeurait son principal souci, Charles était dorénavant au centre de son univers. Il était son mari, et s'apprêtait à devenir son amant…

Il faisait déjà nuit quand ils arrivèrent à Looe, mais, heureusement, Bertram, le valet de chambre de Charles, et Jane, la femme de chambre de Daphné, les avaient précédés. Ils avaient défait leurs bagages, commandé un souper léger et leur firent immédiatement préparer un bain.

Daphné était trop tendue pour songer à manger. Le grand lit, qu'elle allait pour la première fois partager avec Charles, attirait son regard comme un aimant. Il viendrait la rejoindre pour lui révéler les mystères de l'amour et, cette fois-ci, il ne s'interromprait pas. Ses seins se durcirent comme elle songeait aux délices qui l'attendaient, et une vague brûlante monta de son ventre. Un peu effrayée par l'audace de ses pensées, elle passa la chemise de nuit de fine batiste brodée et le déshabillé assorti que lui avait préparés Jane. Elle se brossa les cheveux, se pinça les joues pour leur donner un peu de couleur. Le miroir lui renvoya l'image d'une femme plutôt séduisante, à la silhouette un peu anguleuse, à la chevelure brune indisciplinée et, juste un instant, elle envia la beauté classique et les rondeurs d'April.

Quand la porte de communication s'ouvrit, elle serra instinctivement les pans de son déshabillé sur sa poitrine. La bouche sèche, elle regarda Charles s'avancer vers elle. Ses cheveux de jais étaient encore humides, son corps athlétique se devinait sous la robe de chambre en soie, et elle sentit son pouls s'emballer.

En deux pas, il la rejoignit, ôta ses mains crispées sur l'étoffe de son déshabillé et l'en débarrassa d'un seul mouvement. Après quoi, il l'attira dans ses bras et la gratifia d'un baiser d'une ardeur vertigineuse. Ses lèvres, ses dents, sa langue demandaient leur dû, ses mains lui enserraient les hanches afin de la plaquer contre son érection qui frémit délicieusement à ce contact.

Daphné gémit sous ce baiser de feu et accueillit avec ravissement cette langue impérieuse qui prenait possession de sa bouche, cette virilité pressée contre son ventre. Sans relâcher son étreinte, sans détacher ses lèvres des siennes, Charles la poussa jusqu'au lit où ils roulèrent enlacés.

— Tu m'as manqué, murmura-t-il d'une voix rauque.

— Nous n'avons été séparés que quelques minutes, dit-elle doucement en lui caressant la joue, consciente de son corps qui pesait sur le sien.

— C'était trop long. J'ai besoin de toi, Daphné. Si tu savais comme je te désire… chuchota-t-il fébrilement en couvrant son cou et sa gorge de baisers. J'essaierai d'être doux… mais sache que si je te fais mal, ce sera la seule fois.

Nouant les bras autour de son cou, une lumière dans le regard semblable à celle qui avait coupé le souffle à Charles dans l'église, elle murmura :

— Fais de moi ce que tu veux… mon mari.

Il captura alors sa bouche avec une passion impossible à réfréner, ses mains glissèrent sous la chemise de nuit pour caresser la peau soyeuse de ses cuisses.

L'excitation et le désir crépitèrent en elle comme ses caresses se faisaient plus précises, sa bouche plus exigeante, attisant le brasier qu'il venait d'allumer.

Ils s'embrassèrent encore et encore, éperdus, et se laissèrent emporter par ce tourbillon connu des seuls amants. Le corps en feu, Daphné ne s'aperçut que Charles s'était débarrassé de sa robe de chambre que lorsqu'elle sentit sous ses doigts la peau tiède de son épaule.

S'arrachant à sa bouche, elle chuchota :

— Tu es nu, alors que je suis encore habillée.

— Je devrais pouvoir arranger ça, mon ange.

Se déplaçant légèrement, il lui ôta sa chemise de nuit en un tournemain. Elle laissa échapper un petit cri. Seigneur, c'était divin ! La chaleur de ce corps musclé contre le sien, de ces longues jambes sur les siennes, et la dureté de ce sexe prisonnier entre eux qui l'effrayait et l'attirait tout à la fois.

Il se positionna sur elle, la caressa de sa virilité, et les dernières craintes de Daphné s'envolèrent sous les assauts du désir. Ses jambes s'écartèrent spontanément pour l'attirer au plus près.

Quand il sentit contre son sexe la douceur de son intimité prête à le recevoir, Charles dut lutter de toutes ses forces pour ne pas s'unir immédiatement à elle. Sachant qu'il était trop tôt, il interrompit leur baiser à regret et sa bouche chercha la pointe rose d'un sein qui frémit sous ses lèvres. Il la taquina gentiment de la langue et des dents, et se sentit pleinement récompensé quand elle l'attira à elle en gémissant.

Daphné se débattait contre un flot de sensations inconnues, son corps se tordait en réponse aux caresses enivrantes que Charles lui prodiguait sans compter. Chaque fois que ses lèvres ou ses dents agaçaient sa chair, une traînée de feu embrasait tout son être, son corps se tendait sous lui comme un arc pour réclamer davantage.

Lorsque enfin les doigts de Charles s'insinuèrent dans le triangle bouclé au creux de ses cuisses, écartant les replis veloutés de son sexe, elle se raidit dans l'attente des délices qu'il lui promettait. Il s'attarda dans son jardin secret pour lui prodiguer des caresses affolantes. Ses ongles s'enfoncèrent dans ses épaules tandis qu'elle se cambrait sous lui, exigeant qu'il assouvisse enfin le désir fou qui la consumait.

Charles s'efforça de ralentir le rythme. Il aurait voulu que ce moment dure encore un peu, en savourer la nouveauté, mais la fougue de Daphné eut raison de lui.

Lorsqu'il inséra un doigt en elle, elle réprima un cri de bonheur et se mit à onduler sans la moindre honte. Un deuxième doigt lui arracha un frisson tandis qu'une vague de plaisir déferlait en elle.

Incapable de se retenir plus longtemps, Charles remplaça ses doigts par son sexe gonflé. Il commença à se glisser lentement en elle alors que tout son corps lui hurlait de la pénétrer d'une seule poussée.

— Je vais peut-être te faire mal, chuchota-t-il contre ses lèvres, mais ce sera la première et la dernière fois. Je te promets qu'ensuite ça ne pourra être que meilleur.

— Je te crois, haleta-t-elle. Mais je t'en prie, dépêche-toi !

D'un même mouvement, Charles s'empara de sa bouche et s'engouffra dans le fourreau soyeux où la fragile barrière qui sépare la jeune fille de la femme céda en un instant. La violence du plaisir qu'il en ressentit le fit trembler de la tête aux pieds. Enfin Daphné était sienne. Sa *femme* !

Une douleur fulgurante traversa Daphné, mais elle fut brève, et vite remplacée par le bonheur, l'émerveillement de ne plus faire qu'un avec l'homme qu'elle aimait. Il l'emplissait toute, et elle savoura la brûlure délicieuse de son sexe en elle, le poids de son corps sur le sien. Comme elle tentait timidement d'onduler, Charles répondit d'un mouvement de reins qui lui procura des sensations divines.

Demeurer immobile afin qu'elle ait le temps de s'habituer à sa présence en elle constituait pour Charles un supplice délicieux, mais lorsqu'il la sentit frémir sous lui, il fut incapable de se contenir plus longtemps. L'agrippant aux hanches, il commença à se mouvoir en elle, lentement au début, puis à un rythme de plus en plus soutenu. La danse de l'amour se fit très vite frénétique tandis que chaque coup de reins les rapprochait de la félicité.

Éperdue, Daphné se cramponnait à lui, s'efforçant de le suivre dans ses assauts furieux. Une colonne de feu s'élevait du tréfonds de son corps, plus haut, toujours plus haut... Elle s'élança à la rencontre de Charles, cherchant un assouvissement dont elle ignorait tout, mais qui, elle le savait, la délivrerait de cette divine douleur qui unissait et séparait leurs deux corps. Lorsque enfin le tourbillon vertigineux de la jouissance l'emporta, elle se cambra et cria son plaisir tandis qu'il se répandait en elle.

Pantelant, sans forces, Charles bascula sur le flanc.

— Je chérirai toute ma vie le souvenir de cette nuit et de ce que nous avons partagé, murmura-t-il.

Daphné tourna la tête pour le contempler. La lueur vacillante des chandelles sculptait ses traits, en soulignait la vigueur, et elle songea que jamais elle n'avait rencontré plus bel homme.

— C'est une nuit mémorable pour chacun de nous, sourit-elle en lui effleurant les lèvres de l'index. La première d'une longue série, j'espère, ajouta-t-elle non sans espièglerie.

— Oh ça, tu peux compter dessus, assura-t-il en s'emparant de sa bouche avec une passion renouvelée.

Malgré une nuit très active où Charles lui fit encore l'amour deux fois, ils se levèrent avant le jour et quittèrent l'auberge aux premiers rayons du soleil. Ils n'atteignirent Stonegate qu'en fin d'après-midi. La maison parut très ancienne à Daphné, mais sans cachet particulier. Quelques marches menaient à une grande terrasse dallée qui occupait toute la façade.

— Voici ta nouvelle maison, déclara Charles d'une voix dépourvue de chaleur. La décoration reflète les goûts de ma belle-mère ; n'hésite surtout pas à y apporter tous les changements que tu jugeras bon.

— Ta belle-mère ? s'étonna-t-elle. Et elle vit ici ?

Charles eut un rire sans joie.

— Non. Elle est morte il y a trois ans.

Daphné aurait aimé approfondir le sujet, mais déjà les lourdes portes de chêne s'ouvraient sur un homme en livrée sombre.

— Bonsoir, monsieur Weston, murmura-t-il. Je suis Garthwaite, votre majordome, madame Weston, ajouta-t-il en se tournant vers Daphné, et je suis heureux d'être le premier à vous accueillir à Stonegate.

— Je vous remercie, fit Daphné avec un sourire. C'est très aimable de votre part.

— On cherche déjà à gagner les faveurs de la maîtresse de maison ? commenta Charles, amusé, avant d'entraîner Daphné à l'intérieur.

— Ce sera un réel plaisir d'avoir de nouveau une femme pour tenir les rênes de cette maison, se contenta d'observer Garthwaite d'un ton hautain.

Avec ses murs tendus de soie vert sombre et son grand escalier de marbre, le hall était tout simplement somptueux. Au-dessus d'une élégante console trônait un grand portrait représentant un homme encore jeune à l'élégance surannée qui souriait au garçonnet appuyé contre son genou.

Une fois débarrassée de sa chaude pelisse de velours bleu roi, de son chapeau et de ses gants, et tandis que Charles demandait à Garthwaite de faire servir le thé, Daphné s'approcha du tableau. Le beau visage anguleux, les yeux de jade et l'abondante chevelure d'ébène ne laissaient planer aucun doute, il s'agissait de parents de son mari, peut-être même de Charles et de son père.

Depuis leur rencontre, il s'était montré remarquablement discret au sujet de ses proches. Elle ne lui avait pas posé beaucoup de questions, elle devait le reconnaître, si bien qu'à part le comte, Marcus Sherbrooke, Stacy Bannister et lady Templeton, elle ignorait tout de sa famille. Elle venait d'apprendre l'existence d'une défunte belle-mère, que lui restait-il encore à découvrir ?

— Le petit garçon, c'est toi ? questionna-t-elle lorsque Charles la rejoignit et mit le bras sur ses épaules.

— Non. Il s'agit de mon frère aîné, John, et de son fils, Daniel. Ils sont morts tous les deux, John il y a une quinzaine d'années et Daniel il y a quatre ou cinq ans, ajouta-t-il en se rembrunissant.

— Oh, je suis désolée. Tu as dû être anéanti, compatit-elle.

— Après la mort de John, je croyais avoir connu le pire, commença-t-il, le visage fermé, le regard dur. Mais j'ai découvert que je m'étais trompé.

Il considéra le portrait un long moment, l'air ailleurs, puis parut se secouer, et reprit avec un sourire forcé :

— Allons, ne nous attardons pas sur ces événements tragiques. Nous commençons tout juste notre vie ensemble et nous ne laisserons pas le passé s'immiscer dans notre présent.

Daphné avait encore beaucoup de questions à poser, mais elle décida de les remettre à plus tard et se laissa guider le long d'un large couloir. Le chagrin causé par le décès de son frère et de son neveu était-il encore si vif que Charles répugnait à en parler ? De quoi étaient-ils morts ? De maladie ? À en juger par la tension dans sa voix, elle soupçonnait des événements beaucoup plus dramatiques…

— Voici le salon de l'Est, expliqua-t-il comme ils pénétraient dans une vaste pièce. C'est l'un des endroits les plus guindés de la maison, et si tu as envie d'y apporter des changements, ce n'est pas moi qui m'en plaindrais.

La personne qui s'était chargée de la décoration s'était à l'évidence donné beaucoup de mal et avait dépensé beaucoup d'argent. Il aurait été difficile de trouver la moindre faute de goût dans ce décor où dominaient le bleu, l'or et le crème, pourtant, le tout formait un ensemble étrangement froid et peu attirant. Visiblement l'élégance avait été privilégiée au détriment du confort.

— C'est une très jolie pièce, fit remarquer Daphné sans se compromettre.

— Et tu la détestes, compléta Charles en riant. Sophie, ma belle-mère, en était très fière.

— Oh, je... je ne peux pas dire que ce salon me déplaît. Je suis sûre que la plupart des gens le trouveraient très agréable.

— Mais pas toi ? insista son mari en lui soulevant le menton du doigt.

— Je n'ai pas dit cela, répliqua-t-elle en rougissant. Je l'aurais peut-être meublé différemment, c'est tout.

— Alors, il faut le refaire, non ? murmura-t-il en effleurant ses lèvres des siennes. Nous sommes chez nous, mon cœur, et il faut que cette maison reflète tes goûts, pas ceux de ma belle-mère.

Seule une demeurée n'aurait pas compris que Charles et la femme de son père s'entendaient mal, et Daphné n'avait rien d'une demeurée. Il n'avait jamais fait allusion à Sophie Weston jusqu'ici, mais rien qu'au son de sa voix, elle devinait un lourd contentieux. Ils n'étaient dans cette maison que depuis quelques minutes, mais déjà elle percevait un changement en lui. Quelque chose le bouleversait et le mettait en colère. En moins d'une quinzaine d'années, il avait perdu son frère, son neveu et sa belle-mère. Était-cele souvenir de ces tragédies qui suscitait cette amertume qu'elle n'avait jamais remarquée auparavant ?

Elle chercha son regard, mais il ne trahissait rien.

— Tu n'aimais vraiment pas ta belle-mère, n'est-ce pas ? risqua-t-elle, histoire d'en avoir le cœur net.

— Tu n'imagines pas à quel point, répondit-il. Je la méprisais. Et plus rapidement nous aurons fait disparaître toute trace de sa présence dans cette maison, mieux ce sera.

— Charles ! Elle n'était pas si détestable, tout de même, protesta-t-elle, choquée par la haine non dissimulée qui sourdait dans sa voix.

— Elle était pire que tout ce que tu peux imaginer, crois-moi ! C'était ma maison, et je l'aimais, enchaîna-t-il, mais tout a changé quand mon père a épousé Sophie. Elle était riche, très riche, et lui… lui avait besoin de sa fortune. Elle en a profité, et nous a fait sentir, à John et à moi, que nous étions des intrus dans notre propre demeure. Elle ne nous trouvait pas dignes de ramasser la poussière sous ses pieds, et nous le faisait cruellement sentir. Elle était très intelligente et, en public, elle jouait parfaitement son rôle de belle-mère dévouée, surtout devant mon père, mais derrière son dos… Après son décès, la haine qu'elle nous vouait est devenue palpable, et jusqu'à sa mort, je n'ai jamais passé ici plus de temps que nécessaire.

— Mais après la disparition de ton frère et de ton neveu, vos rapports ne se sont pas améliorés ? Après tout, à part tes cousins, vous étiez seuls au monde tous les deux.

— Ah, j'oubliais, il y avait aussi Raoul, mon demi-frère, dit-il, légèrement embarrassé. Le fils de Sophie… Je ne t'en avais jamais parlé ?

14

Daphné le fixa longuement avant de s'enquérir d'une voix suave :

— Tu es sûr de ne pas avoir oublié d'autres proches parents ? Ou faut-il que je me tienne prête à ouvrir ma porte à tout moment à de nouveaux membres de la famille que tu aurais omis de mentionner ?

— Techniquement, tu n'aurais pas besoin de leur ouvrir la porte, observa Charles en souriant. Garthwaite fait cela très bien.

Ignorant cette saillie, Daphné reprit :

— J'aimerais te rappeler que je viens juste d'entrer dans ta famille. À notre mariage, tu m'as présenté tes cousins et j'ai fait la connaissance de ta tante. J'avais auparavant appris par des tiers ta parenté avec un pair du royaume, mais à part cela, tu t'es toujours montré singulièrement peu disert au sujet des tiens. Or je déteste les cachotteries, surtout lorsqu'il s'agit de la famille.

— Ma famille est un peu compliquée, surtout si l'on remonte au vieux comte, mon grand-père paternel.

— Pour le moment, je ne crois pas nécessaire de remonter jusque-là, cingla-t-elle. Je viens d'apprendre tout à la fois l'existence et le décès de ton frère, de ton neveu et de ta belle-mère, et voilà que je découvre que tu as encore un frère ! Où est-il ? Quel âge a-t-il ? Quand vais-je faire sa connaissance ? Tu ne vas tout de même pas me dire que ce frère-là à lui aussi trouvé une fin tragique ?

— Demi-frère, corrigea automatiquement Charles, évitant de répondre à la dernière de ses questions.

Il se doutait que la femme qu'il venait d'épouser avait un caractère bien trempé, mais son expression l'avertissait clairement qu'il ne disposait que de quelques instants pour s'expliquer s'il voulait rester en bons termes avec elle.

Il avait toujours eu l'intention de lui parler – sans entrer dans les détails – de sa famille et de Raoul, mais n'avait jamais trouvé le moment approprié. Il se voyait mal annonçant entre la poire et le fromage : « Au fait, j'avais oublié de te dire ! J'avais un frère aîné, John, qui a été assassiné il y a une quinzaine d'années. Il avait un fils, Daniel, que j'aimais beaucoup, mais qui s'est suicidé il y a bientôt quatre ans. Et figure-toi qu'un an plus tard, ma belle-mère, que je détestais cordialement et qui me le rendait bien, a été elle aussi assassinée par un fou qui a tué mon demi-frère par la même occasion. »

Il n'était bien entendu pas question de lui révéler ce qui s'était passé cette terrible nuit – du moins pas tout de suite.

Comme il demeurait silencieux, Daphné soupira.

— Tu ne veux pas me répondre ? Y a-t-il une raison particulière pour laquelle tu ne souhaites pas me parler de lui ?

— Il y a plusieurs raisons, admit-il, la principale étant que je ne veux pas t'ennuyer avec la liste des tragédies familiales alors que tu viens à peine de poser le pied dans notre maison.

La jeune femme l'étudia un moment. Elle avait le sentiment qu'il ne cherchait pas délibérément à lui dissimuler certaines choses, mais qu'il ne savait trop comment lui présenter des événements qu'elle devinait déplaisants, et elle se reprocha son insistance. Ils étaient à Stonegate depuis moins d'une heure et voilà qu'elle le soumettait à un interrogatoire en règle.

— Tu me raconteras tout plus tard ? hasarda-t-elle en esquissant un sourire. Même ce qui concerne le vieux comte ?

— Surtout ce qui concerne le vieux comte, s'esclaffa Charles.

Après le thé, la nouvelle maîtresse de Stonegate entreprit de visiter sa maison sous la houlette de Garthwaite. C'était une grande et belle gentilhommière, aussi élégante que spacieuse. Le majordome lui apprit qu'elle avait été la résidence des comtes de Wyndham jusqu'à la construction de Wyndham Manor à quelques lieues de là.

Cette splendide demeure était maintenant la sienne, et c'était ici que leurs enfants grandiraient, songea Daphné qui entendait déjà les rires joyeux résonner dans la maison. De temps à autre, elle observait Charles à la dérobée, mais son beau visage demeurait indéchiffrable. Il était visiblement fier de Stonegate, mais elle sentait en lui une réticence, une espèce d'appréhension, qu'elle ne s'expliquait pas. Sa belle-mère avait-elle réussi à le dégoûter de sa propre maison ? Son anxiété avait-elle un rapport avec son demi-frère ? Avec son père ?

De toute évidence, il avait perdu sa mère jeune. Mais qu'en était-il de son père ? Du peu qu'il venait de lui confier, elle avait déduit qu'il était décédé avant sa seconde épouse. Elle en était à se demander à quand cela remontait lorsqu'une terrible pensée lui vint à l'esprit. Se pouvait-il que sa nouvelle famille soit l'objet d'une malédiction ? Elle se reprocha aussitôt cette idée ridicule, et décida de consacrer toute son attention à sa nouvelle résidence.

L'après-midi passa comme un enchantement, puis Daphné rejoignit ses appartements afin de se changer pour le dîner. Ayant eu tout le temps de se familiariser avec les goûts de Sophie Weston en matière de décoration, elle s'attendait que sa suite soit aussi froide et impersonnelle que le reste de la maison. Son étonnement fut donc total lorsqu'elle pénétra dans une suite fort chaleureuse aux murs tendus de soie ambre et aux plafonds crème. Les tentures rayées du baldaquin et les tapis étaient peut-être un peu masculins, mais elle sentit immédiatement qu'elle se plairait ici.

Jane lui avait fait préparer un bain dans la garde-robe attenante et elle se plongea avec délices dans l'eau parfumée. Elle rougit au souvenir des lèvres de son mari sur ses seins nus, et la vague brûlante qui monta de ses reins n'avait rien à voir avec la température de l'eau. Tout alanguie, elle se remémora la nuit passée, la bouche de Charles sur la sienne, ses mains sur son corps, sa virilité entre ses cuisses, si bien que lorsqu'elle sortit du bain, tout son corps soupirait après les caresses de son mari.

Elle se sécha en hâte, enfila un peignoir, puis, sa chevelure flottant librement sur ses épaules, entreprit d'explorer la chambre à coucher. Elle découvrit avec surprise une table dressée dont l'argenterie étincelait à la lueur des chandeliers, et au milieu de laquelle trônait un splendide bouquet de lys.

La porte qui communiquait avec l'appartement de Charles s'ouvrit à cet instant, et son mari pénétra dans la pièce. Un délicieux frisson parcourut Daphné quand elle se rendit compte que, tout comme elle, il était nu sous sa robe de chambre de soie noire.

— Parfait ! Tu n'es pas encore habillée pour le dîner, se réjouit-il. Encore que cela ne m'aurait pas dérangé de te déshabiller…

Feignant d'ignorer la palpitation que ses paroles avaient fait naître au creux de son ventre, elle désigna la table.

— C'est une idée à toi ?

— Oui. La journée a été longue et j'ai pensé que tu préférerais peut-être un souper intime, plutôt qu'un dîner formel. Tu étrenneras la salle à manger un jour où tu ne soupireras pas après ton lit.

— Oh ! Je soupire après mon lit ? sourit-elle.

— Toi, peut-être pas, ma douce, mais moi, si, murmura-t-il en l'enlaçant.

S'abandonnant à son étreinte, la jeune femme s'ouvrit comme une fleur sous ses lèvres. Elle gémit lorsqu'il la plaqua contre son sexe dressé, et plongea ses doigts dans ses cheveux de jais pour l'attirer plus près.

Il était très tard quand ils s'attablèrent enfin pour dîner…

Ils firent pourtant honneur au homard froid, à l'aspic de crevettes et d'œufs de caille, aux terrines de légumes, aux asperges en gelée et aux entremets aériens, avant de retourner au lit.

Ce ne fut que lorsque la fièvre qui s'était emparée d'eux retomba que le sujet de la famille de Charles revint sur le tapis.

Daphné pelotonnée contre lui, la tête au creux de son épaule, Charles fixait le ciel de lit. Le destin les avait unis pour le meilleur et pour le pire et, pour le moment, leur vie commune s'annonçait sous les meilleurs auspices. Et peu importait qu'elle ne l'aime pas, et qu'Adrian et April aient la première place dans son cœur. Dès lors qu'elle lui accordait une place dans son monde, cela lui suffisait.

Il fronça les sourcils. Qui croyait-il duper ? C'était un pieux mensonge, et il le savait. Il ne serait satisfait que lorsque Daphné l'aimerait… autant qu'il l'aimait.

Avec un sursaut, il se rendit compte que depuis le début il *voulait* l'épouser. C'était un pari, certainement le plus risqué qu'il ait jamais fait dans sa vie, mais il était un joueur dans l'âme, et il était bien décidé à gagner celui-ci, et à se faire aimer de sa femme.

Il déposa un baiser sur le front de Daphné. Il avait déjà empoché une jolie mise puisqu'il avait à ses côtés la seule femme avec qui il ait jamais imaginé de partager sa vie, la seule qu'il ait jamais imaginée porter ses enfants. L'idée d'avoir un jour des enfants ne l'avait jamais effleuré jusqu'ici. Ferait-il un bon père ? s'interrogea-t-il, mal à l'aise. Il avait adoré le sien, John s'était montré un excellent père pour Daniel, et Julian était exemplaire avec ses enfants. Il y avait peut-être de l'espoir pour lui.

Le visage contracté par la haine de Raoul lui revint soudain à l'esprit et une angoisse sourde lui étreignit la poitrine. Il avait toujours considéré que les vices de son demi-frère lui venaient de Sophie, mais comment en être certain ? Qui pouvait affirmer que les horribles pulsions qui l'avaient poussé à torturer et à assassiner d'innocentes jeunes femmes ne venaient pas des Weston ? Qui pouvait certifier qu'il n'avait pas en lui les mêmes horribles penchants, et qu'il ne risquait pas de les transmettre à ses enfants ?

À cette pensée, un frisson le secoua.

— Qu'y a-t-il ? Tu as froid ? s'inquiéta Daphné.

— Non, non, tout va bien.

Quelque chose dans sa voix alerta la jeune femme.

— Qu'est-ce que tu as ? insista-t-elle. J'ai fait quelque chose qui t'a déplu ?

— Seigneur, non ! Je pensais à ma famille… et à celle que nous aurons peut-être un jour.

— Et c'est une idée si déplaisante ?

— Non, c'est juste que…

Comment lui avouer la vérité ? Elle avait le droit de savoir, mais était-ce le bon moment ? Et comment être sûr qu'elle n'allait pas se détourner de lui avec horreur ?

— Charles, qu'est-ce qu'il y a ? souffla-t-elle en lui caressant la joue. Ça n'est pas terrible au point de ne pouvoir m'en parler. Nous avons affronté sir Wesley ensemble, après tout. Que pourrait-il y avoir de pire que cet horrible vieux fantôme ?

— Il y a tant de choses que tu ignores, murmura-t-il en traçant du doigt les contours du visage aimé.

— Mais tu vas me les dire, n'est-ce pas ?

Charles hocha la tête. Sa décision était prise.

— Les Weston n'ont pas tous été des modèles de vertu, commença-t-il lentement. J'aimais beaucoup mon père, mais après la mort de ma mère, il a sombré dans l'alcool et le jeu. Il nous a menés au bord de la ruine et, s'il n'avait pas épousé Sophie, nous aurions sans doute tout perdu. Ce n'était pas un mariage d'amour, précisa-t-il. Il l'a épousée pour sa fortune.

— Jusqu'ici, il n'y a pas de quoi fouetter un chat. Les aristocrates désargentés épousent de riches héritières depuis la nuit des temps, dit-elle, l'encourageant d'un sourire.

Il ne faisait que tourner autour du pot pour reculer l'instant fatidique, et il le savait. Depuis qu'il avait rencontré Daphné et qu'il était tombé amoureux d'elle, il était devenu incroyablement lâche. Il ne supportait pas l'idée qu'elle puisse le rejeter. Et comment pourrait-il en être autrement, une fois qu'il lui aurait parlé de Raoul ? N'importe quelle femme en ferait autant.

— Charles, que se passe-t-il ? s'enquit-elle calmement en lui caressant la joue. C'est donc tellement affreux, que tu n'oses m'en parler ? Je ne trouverai peut-être pas ça si méchant, tu sais.

— Oh, que si !

— Alors, tu ferais sans doute mieux de me le dire, suggéra-t-elle, le ventre noué.

Quel que soit ce lourd secret, il s'agissait de quelque chose de grave, de beaucoup plus grave qu'un père prodigue et alcoolique.

Charles détourna les yeux. Ils se tenaient au bord d'un gouffre et il aurait voulu avoir davantage de temps avec elle avant qu'il s'ouvre devant eux. Mais s'il continuait à se taire, ce secret se dresserait entre eux telle une barrière de plus en plus difficile à franchir, il empoisonnerait leur vie commune et l'empêcherait de se faire aimer d'elle.

Il n'avait pas le choix, il devait tout lui dire et en assumer les conséquences.

— Il faut que je te parle de Raoul, commença-t-il en la serrant étroitement contre lui.

Il ne lui cacha rien, ni les cauchemars de Nell, ni les oubliettes de Dower House, ni les tourments que de malheureuses jeunes femmes avaient subis sous le poignard de Raoul, ni la façon dont ce dernier et Sophie avaient assassiné John, ni comment il avait lui-même tué sa belle-mère, ni, enfin, la raison de son voyage en Cornouailles.

Daphné demeura silencieuse quand il eut terminé, et il sentit son cœur sombrer. Allait-elle le rejeter comme le meurtrier qu'il était ? Que deviendrait-il si elle le chassait ? Comment pourrait-il supporter le fardeau d'une vie sans elle ?

La jeune femme restait confondue devant tant de noirceur. En dépit des difficultés qu'elle avait dû affronter, elle avait eu une existence relativement protégée, et le meurtre n'était pour elle qu'une abstraction. Elle s'attendait au récit des frasques d'un débauché, à un adultère, voire à une naissance illégitime, mais certainement pas à cette épouvantable histoire.

Elle avait du mal à comprendre le lien qui avait permis à Nell de voir en rêve les crimes de Raoul, mais les événements dont elle avait été le témoin à Beaumont Place l'avaient convaincue que la raison ne suffisait pas à tout expliquer. Le meurtre de John la révulsait, et son cœur saignait pour Charles. Elle qui aimait tant ses cadets ne pouvait concevoir quelle aberration avait pu conduire Raoul à commettre ce geste fratricide.

Savoir que le plus jeune des Weston tuait par plaisir la dépassait et l'horrifiait, mais ce qui lui paraissait proprement obscène, c'était la protection que lui avait accordée Sophie. Qu'elle ait mérité la mort lui paraissait une évidence. Quant à Raoul… La pensée qu'il était encore en vie et vivait peut-être près de Beaumont Place la faisait trembler d'angoisse.

— Il faut prévenir nos familles, s'écria-t-elle en se redressant brusquement. S'il enlevait April ? S'il lui arrivait quelque chose, je ne me le pardonnerais jamais !

Soulagé qu'elle ne le rejette pas d'emblée, Charles expliqua posément :

— April ne risque rien. Il ne s'attaque qu'aux filles du peuple et choisit des victimes dont la disparition passe inaperçue.

— Ce qui ne console en rien, murmura-t-elle en baissant les yeux sur lui.

Il était si visiblement crispé qu'elle eut mal pour lui. Dévoiler toutes ces horreurs n'avait pas dû être facile… Et voilà maintenant qu'il attendait son verdict comme un enfant pris en faute. Un flot d'amour la submergea.

— Mon pauvre chéri, tu as dû vivre des moments atroces, compatit-elle en se rallongeant près de lui pour l'étreindre. Il y avait de quoi devenir fou. Sophie méritait de mourir. C'était un être malfaisant, mais maintenant, elle ne peut plus faire de mal à personne. J'espère que de l'enfer où elle doit brûler, elle sait que tu as hérité de sa fortune et que tu es maintenant seul maître de Stonegate. Et si Raoul est vivant comme tu le crois, nous le trouverons et nous l'empêcherons de nuire.

Charles eut l'impression de revenir à la vie. Basculant sur le dos sans lâcher Daphné, il chercha sa bouche et l'embrassa fougueusement. Sa douce, son adorable Daphné ne le rejetait pas ! Il ne lui faisait pas horreur !

La jeune femme répondit avec ardeur à ses baisers, comme si elle pouvait ainsi panser ses blessures, effacer toutes les souffrances qu'il avait endurées. Il lui fit l'amour avec une tendresse qui fit naître en elle un désir si violent qu'elle en trembla de la tête aux pieds. Elle se tordait sous ses caresses, le suppliant de la prendre et de mettre fin à cette si délicieuse agonie. Lorsque, enfin, il accéda à son souhait, la frénésie prit le pas sur la douceur, et la jouissance les balaya avec la puissance d'une déferlante, les laissant en nage et pantelants.

Quand il eut retrouvé l'usage de la parole, Charles repoussa les cheveux humides du front de Daphné et chuchota :

— Je suis très heureux que tu aies eu l'idée bizarre d'aller explorer cette grotte, tu sais. Je n'ose penser à ce que serait ma vie sans toi.

À ces mots, le cœur de Daphné bondit dans sa poitrine. Elle l'aimait et il se pourrait très bien qu'il en soit de même pour lui. Ce n'était pas une déclaration d'amour, mais cela y ressemblait beaucoup et ses paroles lui faisaient chaud au cœur.

— Hmm, j'avoue que je me suis entichée de cette grotte, murmura-t-elle. Il faudra que nous y retournions un de ces jours.

— Si jamais cela se produit, attends-toi à y goûter à des félicités que la décence nous a interdites la première fois.

— J'essaierai de m'y préparer, sourit-elle.

Charles et Daphné passèrent trois jours à Stonegate. Ils parcoururent la maison, et le domaine, Charles lui indiquant ce qui était digne d'intérêt.

Ils se promenaient comme en rêve, comme s'ils étaient seuls au monde, étrangers à tout ce qui n'était pas eux deux, et les domestiques les considéraient avec un amusement attendri. Ils partagèrent des petits déjeuners intimes, firent des dîners succulents, et s'offrirent même un charmant pique-nique dans le parc.

Les nuits étaient le théâtre d'étreintes passionnées, mais ils connaissaient également de sombres moments lorsque la conversation revenait sur Raoul et Sophie. Devant son regard empreint de douleur et de culpabilité, Daphné se jura de le rendre heureux, de lui faire oublier ce terrible passé, quand bien même, elle le savait, son cœur en garderait à jamais les cicatrices.

— Tu crois vraiment que Raoul est toujours vivant ? l'interrogea-t-elle, la veille de leur départ de Stonegate, alors que Charles inspectait le contenu d'un coffre-fort dissimulé derrière une bibliothèque, dans le bureau de son père.

— Les meurtres de Cornouailles me le donnent à penser, mais je n'ai pu trouver aucune preuve tangible de sa présence, ni même un seul indice probant, avoua-t-il en sortant un coffret en marqueterie. S'il a survécu, il doit avoir besoin d'argent, et je suis convaincu que Sophie s'est assuré qu'il n'en manquerait pas au cas où ses crimes seraient découverts et qu'il serait obligé de prendre la fuite. Mais ce qui me trouble, c'est que Nell n'a plus fait le moindre cauchemar.

— Elle a dû vivre un véritable enfer !

— En effet, mais Nell a un caractère bien trempé. Sinon elle n'aurait pas épousé mon cousin ! Mais nous n'allons pas parler de Raoul et de Sophie toute la soirée. Laisse-moi plutôt te montrer les babioles qui sont maintenant ta propriété, proposa-t-il en déposant le coffret sur ses genoux.

Daphné l'ouvrit et demeura interdite à la vue des diamants, émeraudes, saphirs et autres pierres précieuses étincelantes.

— Mon Dieu, quelles merveilles ! souffla-t-elle.

— N'est-ce pas ? Et ils t'appartiennent, maintenant que tu es ma femme. Certains sont très anciens, mais chaque génération a ajouté les siens, et je compte bien perpétuer la tradition et te couvrir de bijoux au moindre prétexte. En attendant, je pense que ce collier et ces boucles d'oreilles d'émeraudes, qui ont été faites pour mon arrière-arrière-grand-mère, t'iront parfaitement. Bien sûr, tu ne dois rien porter d'autre, ajouta-t-il avec un sourire canaille.

— Bien sûr, acquiesça-t-elle en s'empourprant.

Ils s'amusaient à faire l'inventaire des joyaux quand Charles fronça soudain les sourcils.

— Qu'y a-t-il ? s'inquiéta Daphné.

— Ma belle-mère raffolait des bijoux, et elle en a acheté beaucoup. Je me souviens entre autres d'un pendentif en saphir, d'un collier de perles et de diamants avec des boucles d'oreilles assorties. Ils ne sont pas là.

— Tu ne crois pas qu'elle a pu les déposer ailleurs, à Londres chez son banquier, ou chez le joaillier pour les faire nettoyer.

— Non. Son notaire et son banquier m'ont remis tout ce qu'elle leur avait confié quand nous avons réglé la succession.

Il se dirigea vers le lourd bureau d'acajou, ouvrit un tiroir et en sortit une liasse de documents qu'il feuilleta jusqu'à ce qu'il trouve ce qu'il cherchait.

— J'ai là la liste des biens de Sophie, dit-il en agitant un feuillet. Tu verras qu'aucun bijou n'y figure. Où sont-ils passés ?

— Les bijoux sont faciles à cacher et à transporter... Elle a parfaitement pu les donner à Raoul pour qu'il les cache dans des endroits aisément accessibles en cas de besoin.

— Ce serait en effet plus commode qu'une somme d'argent déposée dans une banque. Une petite cache ici ou là lui aurait garanti des moyens d'existence confortable. Elle était suffisamment intelligente pour ne pas lui donner les bijoux de famille, mais je ne vois aucun de ceux qu'elle avait achetés depuis une vingtaine d'années, et je te garantis qu'il y en avait beaucoup. Je ne me les rappelle peut-être pas tous, et je ne les ai peut-être pas tous vus, mais ceux dont je me souviens représenteraient à eux seuls une petite fortune – largement de quoi faire vivre confortablement Raoul.

Il remit le coffret à sa place, et retourna s'asseoir près de Daphné.

— S'il est toujours en vie, je pense que nous avons trouvé comment il peut vivre. Il avait un rendez-vous de chasse dans le Leicestershire, un pied-à-terre à Brighton et un autre à Londres, un petit yacht et une maison à Poole. Il a pu cacher des bijoux dans n'importe lequel de ces endroits, ou dans chacun d'eux.

— Mais tu as aussi hérité de ses biens. Tu n'as pas d'inventaire de ce qu'il possédait ?

— Il y en a certainement un, mais je n'y ai pas prêté attention. Je croyais Raoul mort et, surtout, dans les mois qui ont suivi cette horrible nuit, je n'ai eu qu'une seule envie, prendre le large et oublier tout ce qui avait trait à mon demi-frère et à sa mère. Gerrard, mon notaire de Londres, s'est occupé de tout. Il m'écrivait pour me tenir informé de la succession, mais j'avoue qu'à cette époque, je m'en moquais éperdument.

— Tu n'as pas vendu le bateau, le rendez-vous de chasse ou quoi que ce soit d'autre ?

— Pour autant que je sache, le yacht est au mouillage à Poole. Gerrard s'occupe de tout, sauf de Stonegate.

— Eh bien, je te suggère de lui écrire et de regarder de près ce que Raoul possédait en propre. Cela dit, s'il est vivant, il a eu largement le temps de récupérer ce dont il avait besoin.

— Et si nous trouvons les bijoux…

— Nous serons certains qu'il est mort, et que ces malheureuses ont été tuées par un autre fou criminel.

— Il semblerait que nous soyons contraints d'allonger un peu notre voyage de retour pour faire une petite excursion à Brighton et à Poole. À moins bien sûr que tu ne préfères retrouver April et Adrian ? Auquel cas je te rejoindrai dès que j'aurais fouillé les maisons de Poole et de Brighton. Je ne voudrais pas t'éloigner d'eux plus longtemps que nécessaire.

Daphné observa Charles avec attention. Il y avait quelque chose dans sa voix… Sa question, sentait-elle, n'était pas uniquement dictée par une considération polie. Ne tenait-il pas à ce qu'elle l'accompagne ? s'inquiéta-t-elle. En avait-il assez d'elle et regrettait-il leur mariage ? Non, c'était ridicule. C'était autre chose. Mais quoi ? Avait-il une maîtresse ? Une fois de plus, elle s'effraya du peu qu'ils savaient l'un de l'autre. Après tout, il pouvait fort bien avoir une demi-douzaine de maîtresses disséminées dans tout le pays. Tant qu'elle ne saurait pas ce qu'il avait en tête, mieux valait avancer avec précaution, décida-t-elle.

— Tu veux que je rentre à Beaumont Place sans toi ? s'enquit-elle prudemment.

— Je veux que tu fasses ce que tu préfères, répondit-il avec la même prudence.

Que devait-elle comprendre ?

— Si tu crois que je vais te laisser jouer les aventuriers seul, tu te trompes, déclara-t-elle en se levant. Je t'accompagne à Brighton et à Poole. Je suis ta femme, et ma place est à tes côtés.

Sur ce, elle le planta là et quitta la pièce d'un pas raide.

Charles ne savait quoi penser. Elle venait avec lui, et sa décision le transportait de joie. Passer ne serait-ce que quelques jours sans elle lui aurait paru pire que dix années d'exil. Mais elle avait prudemment éludé sa question concernant ses cadets. L'accompagnait-elle parce qu'elle se souciait de lui ou parce que c'était là son devoir d'épouse ?

15

Charles la rejoignit cette nuit-là, et ils firent l'amour aussi passionnément qu'à l'accoutumée, mais Daphné était consciente d'une imperceptible distance entre eux. Ils firent comme si de rien n'était, mais le malaise était bien réel, telle une ombre planant au-dessus de leur tête.

Ils étaient cernés par les fantômes, songea-t-elle en montant en voiture le lendemain matin, et ceux de Beaumont Place n'étaient pas obligatoirement les plus redoutables. Ceux de Raoul et de Sophie lui paraissaient autrement plus menaçants pour leur bonheur encore fragile.

Elle observa son mari discrètement. Quelles que soient les raisons pour lesquelles il lui avait proposé de rentrer seule en Cornouailles, elle était convaincue qu'il y avait été poussé par autre chose que de la simple considération à son endroit. Il y avait un enjeu plus profond, elle le sentait. Elle pouvait imaginer une bonne douzaine de raisons valables, mais aucune n'atténuait son trouble.

— Je suis désolé de t'entraîner dans cette équipée, qui ne rime probablement à rien, intervint Charles.

— Je la prends comme une aventure. Notre première aventure ensemble.

— La première d'une longue série, j'espère, murmura-t-il avant de porter sa main à ses lèvres.

Le cœur débordant d'amour, Daphné lui adressa un sourire radieux. Pourquoi se torturait-elle ainsi ? Tout ce qui comptait, c'était qu'elle l'aimait et qu'ils étaient ensemble.

— Nous en aurons sans doute beaucoup au cours de notre vie commune, répondit-elle, et son sourire vacilla une seconde. Certaines plus agréables que d'autres.

— Beaucoup plus agréables, je te le promets, dit-il en la couvant d'un regard caressant.

Réconfortée, Daphné se blottit contre son épaule, prête à affronter le voyage qui les attendait.

Après les longues heures en voiture et deux nuits passées dans des auberges de campagne plus ou moins confortables, la jeune femme fut heureuse d'arriver enfin à Poole. Charles demanda au cocher de les conduire directement chez Raoul, en lisière de la ville. La propriété se révéla plus vaste que ne le laissaient supposer les descriptions de son demi-frère et de sa belle-mère.

De la route, c'était à peine si on devinait le toit derrière les arbres et les bosquets touffus. Un chemin étroit et mal entretenu serpentait entre les bois. Charles songea tout à coup que la maison était probablement fermée, et qu'il n'avait pas de clef. À son grand soulagement, une chaumière proprette apparut au détour du chemin.

Le gardien, un certain Jacques Robinet, était un peu dur d'oreille. Il expliqua, avec un accent français prononcé, qu'il avait été au service de la famille de Mme Sophie et qu'il les avait accompagnés quand ils avaient fui la France au début de la Révolution. Il prenait soin de la maison et logeait gratuitement dans le cottage depuis des années, avoua-t-il en scrutant anxieusement le visage de Charles.

Celui-ci s'empressa d'apaiser ses craintes, l'assurant qu'ils avaient eu subitement envie de venir voir la maison, qu'il n'avait pas l'intention de changer quoi que ce soit, et qu'il était au contraire très heureux qu'une personne de confiance soit là pour veiller sur son bien. Rassuré, M. Robinet s'en alla chercher une grosse clef qu'il remit solennellement au nouveau propriétaire en le remerciant abondamment.

— Tu t'es montré vraiment gentil, commenta Daphné une fois en voiture.

— Que voulais-tu que je fasse ? Je ne pouvais tout de même pas jeter dehors ce pauvre vieux.

La belle maison blanche à deux étages était entourée d'un joli jardin bien entretenu.

— Heureusement que tu n'as pas demandé à M. Gerrard de vendre la maison, remarqua Daphné tandis qu'ils gravissaient les marches du perron.

— J'aurais dû le faire une fois la succession réglée, mais tout cela m'ennuyait profondément.

Je lui ai dit de continuer à régler les factures jusqu'à ce que j'aie le temps de regarder cela de près et d'éliminer les dépenses inutiles. C'est du gaspillage, je le sais, sourit-il devant l'air scandalisé de sa femme, mais comme tu l'as dit, c'est une chance que je n'aie pas vendu cette maison.

Charles et Daphné passèrent plusieurs heures à chercher des endroits susceptibles d'abriter une cache pour les fameux bijoux. Ils en trouvèrent deux, l'une derrière une étagère au rez-de-chaussée, l'autre au deuxième étage, dissimulée dans le plancher de ce qui avait certainement été la chambre de Raoul.

La première contenait un volumineux paquet de lettres très personnelles, écrites par l'épouse d'un homme politique en vue, l'autre ne renfermait qu'une grosse clef. Charles brûla immédiatement les lettres, mais la clef le laissa perplexe. À quoi diable servait-elle ? Et pourquoi Raoul l'avait-il dissimulée ?

D'une fenêtre du second, il repéra un petit bâtiment au fond du jardin. En été, avec les plantes grimpantes qui le recouvraient il devait se confondre avec la végétation environnante, et le promeneur non averti pouvait passer devant sans même le remarquer. Même en cette saison, on le distinguait à peine.

De nouveau, Charles considéra la clef, et eut comme un pressentiment. Il fallait absolument fouiller cet endroit, mais il ne tenait pas à laisser Daphné seule dans la maison. Les chances qu'il soit toujours en vie étaient des plus minces, mais il ne voulait pas courir le moindre risque. Quand il lui suggéra d'attendre dans la voiture pendant qu'il inspectait la petite construction, le regard qu'elle lui lança valait tous les discours.

Elle l'accompagnerait donc.

Le jardin s'étendait loin derrière la maison et au printemps, il devait être superbe, mais seule leur destination les intéressait. Le bâtiment était si bien dissimulé qu'ils se trompèrent trois fois de direction.

— Si je n'avais pas observé le jardin depuis l'étage, je n'aurais jamais deviné qu'il y avait là un abri, commenta Charles.

— C'est peut-être voulu, hasarda Daphné.

— J'en suis convaincu, rétorqua sombrement son époux.

Ils firent encore quelques détours avant de déboucher dans une minuscule clairière devant un petit édifice de pierre taillée, dépourvu de fenêtres. Tous deux s'immobilisèrent abruptement comme si un mur se dressait devant eux.

Daphné n'était pas du genre impressionnable, mais ce pavillon trapu lui parut sinistre et, instinctivement, elle fit un pas en arrière.

— Reste ici, lui ordonna Charles d'une voix qu'elle ne reconnut pas.

Daphné lui jeta un coup d'œil et tressaillit. L'homme qui se tenait près d'elle était un inconnu. Dans ce visage aussi rigide qu'un masque de pierre elle ne retrouvait plus l'homme qu'elle avait épousé. Quant à son regard… il était si vide et froid qu'il en était glaçant. Machinalement, elle s'écarta de lui.

Il l'effrayait.

Charles se dirigea vers la porte massive renforcée de solides ferrures. Il savait que la clef tournerait sans difficulté dans la serrure, et il savait ce qu'il allait trouver derrière cette porte.

— Ne me suis pas ! intima-t-il à Daphné.

Il introduisit la clef dans la serrure et poussa le battant.

Il n'avait pas besoin de fouiller le pavillon, il savait que Raoul avait utilisé cet endroit pour s'adonner à ses sinistres plaisirs. Des jeunes femmes avaient été torturées et assassinées ici. Elles avaient longuement agonisé, hurlant pour demander grâce. Et c'était son propre frère qui avait perpétré ces meurtres odieux... par plaisir. Un flot de bile lui monta à la gorge tandis que l'horreur le submergeait de nouveau.

L'unique source de lumière provenait de la porte ouverte, et Charles tâtonna le long du mur pour trouver une bougie qu'il alluma avant de refermer soigneusement le battant derrière lui et de tirer le verrou. Personne ne devait voir cet endroit, et Daphné moins que quiconque.

Ce n'était pas une chambre de torture, mais cela y ressemblait fort, en plus petit. Une minuscule cellule occupait l'un des angles de la pièce, des chaînes étaient scellées dans le mur opposé, une longue table de pierre servait au même usage que celle des souterrains de Dower House, comme en témoignaient les traces sombres qui la maculaient.

Charles se força à inspecter la pièce, se déplaçant avec la raideur d'un automate. Ses pires craintes ne se vérifièrent pas : il ne trouva pas de cadavres. Raoul devait se débarrasser de ses victimes à la faveur de la nuit, sans doute en les jetant à la mer. Comme il s'y attendait, il ne trouva rien d'utile et, une fois sa fouille achevée, sortit rapidement et referma la porte. Il avala de grandes goulées d'air, s'efforçant de se débarrasser de l'odeur de mort qui s'accrochait à lui, de chasser les visions d'horreur que cet endroit avait fait naître dans son esprit.

Lorsqu'il la rejoignit, Daphné vit qu'il était livide. Elle l'enlaça étroitement, le berça comme un enfant.

— N'y pense plus, chuchota-t-elle en couvrant son visage torturé de baisers. C'était un monstre. Tu n'as rien à voir avec lui. Tu n'es pas coupable de ses crimes, poursuivit-elle en prenant son visage pour le forcer à la regarder. Il en est seul responsable, avec sa mère.

— Je sais que tu as raison, mais je ne peux pas…

— Il le faut ! Tu ne dois pas laisser ses péchés devenir les tiens. C'était lui le monstre, pas toi !

Charles l'étreignit avec force, le visage enfoui dans ses cheveux. Il avait besoin de sentir son corps contre le sien, de respirer son parfum. Elle ne laisserait pas les fantômes du passé le poursuivre, ne le laisserait pas sombrer dans les ténèbres, elle le guiderait vers la lumière. Elle ne l'aimait peut-être pas, mais elle était sa seule planche de salut, et lui l'aimait plus que la vie même. Il chercha ses lèvres et l'embrassa avec passion, émerveillé par l'ardeur de sa réponse.

— Merci, murmura-t-il lorsque leurs lèvres se séparèrent. Peu de jeunes mariées accepteraient d'aussi bon cœur une ordure telle que Raoul dans l'arbre généalogique familial. Je suis sûr que ce n'est pas ainsi que tu imaginais ta lune de miel, sourit-il pour détendre l'atmosphère.

— Quelle importance ? Si le sort se montre favorable, nous avons devant nous de longues années ensemble. Que représentent quelques jours… déplaisants sur toute une vie ?

— Déplaisant est un qualificatif poli, ironisa-t-il en l'entraînant loin de cet endroit maudit.

— Qu'est-ce que tu vas en faire ? questionna-t-elle en jetant un regard au pavillon par-dessus son épaule.

— Y mettre le feu.

— À part cette horrible bâtisse, nous n'avons rien trouvé de concluant, remarqua Daphné, un peu plus tard dans la voiture. Mais cela ne prouve rien non plus.

— J'aurais préféré que nous trouvions des bijoux. Nous aurions au moins été récompensés de nos efforts et cela aurait confirmé nos soupçons. Trouver des bijoux aurait prouvé qu'il est bien mort, puisqu'il n'est pas revenu les chercher. Tandis que là, nous tâtonnons toujours dans l'obscurité. Je n'aurais pas dû t'emmener, ajouta-t-il en remarquant ses traits tirés. J'aurais dû insister pour que tu rentres en Cornouailles.

— Pour que tout le monde cancane et raconte que nous nous étions disputés après trois jours de mariage ? murmura Daphné sans oser le regarder.

— C'est pour cela que tu es venue ? Pour éviter les commérages ?

— Quelle importance ? Je suis avec toi, cela ne te suffit pas ?

Non ! songea-t-il amèrement en tournant la tête vers la fenêtre. Les raisons pour lesquelles elle l'avait accompagné importaient énormément. Elles lui importaient tellement qu'elles le rongeaient. Il ne voulait pas qu'elle soit là, avec lui, pour éviter les ragots ou parce que c'était son satané devoir, mais parce qu'elle ne voulait être nulle part ailleurs.

— Bien sûr que ta présence suffit. Je ne peux t'en demander plus.

Daphné fronça les sourcils, consciente une fois de plus qu'il y avait dans ses paroles un sous-entendu qui lui échappait.

— Qu'est-ce qui ne va pas entre nous ? questionna-t-elle calmement. Et ne me dis pas que je me fais des idées. Je sais que nous n'avons voulu ce mariage ni l'un ni l'autre, mais... il me semblait que nous nous entendions très bien. J'ai fait quelque chose qui t'a offensé ? ajouta-t-elle, au bord des larmes.

Cette question le déchira. Comment lui en vouloir d'aimer April et Adrian plus que lui ? Elle s'était occupé d'eux pendant des années, et avait tant de souvenirs avec eux, alors qu'ils ne se connaissaient que depuis quelques semaines. Ce n'était pas sa faute s'il était tombé fou amoureux d'elle au premier regard. Ce n'était pas sa faute si elle ne l'aimait pas... ou du moins pas encore, rectifia-t-il. Car il était bien décidé à se faire aimer !

Mais cela n'arriverait pas s'il laissait son désespoir et sa jalousie empoisonner leur vie commune.

— Rien de ce que tu fais ne pourra jamais m'offenser, ma douce, assura-t-il en l'attirant sur ses genoux. Et tout va bien entre nous, poursuivit-il en dénouant le ravissant chapeau vert assorti à sa pelisse de velours pour enfouir le visage dans sa splendide chevelure brune. Ces… histoires avec Raoul me rendent fou. Je suis désolé. Si je ronchonne, si j'aboie ou si je te parais préoccupé ne va pas croire que c'est à cause de toi.

Ces excuses ne répondaient pas tout à fait à sa question, mais elle était trop heureuse pour ne pas s'en contenter. Et puis, elle était si bien dans ses bras, et il y avait dans son regard une telle chaleur lorsqu'il le posait sur elle. Il devait tout de même être un peu attaché à elle. Elle savait qu'ils éprouvaient beaucoup d'affection et de respect l'un pour l'autre, et qu'ils partageaient le même désir ardent, mais cela suffisait-il pour faire un mariage heureux ?

Elle aurait tellement voulu qu'il l'aime ! Elle savait que si elle n'arrivait pas à se faire aimer de lui aussi intensément qu'elle l'aimait, elle en aurait le cœur brisé.

S'efforçant de chasser ces sombres pensées, elle lui sourit.

— Cela signifie-t-il que je peux faire n'importe quoi, jeter l'argent par les fenêtres, par exemple, et que tu ne fronceras même pas les sourcils quand les créanciers viendront sonner à ta porte ?

— Non, petite futée, sûrement pas ! rétorqua-t-il en riant. Ce que je veux dire, c'est que si jamais je suis fâché contre toi, tu sauras *précisément* pourquoi.

Satisfaite pour le moment, Daphné se lova contre son torse, à l'écoute de son cœur qui battait sourdement. Un jour pas trop lointain, elle l'espérait de toutes ses forces, ce serait pour elle qu'il battrait…

Puisqu'il restait encore quelques heures avant la nuit, ils décidèrent d'aller voir ce qu'il en était du yacht de Raoul, en principe amarré dans le port de Poole. À cette heure de la journée, l'agitation était retombée, mais ils trouvèrent facilement des gens pour leur indiquer où mouillait la goélette de Raoul, *Le Chasseur noir*. Autrefois, Charles trouvait ce nom original, mais à présent, il lui inspirait une profonde répulsion.

Une fois à bord, ils entreprirent de chercher une cachette susceptible de receler les joyaux de Sophie. Le yacht n'était pas très grand, mais le moindre espace disponible était occupé, et il y avait des douzaines d'endroits à fouiller. Charles commençait à désespérer lorsqu'ils découvrirent une petite niche dissimulée à la tête du lit de Raoul. Après avoir tâtonné à l'intérieur, il en retira une bourse de cuir.

Il croisa le regard de Daphné. La bourse était pleine, il le sentait sous ses doigts. Il l'ouvrit d'une main tremblante et en répandit le contenu sur la couchette. Il y avait là une rivière de diamants, une parure de saphirs avec le bracelet et les boucles d'oreilles, et un collier de perles avec la broche assortie.

— Maintenant, nous savons à quoi nous en tenir, déclara Daphné. Ta belle-mère avait pris ses précautions.

— Mais pourquoi, s'interrogea Charles à voix haute, les a-t-il cachés sur son yacht plutôt que dans la maison ?

— Il y en avait peut-être d'autres dans la maison, suggéra-t-elle.

Charles, qui avait suivi sans difficultés le cours de ses pensées, se raidit.

— Il serait venu les prendre, mais aurait laissé ceux-ci… Pourquoi cela ?

Il y eut cri sur le quai, et quelqu'un lâcha un juron.

— Bien sûr, murmura-t-il. La maison est isolée, le gardien est âgé et à moitié sourd. Raoul n'aura eu aucun mal à se glisser chez lui sans être vu, à prendre ce dont il avait besoin et à disparaître comme il était venu. Sur un port aussi actif que celui-ci, c'est une autre histoire.

— Il y a toujours des allées et venues, des bateaux qui entrent et qui sortent à n'importe quelle heure du jour et de la nuit. Des marins qui remontent à bord après un tour en ville, des gardes qui patrouillent, des marchands qui viennent prendre livraison de leur cargaison, enchaîna Daphné. Sur la jetée, il lui aurait été difficile de passer inaperçu.

— Tu as raison. Nous avons maintenant la preuve que Raoul avait caché une partie des bijoux de sa mère, mais nous ne savons toujours pas s'ils sont tous là ou si certains se trouvaient dans la maison et s'il est revenu les chercher.

Il ramassa les bijoux, les fourra dans la bourse, qu'il dissimula sous son manteau.

— S'attarder ici ne sert à rien, décréta-t-il en prenant le bras de Daphné. Allons dénicher une auberge et réfléchir à la conduite à tenir.

À la grande surprise de Daphné, Charles donna ordre au cocher de chercher une auberge sur la route de Cornouailles.

— Tu m'as dit que Raoul avait deux autres pied-à-terre à Londres et à Brighton. Tu ne veux pas continuer les recherches là-bas ?

— Maintenant que nous avons trouvé ces bijoux, cela change tout, expliqua-t-il. En plus des deux femmes assassinées en Cornouailles, ils sont la preuve qu'il pourrait bien être encore en vie. Nous aurions parfaitement pu nous retrouver face à face avec lui à un moment ou à un autre. Je t'ai fait courir un danger et je ne veux pas que cela se reproduise. Écoute-moi, Daphné ! continua-t-il comme elle faisait mine de protester. Si tu restes avec moi, tu occuperas une partie de mon attention, et Raoul en tirerait avantage. Seigneur, tu te rends compte de ce qui serait arrivé si nous l'avions rencontré ? Je n'étais même pas armé ! C'était de la folie de t'emmener avec moi !

Daphné eut beau argumenter à en perdre le souffle, Charles ne voulut pas en démordre. Il chercherait seul la preuve que son demi-frère était toujours en vie et, en attendant, ils rentraient en Cornouailles.

— Et je suppose qu'une fois là-bas, tu comptes m'abandonner à Beaumont Place et partir battre la campagne à la recherche des bijoux de ta belle-mère, répliqua-t-elle d'un ton acide.

— Pas tout de suite. J'attendrai d'abord que Gerrard m'envoie la liste complète des endroits où Raoul aurait pu les cacher.

Pour se faire pardonner, et en dépit de sa résistance, il l'attira contre lui et l'embrassa. Daphné combattit vaillamment la déferlante du désir qui se répandait en elle tandis qu'il lui mordillait la lèvre mais, même en colère contre lui, elle se révélait incapable de résister à Charles. Se détendant légèrement elle l'enlaça à son tour et lui rendit son baiser.

— Tu n'es qu'un tricheur, murmura-t-elle quand ils se séparèrent enfin, et je ne te le pardonnerai jamais.

En réponse, il la gratifia de son sourire le plus angélique. Elle l'en aurait giflé !

On les accueillit chaleureusement à Beaumont Place, et si quelqu'un remarqua une légère tension entre eux, personne n'en fit la remarque. Encore que Nell, qui avait observé discrètement les jeunes mariés pendant le dîner, confia à son mari quand ils se retirèrent pour la nuit :

— J'ai l'impression que Daphné est un peu fâchée contre Charles.

— Je la comprends ! J'ai moi-même été souvent fâché contre Charles, s'amusa Julian. Tu crois que c'est grave ?

— Non, ils sont visiblement très amoureux. Elle rayonne dès qu'il entre dans une pièce, et quand il n'est pas là, elle le cherche constamment des yeux.

— Et Charles ?

— Oh, il est fou d'elle ! Tu as vu comme il la regarde dès qu'il ne se sent pas observé ? Si seulement tu me regardais de la même façon… soupira-t-elle théâtralement.

Le comte l'attira contre lui, déposa une pluie de baisers sur son visage avant d'observer d'une voix caressante :

— C'est ce que je fais à longueur de journée, petite diablesse. Je suis fou amoureux de toi, tu ne le savais pas ?

— Être mariés et amoureux, tu ne trouves pas cela merveilleux ? souffla Nell en se blottissant contre lui.

— Absolument merveilleux, acquiesça-t-il.

Après quoi, il entreprit de le lui prouver.

Si récent que soit leur mariage, un lien s'était forgé entre eux et Daphné avait bon espoir que Charles l'aime un jour. Elle était sûre de ses sentiments et s'étonnait d'être tombée amoureuse de lui aussi facilement. Comme un fruit mûr tombe de l'arbre…

Elle était assise à sa table de toilette lorsqu'elle aperçut son mari dans le miroir. Debout près de la porte, il la regardait se brosser les cheveux, et l'expression de son regard de jade la fit frissonner. Elle savait qu'il était nu sous sa robe de chambre de soie vert bouteille, tout comme elle-même était nue sous son déshabillé lavande. Posant la brosse d'argent d'une main légèrement tremblante, elle se retourna pour lui faire face.

— Fais comme si je n'étais pas là, lança-t-il en s'écartant du chambranle pour la rejoindre. Je ne me lasse pas de te contempler.

— Je me brossais les cheveux, c'est tout.

— Hmm, tu as une façon très séduisante de te brosser les cheveux. Laisse-moi te montrer, suggéra-t-il.

Il la fit pivoter sur son siège avant de s'emparer de la brosse.

Était-ce la chaleur de son corps tout proche ? La lueur dans ses yeux ? Toujours est-il qu'elle s'enflamma en un instant, et commença à se tortiller pour soulager la délicieuse palpitation entre ses cuisses.

Leurs regards se croisèrent, et elle retint son souffle en lisant dans le sien un désir à l'état brut. D'un même mouvement il lâcha la brosse, la fit se retourner et la força à se lever pour l'enlacer. Il captura ses lèvres et la gratifia d'un baiser profond, et tandis que sa langue la fouaillait, Daphné fut parcourue d'un long frisson.

La soulevant dans ses bras, il la porta jusqu'au lit. En un instant, ils furent nus, leurs bouches et leurs corps s'unirent jusqu'à ce qu'ils atteignent ensemble les sommets divins.

Quand la tempête s'apaisa, Daphné se blottit contre l'épaule de son mari avec un petit soupir. Le lit conjugal était décidément source de délices inépuisables.

— Était-ce un soupir heureux ou triste ? s'enquit Charles.

— Et si je répondais triste ? le taquina-t-elle.

— Alors je devrais prendre des mesures d'urgence…

Glissant la main entre ses cuisses, il écarta doucement les pétales de son intimité et entreprit de caresser la petite crête sensible qui s'y nichait.

— Bien entendu, il ne s'agit que de parer au plus pressé. Peut-être devrais-je continuer ainsi, ajouta-t-il en introduisant lentement les doigts dans le fourreau humide.

Elle se cambra sous sa caresse tandis que son sexe se contractait en réponse. Les spasmes allèrent en s'amplifiant et la jouissance la balaya en quelques secondes, lui arrachant un cri de bonheur.

— Puis-je considérer cette réaction comme « heureuse » ?

— Tu peux !

Daphné se réveilla en sursaut. Elle avait si froid qu'elle claquait des dents. Malgré les couvertures et la chaleur de Charles, étendu contre elle, malgré le feu qui brûlait encore haut et clair dans la cheminée, elle était transie.

Son cœur bondit dans sa poitrine comme un soupir montait de la pénombre. Effrayée, elle tourna lentement la tête. Elle était là. La brume informe flottait dans les airs, sanglotant doucement.

La petite pleureuse était revenue.

16

Daphné faillit hurler lorsqu'une main de fer se referma sur son poignet. Presque instantanément, elle comprit qu'il s'agissait de Charles qui lui intimait silence.

— Depuis combien de temps est-elle là ? souffla-t-il.

— Un moment, je pense, répondit-elle sur le même ton, les yeux rivés sur la forme évanescente.

Le fantôme – quel autre nom lui donner ? – parut s'apercevoir qu'ils parlaient de lui. Même s'il était impossible de lui attribuer une forme précise, il avait quelque chose de terriblement humain, et Daphné l'imaginait presque tendant le cou pour essayer d'entendre ce qu'ils disaient.

Rien ne se passa durant de longues minutes. Charles et Daphné demeurèrent figés tandis que l'ombre brumeuse flottait autour du lit. Pressée contre son mari, elle était moins terrorisée que la première fois et en profita pour étudier avec soin l'étrange apparition.

Elle était convaincue qu'il s'agissait d'une femme, quand bien même elle était incapable d'expliquer pourquoi. La taille peut-être, la délicatesse de la forme... En tout cas, elle n'avait aucun rapport avec l'effrayante apparition du salon bleu. il n'émanait d'elle ni menace ni violence.

Le spectre s'était tu, et seul le craquement des bûches dans l'âtre troublait le silence. Il ondulait devant eux, telle une oriflamme dans la brise, ses contours se modifiant imperceptiblement de temps à autre.

— Combien de temps allons nous demeurer ainsi à nous observer sans bouger ? chuchota Charles.

— Je ne sais pas. La dernière fois, je lui ai ordonné de s'en aller, et elle m'a obéi.

Charles se redressa, et la forme se recroquevilla légèrement

— Allez-vous-en ! lui intima-t-il.

Pendant quelques secondes, le fantôme resta comme suspendu devant eux, sans plus bouger, comme s'il les observait. Daphné se rendit compte qu'elle n'avait plus peur et, s'enhardissant, se redressa à son tour. Charles glissa un bras protecteur autour de ses épaules.

Immédiatement, l'apparition parut s'épanouir comme une fleur, doublant presque de volume. Leurs mouvements l'avaient visiblement perturbée, et Daphné perçut une espèce de crainte, d'anxiété diffuse émanant d'elle.

— Qu'y a-t-il ? Qu'est-ce que vous voulez ? s'écria-t-elle en se penchant en avant.

La forme s'approcha et, instinctivement, Charles resserra son étreinte autour des épaules de sa femme. Elle s'arrêta à quelques centimètres du lit, commença à s'assombrir, à s'étendre dans toutes les directions, apparemment très agitée, mais Daphné n'éprouvait toujours aucune crainte. Si elle avait été seule, il en aurait sans doute été différemment…

— Je ne sais pas ce que tu en penses, mais moi, je commence à en avoir assez, grommela Charles.

Sans se soucier de sa nudité, il repoussa les couvertures d'un geste de défi et s'assit au bord du lit, ses intentions évidentes. Daphné retint son souffle en voyant l'ombre blanchâtre se ramasser comme pour bondir. Ce n'était plus la peur ou l'anxiété qui animaient la petite pleureuse, mais une haine furieuse et une colère irrépressible. Daphné ignorait ce que Charles représentait pour l'apparition, mais il était évident qu'elle le haïssait encore plus qu'elle ne le craignait, et qu'elle se préparait à l'attaquer.

— Non ! hurla-t-elle en se jetant devant Charles. Ne lui faites pas de mal.

Le fantôme se calma aussitôt. Ses mouvements désordonnés cessèrent abruptement, il reprit sa teinte et sa taille initiales, et recommença à flotter doucement devant eux. Les secondes s'égrenèrent dans un silence tendu, chacun observait l'autre, puis la forme évanescente exhala un soupir et s'éloigna lentement jusqu'au mur. Un instant, elle parut hésiter, puis elle s'évanouit comme la dernière fois.

Charles bondit hors du lit, alluma une chandelle et se rua vers l'endroit où la revenante avait disparu. Levant haut son bougeoir, il scruta le mur, puis tâtonna à la recherche d'un ressort ou du mécanisme d'une porte dérobée. En vain.

Daphné passa son déshabillé, et rejoignit Charles.

— Si tu veux partir à la chasse aux fantômes, je te conseille d'enfiler cela, dit-elle en lui tendant sa robe de chambre.

Il s'exécuta, puis reprit ses recherches.

— Où as-tu vu cette rainure ? s'enquit-il.

Elle le lui indiqua et, après une inspection minutieuse, ils finirent par distinguer ce qui ressemblait à l'encadrement d'une porte. Pourtant, ils eurent beau palper le mur, ils ne sentirent rien sous les doigts. Pas la moindre fissure, pas la plus petite aspérité. Rien.

— Il doit bien y avoir un verrou ou une poignée, grommela-t-il, contrarié. Ce fichu truc n'est pas passé à travers le mur, tout de même.

— Je pense que si, avança Daphné. Ou plutôt, qu'elle est passée par une porte qui existait autrefois

— Pourquoi dis-tu « elle » ?

— Tu n'es pas de mon avis ?

— Si, soupira-t-il. Il y a quelque chose de féminin chez ce…

— Ce fantôme, compléta Daphné d'un ton ferme. C'était bien un fantôme, et nous l'avons vu l'un comme l'autre.

C'était indiscutable devait admettre Charles. Ils avaient tous deux vu un revenant cette nuit, le spectre d'une jeune femme. Et il lui avait même parlé.

— Regarde ! s'exclama soudain Daphné en lui agrippant le bras. La trace de la porte a disparu !

Charles eut beau scruter le mur, Daphné avait raison.

— C'est exactement comme la dernière fois, expliqua-t-elle. Elle était là, je l'ai vue distinctement. J'ai détourné les yeux une seconde et l'instant d'après, elle avait disparu. J'ai cru que j'étais folle.

— Tu n'es pas folle, ma douce, et moi non plus, la rassura Charles en la ramenant vers le lit. Cette satanée chose était là, et nous avons bel et bien vu le contour d'une porte. Et demain matin, nous allons la trouver ! conclut-il.

Ils n'eurent pas le temps le lendemain matin – ils avaient des invités auxquels ils devaient se consacrer. Il faisait beau et après le petit déjeuner, ils partirent tous faire une promenade. Adrian et Marcus, qui étaient devenus de véritables amis, chevauchaient en tête, tandis que les dames et Julian suivaient dans un phaéton conduit par Charles.

La matinée passa si agréablement que Daphné et Charles en oublièrent la contrariété que leur causait ce contretemps. La jeune femme était heureuse de faire plus ample connaissance avec sa nouvelle famille. Nell et April s'entendaient visiblement très bien, et Adrian semblait moins impressionné par le comte. Daphné était aux anges. L'amitié du comte et de la comtesse de Wyndham serait pour April et Adrian un atout précieux quand ils entreraient dans le monde. Quant à Marcus, un homme aussi solide et raisonnable se révélerait certainement un guide précieux pour un jeune homme sans expérience comme Adrian. Décidément, l'avenir de ses cadets se présentait sous les meilleurs auspices.

Cela dit, elle aurait aimé les cousins de Charles même s'ils n'avaient pas porté un titre prestigieux. Leur amabilité, leur gaieté, leur chaleureuse simplicité suffisaient à les rendre attachants, mais leur prévenance envers ses cadets la touchait plus que tout, et lorsque Nell évoqua la possibilité de donner un bal à l'hôtel de Wyndham pour les débuts d'April dans le monde, son cœur se gonfla de gratitude.

Décidément, songea-t-elle, la fortune lui souriait. Elle venait d'épouser un homme extrêmement séduisant qu'elle adorait et avait du même coup gagné une famille charmante. Oui, elle avait de la chance, quand bien même un fantôme venait pleurer dans sa chambre, ou un monstrueux beau-frère battait la campagne alentour.

À leur retour de promenade, lorsque Charles l'aida à descendre de voiture, elle lui adressa un sourire si lumineux qu'il en fut transporté.

Était-ce possible ? Commençait-elle à l'aimer ?

Une fois à l'intérieur, il voulut profiter de l'instant et l'entraîna discrètement dans un petit salon dont il referma la porte derrière lui.

— Tu rayonnes littéralement, remarqua-t-il en l'attirant à lui. Y a-t-il une raison particulière ? Puis-je espérer y être pour quelque chose ?

— Mais bien sûr que tu y es pour quelque chose ! s'écria-t-elle en glissant les bras autour de son cou. Tes cousins sont tellement gentils ! Étant donné les circonstances, je craignais qu'ils ne désapprouvent notre mariage, et ne nous regardent de haut, Adrian, April et moi. Or ils se montrent au contraire incroyablement chaleureux. Jamais je n'aurais osé rêver que Nell donnerait un bal pour April ! Et Julian et Marcus qui ont offert de parrainer Adrian… C'est merveilleux, tu ne trouves pas ? conclut-elle, les larmes aux yeux, sans se rendre compte de la déception de son époux.

— Merveilleux, oui, répéta Charles.

Il se serait giflé. Quel idiot ! April et Adrian passeraient toujours en premier, comment avait-il pu l'oublier ? Dissimulant de son mieux sa peine, il déposa un baiser sur la tempe de sa femme avant d'aller rejoindre leurs invités.

Après le déjeuner, Nell et Daphné se retrouvèrent au salon afin d'échafauder des plans pour les débuts d'April l'année suivante. Adrian, qui voulait l'avis de Marcus sur les chevaux de sir Huxley, l'emmena aux écuries, tandis que Julian montait répondre à son courrier. Enfin libre de ses gestes, Charles s'installa dans la bibliothèque. Il avait l'intention d'en apprendre davantage sur l'histoire de la famille Beaumont. Et pour commencer, il sonna Goodson.

— Que pouvez-vous me dire de particulier concernant la chambre de Mme Weston ? lui demanda-t-il d'emblée.

— Jusqu'à l'époque des parents de sir Huxley, c'était en fait la chambre à coucher du maître de maison, et elle formait une suite avec le salon contigu et votre propre chambre.

— Avez-vous jamais entendu parler d'une autre pièce qui aurait également fait partie de cette suite ? Une petite garde-robe, adjacente à la chambre de Mme Weston, par exemple ?

— Non, je ne vois pas, dit-il après réflexion. Je peux demander à Mme Hutton, mais je doute qu'elle en sache plus que moi. Il y a un problème, monsieur ?

— Non. Simple curiosité. Savez-vous s'il existe des plans de Beaumont Place ? En particulier des rénovations qui ont pu y être apportées ?

— Lady Agatha, la mère de sir Huxley, avait rassemblé tous les papiers de la famille. Mme Weston avait commencé de les consulter peu de temps après son arrivée. Vous y trouverez peut-être quelque chose. Tout est là, précisa Goodson en indiquant des rayonnages. Après sa mort, il y a trente ans, personne n'a poursuivi le travail de lady Agatha, mais elle demeure très impressionnante.

Charles remercia le majordome et entreprit d'examiner les gros volumes reliés de maroquin. Les archives étaient classées par année, ce qui allait lui faciliter considérablement la tâche. Bien qu'ils n'en aient pas discuté longuement, Daphné et lui étaient convaincus que la petite pleureuse avait un rapport avec l'apparition de sir Wesley.

— Ce serait vraiment une coïncidence par trop extraordinaire que deux entités sans le moindre lien soient apparues pratiquement au même moment, lui avait-elle fait remarquer la veille avant de s'endormir.

Charles ne savait pas ce qu'il cherchait précisément, mais puisque sir Wesley paraissait être au cœur de cette ténébreuse affaire, autant commencer par les papiers concernant son époque.

Rien de particulier ne retint son attention tandis qu'il parcourait les différents documents. Il n'en fut pas étonné outre mesure, car il soupçonnait les seigneurs de ce temps d'avoir une fâcheuse tendance à faire disparaître ce qui risquait de ternir l'honneur familial. Il exulta cependant lorsqu'il découvrit deux lettres de la sœur aînée de sir Wesley, une religieuse revenue en Angleterre lorsque Marie Tudor avait restauré le catholicisme. Elles étaient adressées à une Édith, une sœur célibataire qui résidait avec son frère, et elles apprirent à Charles non seulement l'existence de ces deux sœurs, mais également celle d'une jeune épouse.

Ainsi donc, le vieux soudard avait fini par convoler !

Il aurait sans doute trouvé les mêmes renseignements en consultant les registres paroissiaux, mais les lettres étaient bien plus piquantes qu'une litanie de dates de mariages, de naissances et de décès sur des registres poussiéreux. Sœur Margaret avait un vocabulaire fort gaillard pour une religieuse et elle ne mâchait pas ses mots, surtout quand il s'agissait de commenter les frasques de son frère.

Il manquait les réponses d'Édith, mais par déduction, il obtint tout de même quelques précieux renseignements. La jeune mariée était presque une enfant. Même si la chose était courante à l'époque, lady Katherine n'avait que quatorze ans lorsque son père avait dû, à son corps défendant si on lisait entre les lignes, accorder sa main à sir Wesley, qui approchait des soixante ans. La nonne était sévère pour son frère et son obsession d'empêcher son neveu d'hériter de Beaumont Place.

La première lettre avait été écrite juste après la mort de leur neveu John, et sœur Margaret laissait entendre qu'elle soupçonnait son frère de ne pas être étranger au décès prématuré de ce jeune homme brillant et, par ailleurs, en excellente santé. Grâce à la seconde lettre, Charles découvrit que la femme de John venait de mettre au monde un fils, Jonathan. La nouvelle n'avait apparemment pas troublé sir Wesley. Katherine était enceinte, et il ne doutait pas qu'elle donnerait naissance à un garçon, cet héritier qu'il désirait si ardemment depuis tant d'années.

Puisque Daphné et ses cadets descendaient de Jonathan, la jeune Katherine avait sans doute donné le jour à une fille, à moins que son fils ne soit mort en bas âge, ou en tout cas sans héritier mâle. Il trouverait certainement la réponse en fouillant plus avant dans les registres mais, pour l'heure, il en avait assez des archives de la famille Beaumont.

Si les lettres de la religieuse lui avaient fourni des informations intéressantes, elles ne donnaient aucune indication sur l'existence d'une pièce contiguë à la chambre de Daphné. Il ne leur restait donc plus qu'une seule solution : abattre ce satané mur pour voir ce qu'il y avait derrière.

Sa femme le cherchait justement. Nell était montée se reposer et April faisait ses exercices de piano sous la férule de Mlle Kettle. Ils rejoignirent donc leurs appartements pour faire le point et Charles l'informa de ce qu'il avait appris.

— Oh, Charles, notre petite pleureuse doit être le fantôme de Katherine ! s'écria Daphné.

— Nous n'en savons rien. À juger par la façon dont sir Wesley la traitait, j'aurais tendance à le croire, mais il peut aussi s'agir d'une autre infortunée.

— Crois ce que tu veux, je suis, quant à moi, certaine que c'est Katherine. Je le *sais*.

Laissant la question de côté, ils discutèrent de la suite des opérations. Charles fut soulagé que Daphné soit d'accord avec lui pour faire abattre le mur.

— J'espère juste qu'Adrian n'y verra pas d'inconvénient, ajouta-t-elle.

— Selon moi, si nous lui posons la question, je pense qu'il sera le premier à se précipiter pour voir ce que cache ce mur.

Daphné partageait cet avis, mais elle ignorait comment justifier leur entreprise, qui ne pouvait, bien entendu, être tenue secrète. Malgré son flegme légendaire, Goodson ne parvint pas à dissimuler sa surprise lorsqu'ils lui demandèrent masse, pioche et pied-de-biche. Il s'employa toutefois à satisfaire leur requête avec son efficacité habituelle.

Il était certes trop stylé pour oser poser la moindre question, mais il ne manquerait sûrement pas de commenter la chose avec Mme Hutton, Daphné en était convaincu. Le bruit se répandrait alors dans toute la maisonnée, et elle ne serait pas étonnée qu'Adrian fasse irruption à un moment ou à un autre, April sur les talons.

Préférant ne pas ébruiter une éventuelle découverte, Charles renvoya le domestique qui avait apporté les outils, ôta sa redingote et sa cravate, et s'empara de la masse.

— Pas de regrets ? Une fois que j'aurai commencé, nous ne pourrons plus revenir en arrière, prévint-il.

— Ne perdons pas de temps ! s'impatienta Daphné, le pied-de-biche à la main, les yeux brillants d'excitation. Qui sait ce que nous allons découvrir de l'autre côté de ce mur ?

Sous le papier peint, ils trouvèrent une couche de plâtre, puis des lattes et enfin un mur beaucoup plus ancien orné de boiseries de chêne. Ils concentrèrent leurs efforts sur l'endroit où ils avaient distingué l'embrasure d'une porte jusqu'à ce qu'ils aient dégagé un panneau large de deux mètres environ.

Avec précautions, Charles explora du bout des doigts l'espace dégagé, cherchant dans le bois éraflé par les outils une rainure ou une aspérité quelconque. Il passa et repassa plusieurs fois sans se décourager, et sa patience finit par être récompensée lorsqu'il sentit soudain un léger renflement absolument indétectable à l'œil.

— Il s'agit certainement d'une porte dérobée, et le mécanisme ne doit pas être loin.

— Mais il n'y a rien... commença Daphné avant de s'écrier : Regarde ! Là, à ta gauche ! Cette rangée de motifs gravés.

Charles s'approcha pour les examiner de plus près. Du sol au plafond, à intervalles réguliers, s'élevait un rang de fines rosaces habilement gravées dans le bois. Il y avait de fortes chances qu'ils en trouvent d'autres s'ils dégageaient le mur sur une plus grande largeur.

— Maintenant, laquelle est la bonne ? Il y en a bien une qui doit servir de levier pour ouvrir la porte, réfléchit Daphné.

— C'est aussi mon avis, acquiesça Charles en palpant celle qui se trouvait à sa hauteur. À la suivante, conclut-il comme rien ne se produisait.

La troisième leur parut bouger légèrement. Après des décennies, des siècles peut-être d'inactivité, le mécanisme résista, mais Charles et Daphné étaient têtus ? Ils s'obstinèrent jusqu'à ce qu'elle pivote enfin sous les doigts du jeune homme. Gémissant et grinçant, le panneau de chêne céda lentement, révélant un trou sombre.

Le cœur battant à tout rompre, Daphné fixa l'ouverture. Il s'agissait visiblement d'un passage secret très ancien, qui devait remonter à l'époque de sir Wesley, ou même avant, et elle ne savait trop si elle devait se réjouir de leur découverte ou s'en inquiéter.

— Bon sang, il y a un escalier ! s'exclama Charles qui s'était emparé d'une chandelle.

— Laisse-moi voir ! fit Daphné en la lui prenant des mains.

Elle tendit le cou, et murmura :

— C'était donc cela qu'elle voulait nous montrer…

— Je n'irais pas jusque-là, avoua Charles, mais allons voir.

— Tu veux qu'on emprunte cet escalier ? s'alarma Daphné. Maintenant ?

— Ne t'avais-je pas promis des aventures, mon cœur ?

— Mais… et s'il nous arrive quelque chose ? Personne ne saurait où nous chercher.

— Si nous ne descendons pas pour dîner, quelqu'un viendra nous chercher. Ils découvriront l'ouverture dans le mur, descendront voir ce qu'il en est, et nous trouveront rapidement.

— La nuque brisée au pied des marches, probablement !

— On a peur ? la taquina-t-il.

— Bien sûr que non, répliqua-t-elle d'un ton hautain. J'essaie simplement de me conduire en adulte, et non en gamine écervelée.

Il haussa les épaules.

— Dans ce cas, reste ici. Je descendrai seul.

— Dans tes rêves, grinça Daphné en lui emboîtant le pas.

L'escalier très raide, tortueux et plein de toiles d'araignées, montait et descendait. Après un bref conciliabule, ils décidèrent de commencer par la montée. L'escalier devait remonter à l'époque où le château était une forteresse normande. Il n'avait pas dû être utilisé depuis des décennies. Les murs et les marches étaient constitués de moellons mal dégrossis sur lesquels ils trébuchaient, et Charles devait se courber pour ne pas se cogner la tête.

Ils n'avaient gravi que quelques marches quand l'escalier se divisa. Une partie continuait vers le haut, tandis que l'autre plongeait à angle droit vers la maison. L'appareillage était différent, et ils en déduisirent que cette section avait été ajoutée plus tardivement.

— Nom d'un chien, c'est extraordinaire ! s'émerveilla Charles. Toute la maison doit être truffée de passages secrets. En cherchant un peu, je suis sûr qu'on trouverait d'autres pièces qui donnent sur cet escalier. Il n'y a rien de comparable à Stonegate ou à Wyndham. Julian, Marcus et moi, nous aurions donné tout l'or du monde pour découvrir un endroit comme celui-ci quand nous étions gamins. C'est merveilleux

— Merveilleux, vraiment, murmura Daphné, pince-sans-rire.

— L'escalier d'origine a sans doute été construit pour permettre aux troupes de se déplacer à l'intérieur du château sans se faire remarquer pendant les sièges et les batailles, poursuivit Charles, imperturbable. Je suppose qu'il a cessé d'être utilisé quand le château a perdu sa vocation militaire, et qu'on l'a oublié… jusqu'à ce que l'un de tes ancêtres décide de s'en servir pour se déplacer en toute discrétion, et y ajoute de nouvelles sections. Évidemment, trouver quelles pièces y sont reliées ne sera pas aisé.

— Adrian sera aux anges. Il va passer ses journées à explorer ces escaliers, et quand il en aura découvert tous les secrets, il s'ingéniera à nous effrayer en faisant irruption à l'improviste.

— Sans doute, admit Charles en riant.

Ils préférèrent ne pas s'éloigner de l'escalier d'origine et continuèrent leur ascension.

Daphné n'était pas mécontente que Charles ouvre la marche – c'était lui qui ramassait le plus gros des toiles d'araignées et de la poussière. Comme elle s'arrêtait un instant pour jeter un coup d'œil par-dessus son épaule, elle ne put retenir un frisson devant le gouffre obscur qui s'étendait derrière elle.

À mesure qu'ils grimpaient, les ténèbres se faisaient moins épaisses et ils ne tardèrent pas à déboucher près d'une des tours sur un pan de chemin de ronde croulant. Ils se trouvaient au sommet des restes de la forteresse normande, qui étaient accolés au château actuel sans en faire réellement partie. Des débris de toutes sortes jonchaient le sol, et les rares merlons qui restaient semblaient prêts à s'écrouler. Avec précaution, ils s'approchèrent pour regarder en bas des remparts. Daphné vacilla devant l'à-pic de plus de vingt mètres. Machinalement, elle posa la main sur le muret, dont une partie céda aussitôt.

La première pierre ne s'était pas détachée que Charles avait saisi sa femme par la taille et l'avait prestement tirée en arrière.

— Merci, fit-elle en levant vers lui un regard reconnaissant.

Contemplant le visage maculé de plâtre et de poussière, les longues mèches brunes engluées de toiles d'araignées qui pendaient en désordre et la trace de suie qui maculait la joue de Daphné, Charles sentit un flot d'amour le submerger. Même avec son visage sale et sa robe souillée, c'était la plus belle femme du monde, songea-t-il. Il l'adorait, et il aurait voulu le lui crier. Hélas, elle ne voyait en lui qu'un moyen commode d'assurer un brillant avenir à ses cadets…

Le sourire de Daphné s'altéra et elle demanda doucement :

— Qu'y a-t-il ? Qu'est-ce qui t'inquiète ?

— Rien. Je me disais simplement que peu d'épouses feraient preuve de la même indulgence et d'autant de compréhension, répondit-il en s'engageant dans l'escalier. J'ai vraiment de la chance.

Perplexe, Daphné lui emboîta le pas. Loin de la rassurer, ces mots la troublaient profondément. Et comment aurait-il pu en être autrement lorsque, dans sa bouche, le mot chance sonnait comme une malédiction ?

17

Le jeune couple redescendit prudemment l'escalier en colimaçon et regagna la chambre. La moitié de la pièce était recouverte d'une fine couche de poussière blanche, des morceaux de bois et de plâtre jonchaient le sol, et des lambeaux de papier peint pendaient du mur.

— Je ne vois pas comment nous pourrions garder le secret, remarqua Daphné. Même si nous arrivions à faire disparaître les traces de notre… travail, il resterait ce trou dans la cloison.

— La question est donc : « Que va-t-on leur dire exactement et quand ? »

— C'est justement ce que je me demande, rétorqua Daphné en s'arc-boutant pour refermer la porte dérobée.

Elle n'y parvint qu'avec l'aide de Charles, qui déclara :

— Peut-être qu'un bain nous aidera à répondre à cette question.

— On dirait que tout cela t'amuse beaucoup.

— Ce qui nous arrive sort tout de même de l'ordinaire, non ? Je parie que nous allons avoir un mal de chien à empêcher Adrian de partir sur l'heure en exploration.

— Que vont dire Nell et tes cousins ?

— Oh, Marcus et Julian vont se précipiter sur les talons d'Adrian. Et Nell les suivra de près.

— Ils ne vont pas trouver étrange que nous ayons subitement décidé d'abattre un mur ? Surtout si nous leur expliquons pourquoi ?

— Julian, Marcus et Nell comprendront certainement une fois que nous leur aurons rapporté les événements de la nuit dernière. Quant à Adrian, il sera aux anges. Même si je crois ta sœur beaucoup moins fragile que tu ne le penses, elle peut nous causer quelques difficultés, et Mlle Kettle encore plus.

— Ketty sera un problème, aucun doute, et je ne suis pas de ton avis en ce qui concerne April. Apprendre qu'un fantôme se promène dans la maison risque de l'effrayer. Bien sûr, nous pourrions aussi choisir de ne pas parler de la petite pleureuse et inventer une histoire pour expliquer l'état du mur.

— Pourquoi pas ? convint Charles. Que proposes-tu ? L'un de nous deux a remarqué les traces d'une porte, nous étions tellement dévorés de curiosité que nous nous sommes immédiatement mis au travail ?

— Quelque chose comme cela, oui. Cela dit nous avons tout de même employé les grands moyens pour satisfaire une simple curiosité. Et cela n'explique pas pourquoi nous n'avons pas demandé à des valets de s'en occuper.

— Tu as raison. Adrian, April et Ketty avaleraient peut-être cette explication, mais je doute que ce soit le cas de mes cousins.

— Mais même s'ils soupçonnent que nous leur cachons la vérité, tu crois qu'ils oseraient te poser des questions ?

Charles contempla le panneau de chêne pensivement, puis :

— Si nous disons que l'idée vient de toi, je pense qu'ils le croiront plus facilement. Réfléchis. Ma famille ne te connaît pas vraiment. Si nous leur racontons que c'est toi qui as discerné sur le mur le contour d'une porte, ce qui est d'ailleurs le cas, et que tu as tenu à vérifier si cette porte existait vraiment, ils se diront que j'ai eu à cœur de faire plaisir à ma femme, comme il sied à un jeune marié. Nous avons bien entendu été les premiers surpris par notre découverte. Même s'ils trouvent étrange ta décision de démolir un mur en parfait état parce que tu as cru y discerner une ouverture, ils n'y attacheront pas grande importance. En revanche, si l'on m'attribue la paternité de cette idée, ils flaireront immédiatement le coup monté.

Daphné aurait volontiers discuté, mais ses arguments tenaient debout. Passer aux yeux de sa belle-famille pour une écervelée qui abattait les murs sur un coup de tête ne l'enthousiasmait pas, mais, après tout, ils avaient *bel et bien* trouvé une porte.

— Très bien, céda-t-elle.

— Il faudra dire la même chose aux domestiques.

— Je sais, soupira Daphné. Tu penses si je suis ravie de passer pour une petite fille autoritaire et capricieuse aux yeux de toute la maisonnée.

— Personne ne t'accusera d'être capricieuse. Il y avait effectivement une ouverture et un passage secret derrière ce mur, et tout le monde te félicitera de ta clairvoyance.

Baissant les yeux sur sa robe, Daphné rétorqua :

— Pour le moment, je me moque de recevoir des félicitations. Tout ce que je désire, c'est un bain et des vêtements propres.

Heureusement, l'escalier de service desservait directement les garde-robes du jeune couple et, une fois refermée la porte de communication, nul ne pouvait deviner dans quel état se trouvait la chambre de la jeune femme.

Une fois son bain prêt, Daphné renvoya sa femme de chambre. Elle avait mal partout, et l'eau chaude lui parut divine. Après s'être lavé les cheveux et frictionnée vigoureusement, elle appuya la tête contre le rebord de la baignoire et laissa échapper un profond soupir de satisfaction.

— C'est exactement mon avis, lança Charles.

Elle se redressa en poussant un cri.

— Tu m'as fait peur, confessa-t-elle.

À en juger par ses cheveux humides et sa robe de chambre, il sortait de son bain. Leurs regards se croisèrent, et le sang de Daphné se mit à bouillonner dans ses veines.

— Et je compte faire pire, sourit-il en attrapant une serviette.

D'un mouvement fluide, il la sortit de la baignoire de cuivre et l'enveloppa dans la serviette. La plaquant contre lui, il chercha sa bouche et l'embrassa fougueusement, avant de la soulever dans ses bras pour la porter jusqu'à la chambre.

— Oui, je compte faire bien pire, répéta-t-il.

Ayant déposé Daphné sur le lit, il tira sur la serviette qu'il jeta sur le sol.

Ils avaient toujours fait l'amour la nuit, à la lueur vacillante d'une chandelle, et voilà qu'elle se retrouvait nue, en plein jour, sous le regard avide de son mari. En rougissant, elle chercha à se couvrir, mais Charles lui écarta doucement la main.

— Non, ma douce, même si nous ne sommes pas mariés depuis longtemps, la pudeur n'est plus de mise entre nous.

— C'est facile pour toi, tu es encore habillé, objecta-t-elle.

— C'est une erreur facile à réparer.

La robe de chambre partit rejoindre la serviette et Daphné, oubliant sa propre nudité, s'abîma dans la contemplation de cette mâle beauté. Ils avaient fait l'amour des douzaines de fois, elle avait embrassé, caressé ce corps splendide, mais elle ne l'avait jamais véritablement vu nu, et elle ne pouvait plus en détacher les yeux. Il était la virilité incarnée…

Son regard tomba sur son sexe durci qui se dressait orgueilleusement vers elle, et elle réprima un petit cri.

— Si tu ne cesses de me dévorer des yeux, tu vas ruiner tous mes plans, s'amusa-t-il.

Daphné tressaillit et leva les yeux vers lui.

— Tes… tes plans ? balbutia-t-elle.

— Hmm, oui, murmura-t-il en se laissant tomber sur le lit.

Sa main se posa sur l'épaule de Daphné, descendit lentement le long de sa gorge avant de se refermer sur son sein. Il en agaça la pointe du pouce, puis inclina la tête et l'aspira entre ses lèvres. Daphné frémit de la tête aux pieds. Il goûta l'autre sein pour faire bonne mesure, tandis que ses mains descendaient fébrilement sur le corps qui se cambrait sous ses caresses. Elle avait la peau si douce, si lisse ! Il la désirait de toute son âme, voulait la posséder de toutes les façons possibles…

Daphné s'abandonna aux délices de l'instant, chaque coup de langue sur ses seins éveillant un désir presque douloureux qui réclamait d'être assouvi. Elle projeta les hanches en avant et gémit de plaisir lorsque la virilité de Charles vint se loger entre ses cuisses. Sans la moindre honte, elle commença à se frotter contre lui en haletant.

Ses mains se promenaient fébrilement sur les épaules et le dos athlétique, la taille étroite et les fesses fermes, et lorsqu'elles s'aventurèrent plus bas, les plans de Charles pour faire durer le plaisir faillirent connaître une fin brutale. Il s'écarta donc légèrement et descendit le long du ventre d'ivoire, jusqu'au buisson humide.

Quand il enfouit la bouche dans les boucles sombres et que sa langue atteignit la chair palpitante, Daphné se raidit, surprise et inquiète. Elle voulut l'arrêter, mais un petit coup de langue sur un point particulièrement sensible eut raison de ses préventions, et elle se laissa submerger par des sensations si violentes qu'elle en eut le souffle coupé. Elle se tordait au rythme entêtant de sa langue et de ses doigts. Et lorsque l'extase la saisit, elle plongea volontiers dans l'abîme sans fond du plaisir.

Mais Charles ne comptait pas s'arrêter en si bon chemin. Tandis que Daphné reprenait lentement ses esprits, il lui mordilla le bout des seins, caressa sa fente secrète, ravivant les ondes de plaisir qui commençaient à refluer. Puis il prit sa bouche avec toute l'ardeur de celui qui s'est longtemps contenu, se positionna entre ses cuisses, et la pénétra d'un puissant coup de reins. Encore et encore il plongea en elle, redoublant d'ardeur en l'entendant gémir de plaisir. Il aurait voulu prolonger encore un peu cette exquise torture, chanceler quelques secondes de plus au bord du gouffre, mais le cri de Daphné lui porta le coup de grâce et ils basculèrent ensemble, se laissant engloutir avec bonheur par la vague furieuse de la jouissance.

Ils demeurèrent longuement enlacés, à bout de souffle, repus.

— Je crois que nous nous sommes conduits comme de véritables dévergondés, chuchota Daphné.

— Et ça ne t'a pas plu ?

— Je pense que je pourrai m'y habituer très facilement.

— Alors nous recommencerons souvent.

La nuit était tombée lorsque Charles descendit dans la bibliothèque et sonna Goodson.

— Voulez-vous, je vous prie, demander à mes cousins et à Mme la comtesse de bien vouloir me rejoindre ici ? Apportez-nous aussi un plateau de rafraîchissements.

— Tout de suite, monsieur.

Charles ranima le feu dans la cheminée et, en attendant ses cousins, retourna feuilleter les registres de la famille Beaumont, sans rien chercher de précis. Une confession manuscrite où sir Wesley se repentirait de tous ses méfaits serait la bienvenue, ou au moins une nouvelle mention de Katherine et de son enfant, dont il aurait bien aimé connaître la destinée.

L'entrée de Marcus le tira de ses pensées. Des trois cousins, le jeune homme avait toujours été le plus calme, le plus réservé et le plus pragmatique. Celui qui recommandait la prudence et ne se précipitait pas tête la première dans les ennuis.

— Je n'aime pas beaucoup ta mine de chat gourmand devant une jatte de lait, déclara-t-il en s'approchant. J'espère que tu ne t'apprêtes pas à m'annoncer quelque chose de déplaisant.

Avant que Charles ait pu répondre, Goodson fit son entrée avec le plateau de rafraîchissements. Il servait les deux cousins lorsque Nell et Julian apparurent.

Ils bavardèrent de choses et d'autres puis, une fois le majordome sorti, Charles verrouilla la porte.

Accoudé à la cheminée, Marcus arqua un sourcil.

— Un secret, cousin ?

— De quoi s'agit-il ? renchérit Julian, assis devant le feu avec sa femme. Pourquoi nous as-tu réunis ici ?

Charles leur raconta tout. Il leur expliqua la raison de sa venue en Cornouailles, son incapacité à trouver des traces de Raoul pour corroborer ses soupçons, et il termina par la découverte des bijoux.

— Daphné connaît la vérité au sujet de Raoul ? lâcha Marcus d'un ton coupant. Non seulement tu lui as tout dévoilé, mais tu l'as emmenée avec toi chercher la preuve qu'il est encore en vie ?

— Je lui ai proposé de rentrer ici pendant que je faisais un détour par Poole et Brighton, mais elle a refusé tout net. Ma femme possède une nature… intrépide, et elle peut se montrer inflexible.

— Tu crois vraiment que Raoul est encore en vie ? s'alarma Nell. Qu'il vit en vendant les bijoux de sa mère et pourrait sévir dans la région ?

— Oui, répondit Charles.

— Mais Nell n'a plus jamais rêvé de lui, objecta Julian. Cela tendrait à prouver qu'il est bien mort.

— Le lien mental qui les unissait est peut-être rompu. Cela ne veut pas obligatoirement dire qu'il n'a pas survécu.

— C'est ridicule ! trancha Marcus. Si, et je dis bien *si*, vos balles n'ont pas été mortelles, et s'il a survécu à sa chute, il a dû se noyer. Il est mort, et bien mort.

Julian était du même avis, mais Nell paraissait ébranlée.

— Supposez qu'il ait eu une barque ? suggéra-t-elle, très pâle. Et qu'il l'ait utilisée pour s'échapper ?

— C'est non seulement possible, mais probable, intervint Charles. Je suis convaincu que Sophie et lui – plus vraisemblablement Sophie – avaient envisagé qu'ils puissent se faire prendre, et qu'ils avaient pris leurs dispositions. Les bijoux ont bel et bien disparu, scanda-t-il en fusillant Marcus du regard, et nous en avons retrouvé une partie sur le yacht. Et n'oublie pas que les corps de ces deux femmes ont été découverts dans une région qu'il connaissait bien. L'idée de Nell à propos de la barque est parfaitement sensée. Et qui sait s'il n'avait pas une cachette toute prête dans les environs ? Un endroit que nous ne connaissons pas et où il aurait pu reprendre des forces avant de disparaître ? Il n'y aurait peut-être pas pensé tout seul, mais Sophie en était parfaitement capable.

Marcus faisait tourner son verre entre ses doigts, l'air absent. Julian, les sourcils froncés, s'était absorbé dans la contemplation du feu, et Nell regardait obstinément ses mains nouées à s'en faire pâlir les jointures. Charles attendit, sachant que chacun réfléchissait à la situation.

— Très bien, lâcha finalement Julian, rompant le silence le premier. C'est possible.

— À mon avis, c'est plus que possible, intervint Nell. C'est probable.

— Je ne sais pas si c'est probable ou pas, mais je vous accorde que c'est du domaine du possible, soupira Marcus. Et maintenant, qu'allons-nous faire ? ajouta-t-il en se tournant vers Charles.

— Le retrouver.

— Et par où suggères-tu que nous commencions ? Tu as déjà reconnu que tu n'avais pas trouvé trace de lui dans la région Tu t'attends que nous fassions mieux ? lança Marcus, agacé.

— Tu as toujours pensé que tu étais plus malin que moi, c'est le moment ou jamais de le prouver, répliqua Charles avec un sourire moqueur.

Il y eut un instant de tension, puis Marcus se mit à rire.

— Bien joué ! lâcha-t-il. J'ai l'impression que je n'ai pas le choix.

— J'ai toujours dit que l'impudence de Charles était la seule chose qui le rendait supportable, ironisa Julian. Je suis heureux d'avoir raison. Une fois de plus.

Quelqu'un à l'extérieur de la pièce secoua la poignée de la porte.

— Charles ? Tu es là ? s'inquiéta Daphné de l'autre côté de la porte.

Charles alla lui ouvrir et referma à clef derrière elle. Elle salua ses invités avant de prendre place près de la cheminée et, à voir son expression amicale, personne n'aurait pu deviner le trouble qui l'agitait.

— Ne vous étonnez pas de nous voir tous ici, commença Nell. Charles nous a raconté votre découverte des bijoux, et nous a expliqué qu'il pensait que Raoul était toujours en vie. Et nous l'avons cru.

— Que je suis soulagée ! J'avais tellement peur que vous ne nous preniez pour des fous.

— Si vous êtes fous, alors nous le sommes aussi, déclara Julian. Votre mari a réussi à nous convaincre que Raoul était peut-être encore vivant.

— Peut-être ? Vous n'en êtes pas absolument persuadés ?

— Charles l'est, lui, et vous aussi, apparemment, intervint Marcus. Jusqu'à preuve du contraire, nous ferons tout pour vous aider.

Ce n'était pas là l'adhésion enthousiaste dont avait rêvé Daphné, mais elle s'en contenterait.

Ils discutèrent un moment quant à la façon de procéder et s'accordèrent pour dire qu'il leur faudrait se montrer prudents et d'une totale discrétion.

— Je préférerais que nous poursuivions cette conversation plus tard, avoua Daphné. Je crains qu'Adrian ou April ne me cherchent, et s'ils nous trouvent enfermés, ils devineront tout de suite qu'il se trame quelque chose.

Charles acquiesça et alla déverrouiller la porte qu'il ouvrit en grand.

— Tu penses que cela les désarmera ?

— J'en suis sûre, fit-elle en se levant.

Elle venait d'atteindre la porte lorsque Adrian apparut sur le seuil.

— Ah ! Tu es là ! Je te cherche partout.

Il jeta un coup d'œil par-dessus l'épaule de sa sœur.

— Bonsoir, reprit-il à l'intention des autres. J'ignorais que tout le monde était réuni.

— Nous allions passer au salon en attendant le dîner, se hâta de préciser Daphné. La comtesse voulait voir la bibliothèque, et je me suis fait un plaisir de la lui montrer.

— C'est une bibliothèque magnifique ! s'exclama Nell en se levant à son tour. Vous avez de la chance de posséder une aussi belle collection de livres rares.

— Avec moi, c'est un peu du gâchis. Je ne lis pas beaucoup, avoua Adrian.

— En effet. On a plus de chances de te trouver aux écuries, en train de te pâmer devant une haridelle dont ne voudrait pas le plus modeste de mes métayers, le taquina Charles.

— Vous êtes injuste ! Monsieur Sherbrooke, vous qui avez vu mes chevaux, dites-lui qu'il se trompe, lança Adrian à l'adresse de Marcus en riant.

— Ne faites pas attention, rétorqua celui-ci. Mon cousin a toujours eu une haute opinion de sa propre opinion, même et surtout quand il est le seul de son avis.

— Un point pour toi, Marcus, le félicita Julian. On n'a pas souvent l'occasion de prendre Charles en défaut.

— C'est pour cela que je me plais tellement en compagnie des jolies femmes, répliqua l'intéressé en escortant les dames dans le couloir. Elles, au moins, savent m'apprécier !

Tout le monde se dirigea vers le salon, où les attendait April et Mlle Kettle. La conversation allait bon train quand Daphné commit une imprudence.

— Au fait, pourquoi me cherchais-tu ? lança-t-elle étourdiment à son frère.

— En fait, commença-t-il en se dandinant d'un pied sur l'autre, mal à l'aise, je voulais savoir pourquoi tu avais fait monter une masse et un pied-de-biche dans ta chambre. Tu te mets à la sculpture ?

18

Le cœur de Daphné manqua un battement. Elle avait espéré reporter les explications sur l'escalier secret après le dîner, mais la question d'Adrian appelait une réponse immédiate. Pour ajouter à sa détresse, un rapide coup d'œil lui apprit que le reste de la compagnie la dévisageait d'un air plus ou moins étonné.

— Quelles sottises ! s'indigna Mlle Kettle. Où êtes-vous allé chercher que Mlle Daphné a fait monter ces outils dans sa chambre ? C'est ridicule !

— C'est mon valet de chambre qui me l'a dit. Il le tenait de Mme Hutton, à qui Goodson l'avait rapporté, répliqua l'adolescent.

— Vous colportez les ragots des domestiques, maintenant ? Je ne vous félicite pas. Ce n'est pas ainsi que je vous ai élevé !

— Ne le grondez pas, Ketty, intervint Daphné. Il dit vrai, j'ai fait monter ces outils dans ma chambre.

— Mais pour quoi faire ? s'exclama April.

Du regard, Daphné en appela à Charles, qui eut un geste fataliste. Le pot aux roses était découvert, et il était trop tard pour tergiverser. Comme sa femme, il avait espéré ne pas ébruiter tout de suite la découverte de l'escalier dérobé. Un petit délai de vingt-quatre heures lui aurait convenu. Nell et ses cousins n'avaient pas encore eu le temps d'assimiler ce qu'il leur avait confié au sujet de Raoul, et il aurait préféré leur laisser un peu de répit avant de leur parler fantômes. Son moral remonta à la pensée que, avec un peu de chance, ils seraient tellement préoccupés par cette histoire concernant Raoul qu'ils ne seraient pas trop curieux sur les raisons qui avaient poussé Daphné à démolir le mur de sa chambre.

— Ta sœur était persuadée d'avoir vu les contours d'une porte sous la tapisserie qui recouvre l'un des murs de sa chambre, expliqua-t-il à April. Elle m'a montré l'endroit cet après-midi et nous... euh... nous avons décidé d'en avoir le cœur net.

— Et vous avez trouvé quelque chose ? voulut savoir Adrian.

— Oui, avoua Charles en riant. Il y avait bien une porte cachée sous le papier peint et le plâtre. Cela doit bien faire deux siècles qu'elle a été murée. Ma femme a un œil de lynx, conclut-il avec un regard amusé à son auditoire captivé.

— Vous avez trouvé une porte dérobée ? s'émerveilla April.

— Non seulement une porte, mais un escalier. Un escalier très ancien. Sans être un connaisseur, je ne serais pas étonné qu'il remonte à la construction du château.

— Sapristi, un passage secret ! s'écria Adrian, les yeux brillants d'excitation. Quand je vais raconter ça à mes amis ! Ils n'ont certainement rien de tel au presbytère. Je veux le voir !

— Tu le verras, ne t'inquiète pas, intervint Daphné. Mais il vaudrait peut-être mieux attendre d'avoir dîné.

Le dîner n'intéressait plus du tout Adrian – qui était pourtant doté d'un appétit de loup –, et il insista pour partir en exploration sur-le-champ. April, bien entendu, se rangea à son avis. Tandis que Daphné croisait le fer avec ses cadets, Julian s'approcha de son cousin et lui murmura :

— D'abord Raoul et maintenant un escalier dérobé. Pour un jeune marié, tu as été très occupé.

— Tu sais que je m'ennuie rapidement si je n'ai rien à faire, rétorqua Charles d'un air candide.

— Daphné a remarqué cette porte par hasard, ou tu ne dis pas tout ?

— Daphné est très observatrice, répondit Charles sans se compromettre.

Mentir à son cousin, même par omission, lui déplaisait souverainement, mais le moment était mal choisi pour divulguer l'existence de la petite pleureuse – de Katherine, comme Daphné tenait à l'appeler. Cela ne ferait que compliquer une situation qui l'était déjà suffisamment.

Julian plissa les yeux.

— Tu caches quelque chose.

— Prouve-le.

— Je ne le peux pas, et tu le sais très bien. Seigneur, j'avais oublié à quel point tu peux être agaçant !

— C'est ce qui fait mon charme !

Partagé entre le dégoût et l'amusement, Julian s'en alla rejoindre sa femme et Marcus.

— De quoi parliez-vous, Charles et toi ? questionna Nell.

— De ce qu'il ne nous dit pas.

— Tu crois qu'il nous cache quelque chose ? s'enquit Marcus.

— J'en suis certain. Reste à voir si c'est important ou non. Avec Charles, on ne sait jamais s'il cache des choses par jeu ou s'il a une bonne raison. Encore que, d'ordinaire, il a une bonne raison, ajouta-t-il après réflexion.

— Je n'aime pas beaucoup cette histoire d'escalier secret, avoua Nell. Et s'il y avait un rapport avec Raoul ?

— Si cet escalier avait un rapport avec Raoul, Charles nous en aurait parlé. Il peut être agaçant, mais il ne ferait jamais rien qui puisse vous mettre en danger, toi, sa femme ou qui que ce soit d'autre.

— Pas délibérément, tempéra Nell. Mais tout de même, cette histoire ne me dit rien qui vaille. Il commence par nous expliquer que Raoul n'est certainement pas mort, puis nous apprenons que Daphné et lui ont découvert un passage secret… C'est une curieuse coïncidence.

— C'en est forcément une, décréta Marcus. Je ne vois aucune autre explication logique. Cette porte a été murée il y a des siècles. Quel rapport y aurait-il avec Raoul ? Que Daphné ait distingué l'encadrement sous plusieurs couches de papier peint, c'est effectivement étonnant, mais il peut parfaitement s'agir d'une coïncidence.

— Coïncidence ou pas, j'ai hâte de voir cet escalier, déclara Julian.

Goodson mit fin à toutes ces conjectures en venant annoncer que le dîner était servi.

— Nous reprendrons cette discussion après le dîner. En attendant, je ne veux plus en entendre parler, conclut Daphné d'un ton sans réplique.

Adrian s'exécuta à contrecœur, mais comme il possédait un bon naturel, dès que le potage fut servi, il retrouva sa bonne humeur. Sa sœur aînée ne se faisait cependant pas d'illusions. Elle connaissait son frère et ne doutait pas qu'il reviendrait à la charge dès qu'ils passeraient au salon.

L'orage qui avait couvé tout l'après-midi éclata enfin, et, si épais que soient les murs de Beaumont Place, on entendait la pluie crépiter et le vent hurler.

Les messieurs ne s'attardèrent pas à savourer cigares et digestifs. Les dames étaient à peine installées au salon qu'ils les rejoignaient déjà. Se plantant devant Daphné, Adrian demanda :

— On peut aller le voir, cet escalier, à présent ?

— Oh oui, Daphné, s'il te plaît ! supplia April. Tu ne vas pas dire non, ce serait injuste.

La jeune femme hésitait. Cette tempête lui rappelait la nuit où sir Wesley leur était apparu, et elle n'avait aucune envie de renouveler l'expérience. En outre, l'escalier se trouvait dans la partie la plus ancienne du château, et personne ne savait s'il était vraiment sûr. Que ses cadets l'explorent par un temps pareil lui paraissait dangereux. La pluie pouvait s'infiltrer et rendre les marches glissantes, un pan de mur pouvait s'effondrer. Et que dire de la foudre ?

Un coup de tonnerre plus violent que les autres vint lui donner raison.

— Vous ne croyez pas qu'avec cette tempête, il serait plus sage d'attendre demain ? Charles et moi n'avons jeté qu'un coup d'œil rapide, et nous ne savons pas dans quel état se trouve l'escalier. Mieux vaut remettre à plus tard, je pense.

Adrian et April n'étaient évidemment pas du même avis, et protestèrent comme deux enfants qu'on veut priver de dessert sans bonne raison. Daphné tenait bon, soutenue par Mlle Kettle, mais les deux adolescents ne désarmaient pas.

Charles mit un terme à la querelle en déclarant :

— Votre sœur a raison, les marches ne sont pas sûres, et l'orage n'arrange rien. Mais, reprit-il avec un sourire complice à l'adresse d'Adrian, nous autres hommes pourrions partir en éclaireurs. Personnellement, j'aimerais beaucoup examiner cet escalier d'un peu plus près. Pas vous, messieurs ?

La réponse de Julian et de Marcus fut étouffée par les clameurs triomphales d'Adrian et les protestations de Daphné. Elle avait, semblait-il, épousé une tête brûlée. Et à en juger par l'enthousiasme – bien qu'exprimé avec plus de mesure – de Marcus et de Julian, il s'agissait d'un vice de famille.

— Et nous ? s'insurgea-t-elle. Nous allons rester ici à siroter notre thé pendant que vous jouez les explorateurs, au risque de vous casser une jambe ?

— Bien sûr que non ! protesta Charles. Je suggère que vous montiez avec nous et inspectiez cette porte pendant que nous… euh… allons nous casser une jambe.

Daphné, Nell et April eurent beau protester, les messieurs eurent le dernier mot. La découverte des débris qui jonchaient le sol de la chambre provoqua un silence stupéfait, puis Adrian se dirigea d'un pas résolu vers le panneau de chêne.

— Laquelle ouvre la porte ? questionna-t-il, la main sur l'une des rosaces de bois.

— La deuxième vers le bas à partir de ta main, répondit Daphné à contrecœur Il faut appuyer fort, puis tourner vers la droite.

— Bon sang ! Il y a vraiment un passage secret ! s'exclama Julian quand le panneau pivota en grinçant.

Charles arqua un sourcil.

— Parce que tu ne nous croyais pas ?

— Je vous croyais, c'est juste que… C'est prodigieux ! s'enthousiasma le comte avec autant de fougue qu'Adrian. Qui sait ce que nous allons découvrir ?

Munis chacun d'une chandelle, ils entamèrent la descente, puisque Charles et Daphné avaient exploré le haut.

— Faites attention, les avertit Charles, qui ouvrait la marche. Les marches sont étroites, et certaines ne sont peut-être pas très solides.

Se pressant dans l'embrasure de la porte, les dames regardèrent les messieurs s'enfoncer dans l'obscurité. Elles ne reculèrent que lorsque la flamme des bougies eut disparu.

— Finalement, je trouve que c'est une bonne chose que les hommes soient partis en reconnaissance, avoua April.

— Certes, mais il n'empêche que c'est injuste que nous soyons obligées d'attendre ici et de leur laisser tout le plaisir de la découverte, grinça Daphné.

— Quelle aventure, en effet, d'aller se rompre le cou dans ce trou ! grommela Ketty. C'est de la folie, je vous le dis tout net !

Daphné, qui n'avait pas éprouvé une folle envie d'explorer l'escalier quand Charles et elle l'avaient découvert, ne pouvait lui donner tort, et c'était bien ce qui la préoccupait. Elle s'inquiétait pour son mari, elle devait l'admettre.

Nell considéra l'escalier un instant. À part un chandelier qui en éclairait à peine le seuil, ce n'était qu'un gouffre obscur. Un puits sans fond qui lui rappelait les sombres profondeurs du regard de Raoul...

Réprimant un frisson, elle s'éloigna de la porte. Elle ne manquait pas de courage, et si Julian était en danger, elle n'y réfléchirait pas à deux fois avant de voler à son secours, pourtant, elle murmura, en écho aux propos d'April :

— C'est sans doute préférable que les hommes aillent d'abord tâter le terrain.

Les messieurs, en tout cas, trouvaient l'aventure formidable même si, à mesure qu'ils progressaient, ils découvraient des fissures importantes par lesquelles la pluie s'infiltrait.

— C'est sacrément dangereux, commenta Marcus. Un pan de mur pourrait s'effondrer à tout moment.

— J'en doute, répliqua Charles. Ces murs sont debout depuis des siècles. Je suis sûr qu'ils tiendront le temps que nous finissions notre reconnaissance.

— Mais bien sûr, qu'ils tiendront, renchérit Adrian. Beaumont Place est une construction solide. À votre avis, où cet escalier mène-t-il ?

— Il y a de fortes chances pour que nous débouchions à l'extérieur, répondit Julian, qui fermait la marche. Ou peut-être à une salle de garnison.

— Ou encore à des oubliettes, ajouta Charles, se remémorant un autre escalier et un autre souterrain.

Ce passage était beaucoup plus ancien, mais étrangement semblable. Marcus, qui avait levé sa chandelle pour inspecter la muraille, s'écria soudain :

— Regardez, là-haut ! Le long du mur extérieur. Vous voyez ces ouvertures étroites, obturées par des panneaux de bois ? Je parie qu'il s'agit de meurtrières destinées aux archers.

— Si on enlevait ces planches, la lumière du jour éclairerait cet escalier. Je me demandais pourquoi l'obscurité était si profonde, observa Charles.

— Un peu d'air frais ne ferait pas de mal, marmonna Julian.

— Mais comment faisaient les archers pour atteindre ces meurtrières ? fit Adrian, perplexe. Et pourquoi ces ouvertures sont-elles placées aussi haut ?

— Ils devaient utiliser des échelles, expliqua Marcus. Une fois installés à leur poste, ils plaquaient l'échelle contre le mur pour permettre le passage d'autres soldats ou l'approvisionnement en munitions.

— C'est formidable ! s'émerveilla l'adolescent. J'ai hâte de grimper là-haut.

Comme ils reprenaient leur descente, Charles, qui se trouvait en tête, nota que le froid s'intensifiait. Un simple courant d'air, décréta-t-il en réprimant un frisson. Il n'y avait rien de surnaturel là-dedans. Il avait tendance à laisser son imagination vagabonder un peu trop, songea-t-il, sans toutefois se défaire d'un certain malaise.

L'escalier obliqua brusquement, révélant un palier suffisamment vaste pour que les quatre hommes y tiennent tous ensemble. Ils s'y arrêtèrent un instant pour reprendre leur souffle et examiner la muraille.

— Je parie qu'autrefois il y avait une ouverture à cet endroit, dit Charles en passant les doigts sur des restes métalliques encastrés dans la pierre. Ce sont probablement les gonds d'une porte qui a ensuite été obturée. Il y a certainement une pièce derrière ce mur.

Comme s'il venait d'ouvrir une fenêtre sur le pôle, un courant d'air glacial le gifla soudain, lui coupant le souffle. Imagination ou pas, la sensation n'était pas naturelle. Il jeta un coup d'œil alentour, et fut soulagé de ne découvrir aucun spectre.

— Grand Dieu ! Est-ce seulement moi, ou est-ce que vous avez froid vous aussi ? s'écria Julian en relevant le col de son habit. Je suis transi !

— Ce n'est pas seulement toi, répondit Marcus, déconcerté. C'est venu d'un coup.

— Cela me rappelle le tour de magie de Mme Darby, fit remarquer Adrian. Vous vous souvenez ? ajouta-t-il à l'adresse de son beau-frère.

— Je doute qu'il s'agisse d'un tour de passe-passe, fit Charles, qui se demandait comment il allait leur expliquer que cela pourrait bien être un fantôme.

— Un pan de mur s'est peut-être effondré, suggéra Marcus. D'où ce courant d'air glacial.

— Possible, admit Charles sans conviction, en se maudissant de ne pas avoir emprunté son talisman à Goodson.

Soufflant sur ses doigts pour les réchauffer, Marcus le rejoignit pour examiner la paroi de plus près.

— Je crois que tu as raison. Il y a certainement une pièce derrière ce mur. La pierre est différente, et la maçonnerie aussi, déclara-t-il.

— On faisait souvent des remaniements autrefois, intervint Julian en levant haut sa chandelle. Il s'agissait peut-être d'une salle de garde ou d'une salle d'armes. Ou, à une époque plus reculée, quand le château était plus petit, d'une partie de l'appartement seigneurial.

— Nous aurions dû emporter la masse et le pied-de-biche ! s'exclama Adrian, les yeux brillants. Qui sait ? Il y a peut-être une salle du trésor derrière ce mur.

— Ou simplement un grand espace poussiéreux, suggéra Charles en se forçant à sourire.

— Vous avez sans doute raison, reconnut son jeune beau-frère, mais je tiens à en avoir le cœur net.

— C'est ta maison, lui rappela Charles. Tu peux y faire ce que bon te semble.

— À condition que Daphné m'y autorise.

— À mon avis, elle sera aussi curieuse que toi.

— C'est vrai. Et puis, elle a déjà démoli un mur. Alors, un de plus, un de moins…

Une autre bouffée d'air froid fit soudain vaciller la flamme des chandelles. Jetant un coup d'œil par-dessus son épaule, Julian demanda à la cantonade :

— Bon sang, qu'est-ce que c'était que ça ?

— Sans doute un courant d'air venant du sous-sol, suggéra Marcus avant de poursuivre son examen de la maçonnerie.

Un instant, Charles envisagea de le détromper, mais comme la seule explication qu'il pouvait avancer lui aurait sans doute valu la camisole de force, il préféra se taire. Il faudrait tôt ou tard examiner ce mur de plus près, car il cachait certainement une pièce murée, mais, pour l'heure, un danger les menaçait, il en avait la certitude, et puisqu'il n'avait pas sur lui le crucifix de Goodson, mieux valait quitter les lieux sans tarder.

— Je crois que nous en avons assez vu pour ce soir, déclara-t-il abruptement. Les dames doivent se demander ce que nous faisons, et j'ai peur qu'elles ne s'inquiètent.

— Mais nous ne sommes pas allés jusqu'au bout ! protesta Adrian.

Julian glissa un regard curieux à son cousin.

— Quelques minutes de plus ou de moins ne feront pas grande différence, plaida-t-il.

— Et j'aimerais bien étudier ce mur un peu plus soigneusement, ajouta Marcus.

Vaincu, Charles abandonna la partie. Peut-être avait-il tort de s'inquiéter autant. Peut-être le froid avait-il une explication rationnelle. Peut-être était-il le jouet de son imagination… Ou peut-être pas. Marcus et Julian paraissaient absolument fascinés par la muraille, qu'ils palpaient comme s'ils s'attendaient à découvrir un ressort secret.

— Je crois vraiment qu'il y a quelque chose derrière cette partie du mur, conclut Julian en s'écartant. Quant à savoir s'il s'agit d'une salle du trésor, c'est une autre histoire.

— Nous reviendrons demain matin à la première heure, nous dégagerons ces meurtrières et nous percerons ce mur, déclara solennellement Adrian.

Soudain, une puissante bouffée d'air glaciale les frappa de plein fouet, soufflant toutes les chandelles. Charles sentit une force malveillante surgir des ténèbres et se ruer sur eux avant d'être projeté contre la paroi. Il y eut un hurlement, poussé par Adrian, puis le bruit terrifiant d'un corps chutant dans l'escalier.

En jurant, Charles battit le briquet d'une main tremblante et ralluma sa bougie. Le sang lui coulait dans l'œil, et il se rendit compte qu'il s'était entaillé l'arcade sourcilière en heurtant la pierre. S'essuyant du dos de la main, il parcourut anxieusement le palier du regard. Adrian n'était plus là. S'efforçant de contenir sa panique, il brandit le bougeoir au-dessus des marches. Nulle trace de son beau-frère, mais il imaginait déjà son corps disloqué roulant jusqu'en bas…

Le cœur battant à tout rompre, il se rua dans l'escalier. La descente lui parut interminable. Grand Dieu, s'il était arrivé quelque chose à Adrian, il ne se le pardonnerait jamais ! Un gémissement lui rappela que s'il se rompait le cou, ou s'il tombait, cela n'améliorerait en rien la situation.

— Adrian, j'arrive ! cria-t-il en ralentissant le pas.

Au détour d'une courbe, il aperçut enfin le jeune garçon. Il était recroquevillé sur un palier beaucoup plus étroit que le précédent et son bras pendait d'une façon inquiétante. Il gémit faiblement lorsqu'il s'agenouilla près de lui.

— Tu souffres beaucoup ? s'enquit-il.

Charles pâlit lorsque son beau-frère leva vers lui un visage inondé de sang. Outre de multiples coupures au front, il arborait une vilaine plaie à la tempe et avait la lèvre inférieure tuméfiée. Il devait être couvert de bleus et de contusions, mais au moins, il était vivant.

— Je crois que j'ai le bras cassé, répondit-il dans un souffle. Et j'ai très mal à la cheville.

Julian et Marcus les rejoignirent, et confirmèrent les impressions de leur cousin. Adrian serait courbatu pendant plusieurs jours, il avait une entorse et boiterait pendant un moment, il aurait le bras en écharpe durant des semaines, mais il avait eu de la chance.

Charles arracha sa cravate qu'il utilisa pour soutenir le bras cassé d'Adrian. Ils n'avaient, hélas, rien pour étancher le sang qui continuait de couler sur son visage. Avec précaution, ils l'aidèrent à se mettre debout – il était tellement endolori qu'il tenait à peine sur ses jambes –, puis, Charles et Marcus le soutenant, ils rebroussèrent lentement chemin. La montée leur parut interminable, Adrian pesant plus lourdement à chaque pas.

— Daphné va être furieuse, dit-il soudain d'une petite voix. Elle ne voulait pas qu'on descende.

— Elle sera tellement heureuse que je te ramène vivant que tu n'as rien à craindre, le rassura Charles. En revanche, c'est moi qui ai du souci à me faire – après tout, je n'ai pas écouté ses conseils.

— C'est vrai, mais vous la retournerez comme une crêpe en un clin d'œil. Elle vous adore, tout le monde le sait. Il n'y a qu'à voir la façon dont elle vous regarde.

Comme frappé par la foudre, Charles s'arrêta si abruptement qu'Adrian faillit tomber. Son cri le rappela à la réalité et, après s'être excusé, il se remit en marche. La fin du trajet se passa comme dans un rêve. Daphné l'adorait à en croire Adrian. Et s'il disait vrai ? Son cœur se mit à battre à grands coups sourds. Était-ce possible ?

Marcus pénétra le premier dans la chambre. Ils avaient jugé plus sage de prévenir les dames avant qu'elles voient les visages ensanglantés de Charles et d'Adrian. Dès qu'elles le virent, les quatre femmes se précipitèrent vers lui.

— Alors, vous avez fait des découvertes extraordinaires ? s'enquit Nell.

— Eh bien… il y a eu un accident, commença Marcus.

— Julian ? fit Nell en pâlissant.

— Julian va bien, la rassura-t-il avant de tourner les yeux vers Daphné.

— Charles ? souffla-t-elle. Où est-il ? Il est vivant, n'est-ce pas ? ajouta-t-elle, si faible soudain qu'elle crut qu'elle allait s'évanouir.

— Oh, il n'y a rien de si grave, ne vous inquiétez pas ! Tout le monde va bien. Enfin, pas tout à fait. Adrian a le bras cassé et une grosse entorse à la cheville.

Il n'avait pas achevé que les trois hommes firent leur entrée. En voyant le visage ensanglanté de son mari, Daphné poussa un cri.

— Mon Dieu, Charles ! Que s'est-il passé ? s'écria-t-elle en se ruant vers lui. S'il t'était arrivé quelque chose…

Elle s'interrompit, la gorge nouée. Il était sain et sauf, et c'était tout ce qui comptait.

— Ce n'est qu'une égratignure à l'arcade sourcilière, la rassura-t-il. Adrian est bien plus mal en point que moi.

— Vraiment ? fit-elle distraitement en jetant à peine un regard sur son frère, autour duquel s'activaient déjà April et Ketty. Ton pauvre visage, ajouta-t-elle en lui caressant la joue.

— J'ai connu pire. Et ça valait la peine, tu sais. Cet endroit est fascinant. Nous avons trouvé des postes d'archers et les meurtrières d'où ils tiraient sur les assaillants. Et mieux encore, nous pensons avoir déniché une chambre secrète !

Charles n'avait pas la moindre envie de s'étendre sur ses blessures, ni sur ce fichu escalier. Tout ce qu'il désirait, c'était prendre sa femme dans ses bras et l'entraîner dans un endroit où ils seraient seuls, un endroit où il pourrait vérifier les déclarations d'Adrian. Il ne lui avait pas échappé qu'elle s'était à peine souciée de son frère. Elle n'avait d'yeux que pour *lui*, ne s'inquiétait que de *lui*. Il mourait d'envie de l'enlacer et de lui avouer son amour, et ne pouvait rien faire d'autre que de rester planté là, à raconter des insanités sur ce maudit escalier en souriant comme un idiot !

Tandis que ses craintes refluaient, Daphné sentit la moutarde lui monter au nez. Il aurait pu se tuer ! Elle avait cru mourir de peur tandis que lui s'était amusé comme un gamin, à en juger par son sourire et la lueur dans son regard. Le monstre !

Le sang continuait à couler, cependant, et son cœur se serra.

— Tu as très mal ? s'enquit-elle

— Oui, répondit-il dans l'espoir de se faire dorloter.

— C'est bien fait ! riposta-t-elle. Je t'avais dit d'attendre demain.

19

Garder secrète leur découverte était illusoire. Adrian et Charles avaient besoin de soins, et, le lendemain, il leur faudrait des bras pour dégager les meurtrières et la pièce murée, et poursuivre leur exploration. Ils expliquèrent donc la situation à Goodson et l'autorisèrent à divulguer la nouvelle au reste du personnel. Une fois la domesticité avertie, elle se répandrait bien au-delà de Beaumont Place, Daphné n'en doutait pas.

La découverte d'un escalier dérobé enflamma les esprits, et lorsque Goodson ordonna d'aller déblayer les débris du mur et de nettoyer la chambre de leur maîtresse, les domestiques faillirent en venir aux mains tant les volontaires étaient nombreux. Le majordome eut tôt fait d'y mettre bon ordre, et il ne fallut que quelques heures pour remettre la pièce en état.

La tempête était trop violente pour faire venir le médecin mais, fort heureusement, Bertram, le valet de Charles, avait servi comme ordonnance d'un médecin militaire et possédait les rudiments nécessaires aux premiers soins. Il réduisit la fracture, immobilisa le bras cassé et banda la cheville d'Adrian dans les règles de l'art, puis il nettoya ses coupures et soulagea ses contusions avant de conseiller qu'on lui administre quelques gouttes de laudanum avant de se coucher. Bertram s'occupa également de l'arcade sourcilière de Charles, qui dut faire une croix sur les soins attentifs dispensés par sa femme dont il rêvait.

Une fois Adrian endormi, April et Mlle Kettle allèrent se coucher à leur tour, tandis que les autres se rassemblaient dans la bibliothèque pour se remettre de leurs émotions autour d'un verre.

Confortablement installée sur le canapé devant le feu, Nell à ses côtés, Daphné inspira le parfum doux-amer qui montait de son verre de chartreuse avant d'en boire une gorgée.

Marcus et Julian avaient pris place dans les vastes fauteuils qui flanquaient la cheminée à laquelle Charles, comme à son habitude, était négligemment accoudé. De toute évidence, chacun réfléchissait aux événements de la nuit. À ce qui avait été dit et à ce qui ne l'avait *pas* été, songea la jeune femme, mal à l'aise, en se remémorant les paroles d'Adrian avant qu'il s'endorme.

Son frère ne voulait pas en démordre, il n'était pas tombé dans l'escalier, on l'avait *poussé*. Bien entendu, April et Mlle Kettle n'en croyaient pas un mot.

— Enfin, mon garçon, pourquoi voudriez-vous qu'un de ces messieurs vous ait poussé ! s'était exclamée Mlle Kettle.

— Je n'ai jamais dit que l'un d'entre eux m'avait poussé, se défendit Adrian. J'ai dit que j'avais eu l'impression que quelqu'un me poussait.

— Allons donc ! avait riposté April en levant les yeux au ciel. Tu ne veux pas reconnaître que tu t'es emmêlé les pieds, voilà tout.

— Certainement pas !

— Ça suffit ! avait tranché Daphné. Peu importe comment ou pourquoi tu as fait cette chute, l'important, c'est que tu sois en vie. Tu as de la chance de t'en tirer aussi bien, avait-elle conclu.

— Je sais, mais je t'assure que…

— Et moi, je vous assure que vous allez avaler ces gouttes et souffler la chandelle, mon jeune ami ! était intervenue Mlle Kettle. Et sans discussion, je vous prie.

Reconnaissant ce ton péremptoire, Adrian avait cédé.

Aucun des cinq adultes réunis dans la bibliothèque n'avait mis en doute la parole de ce dernier, mais Daphné les soupçonnait d'en méditer les implications.

— Il s'est passé des choses étranges cette nuit, lâcha abruptement Marcus.

— Extrêmement étranges, renchérit Julian.

Daphné posa son verre de liqueur et, regardant son mari, demanda calmement :

— Est-il possible que, dans l'obscurité, l'un de vous ait bousculé Adrian par mégarde et l'ait fait tomber accidentellement ?

— Non. Aucun de nous ne l'a touché, même accidentellement, assura Charles.

— Ce n'était pas un accident, déclara Julian.

Charles lui adressa un regard pénétrant qu'il soutint sans ciller avant de poursuivre :

— Il se passe des choses étranges dans cette maison, et il serait temps que ta femme et toi nous expliquiez de quoi il retourne exactement. C'est tout à fait *par hasard* que vous avez remarqué l'embrasure de cette porte ? ajouta-t-il en se tournant vers Daphné.

Les joues en feu, cette dernière chercha un soutien du côté de son mari.

— On ne peut vraiment rien te cacher, soupira Charles en regardant son cousin.

— Cela fait si longtemps que je te connais.

— Charles, de quoi s'agit-il ? intervint Nell. Cela concerne Raoul ?

— Je suis de l'avis de Julian, la chute d'Adrian n'est pas un accident, déclara Marcus. Si tu sais quelque chose, cela ne sert à rien de nous le cacher.

— Cela n'a aucun rapport avec Raoul.

Charles le regrettait presque. Ses proches seraient certainement prêts à accepter sans trop de difficultés l'idée que son demi-frère avait poussé Adrian dans l'escalier, mais quant à croire à l'intervention d'un fantôme, c'était une autre histoire.

— Alors, qu'est-ce que c'est ? s'impatienta Marcus.

— Tu sais que tu peux nous faire confiance, rappela posément Julian.

Charles consulta Daphné du regard. Il garderait le secret s'il le fallait, elle le savait, mais elle trouvait injuste de le lui demander.

— Il s'agit de faits étranges, commença-t-elle prudemment. Beaucoup les qualifieraient d'incroyables, et certains n'hésiteraient pas à dire que nous sommes devenus fous, ou que nous avons une imagination débordante.

Julian et Nell échangèrent un regard, puis celle-ci posa doucement la main sur le bras de Daphné.

— Nous nous sommes déjà trouvés confrontés à… l'incroyable. Et une imagination débordante peut se révéler très instructive.

— Ma femme a raison, enchaîna Julian. Il y a trois ans, nous avons dû affronter des événements inimaginables, qui m'ont fait comprendre que beaucoup de choses en ce bas monde dépassent notre entendement. Racontez-nous ce qui se passe ici.

— Ce sont mes proches parents, mon cœur, tu verras qu'ils ne sont pas dépourvus d'intelligence, assura Charles.

Julian esquissa un sourire tandis que Marcus ricanait.

— Racontez-nous, répéta Nell.

Daphné et Charles leur parlèrent donc de Katherine et de sir Wesley, des apparitions et de la façon dont ils avaient découvert le mystérieux escalier. Un long silence pensif accueillit la fin de leur récit.

— Des fantômes, murmura Marcus, brisant le silence tendu.

— Katherine et sir Wesley, renchérit Nell, l'air ailleurs.

— Et pourquoi pas, après tout ? déclara Julian. Ce n'est pas plus absurde que tout ce que nous avons vécu jusqu'à maintenant. Charles, tu penses que c'était sir Wesley que nous avons senti sur ce palier ? Ce serait lui qui aurait poussé Adrian ?

Charles hocha la tête.

— Oui. J'ai déjà ressenti sa présence, souviens-toi, et ce n'est pas une expérience qu'on oublie, je t'assure.

— Mais pourquoi s'attaquer à un garçon de cet âge ? s'écria Daphné.

— Parce que Adrian avait déclaré qu'il voulait faire ouvrir cette pièce, avança Charles calmement.

— Et que sir Wesley ne veut pas que nous découvrions ce qu'elle renferme, risqua Daphné.

— Mais que peut-il y avoir de si terrible dans cette pièce pour que ce spectre tienne tant à nous empêcher d'y entrer ? lança Marcus, avant de secouer la tête, effaré. Nom d'un chien, je n'arrive pas à croire que j'aie posé une telle question ? Après les cauchemars de Nell, voilà maintenant des fantômes ! Suis-je le seul à regretter l'époque où il n'y avait que deux choses impossibles à expliquer : le fonctionnement du Parlement et le temps qu'il faisait ?

— Songe combien c'était ennuyeux, le taquina Charles.

— J'*aime* l'ennui, rétorqua Marcus. J'aime ma vie calme, rangée, *normale*.

— Si tu n'y fais pas attention, dans quelques années tu ressembleras à tous ces vieux croûtons qui pullulent dans les salles de lecture des clubs comme le *White's* ou le *Waiter's*, l'avertit Julian.

— Ceux qui passent leur temps à grommeler et à se plaindre de la jeunesse d'aujourd'hui, renchérit Charles.

— Merci beaucoup, rétorqua Marcus. Ce n'est pas parce que je suis plus mesuré que vous qu'il faut vous montrer insultants. Mais je suppose que, dans votre grande sagesse, vous avez déjà une solution pour me sauver de moi-même.

— En effet, riposta Charles, railleur.

— Tu as besoin d'une femme, décréta Julian.

— Qui mettra ta vie bien ordonnée sans dessus dessous, précisa Charles.

Un rapide coup d'œil convainquit Marcus qu'il ne pouvait espérer aucun soutien de la part de Nell et de Daphné.

— Et puis quoi encore ? Je préférerais encore affronter tout un régiment de revenants !

Daphné était stupéfaite qu'ils aient accepté aussi facilement cette histoire de fantômes, et elle le leur fit savoir.

— Si nous avions eu cette conversation trois ans plus tôt, j'aurais certainement pensé que vous étiez tous les deux bons pour l'asile, assura Julian. Ou que mon cher cousin avait épousé une femme crédule à l'imagination débridée. Mais depuis, nous nous sommes – comment dire ? – familiarisés avec l'incompréhensible.

— Il a eu beaucoup de mal à admettre qu'il existait une sorte de lien mental entre Raoul et moi, avoua Nell. Et qu'au cours de mes cauchemars je *voyais* Raoul perpétrer ses forfaits – chose que je ne m'explique pas moi-même, du reste. Mais il a fini par me croire. Après ça, les fantômes ne nous paraissent pas si compliqués, conclut-elle avec un sourire réconfortant.

— Et vous ? Vous nous croyez ? demanda Daphné à Marcus.

— Bien malgré moi. Mais c'est cela ou supposer que toute ma famille a perdu la tête. Je mentirais en prétendant que je suis entièrement convaincu qu'il y avait bien un spectre dans cet escalier, disons juste que ça me paraît envisageable.

Ce n'était certes pas l'adhésion sans réserve qu'elle aurait souhaitée, mais, au moins, Marcus n'avait pas rejeté la notion en bloc.

Tout comme Daphné, Nell était convaincue que la petite pleureuse était bien le fantôme de Katherine et que seul l'esprit malfaisant de sir Wesley avait pu pousser Adrian dans l'escalier. Julian partageait l'avis de sa femme, mais Marcus demeurait sceptique, et ils ne furent pas trop de quatre pour lui en faire accepter l'idée. Quand ils furent venus à bout de ses préventions, ils commencèrent à dresser un plan d'action. Dès le lendemain, pendant que les dames se plongeraient dans les archives familiales et rechercheraient tout ce qui se rapportait à Katherine et à sir Wesley, les hommes feraient dégager les meurtrières et abattre le mur du palier. Tous s'attendaient à découvrir une pièce derrière.

— Je pense que nous devrions également chercher un autre accès à l'escalier, suggéra Charles avant qu'ils se séparent pour la nuit. Je suis certain qu'il ne s'agit pas uniquement d'un couloir interne, et qu'il existe une sortie vers l'extérieur. Il nous reste juste à la trouver.

Daphné n'était pas rassurée à la pensée de dormir dans une chambre ouverte à tous les vents sur un repaire de fantômes. Elle passa dans sa garde-robe pour enfiler son déshabillé de soie vert, et dut prendre sur elle pour retourner dans sa chambre. Son regard se porta aussi sur le panneau de chêne. Même maintenant, nul n'aurait pu soupçonner qu'il cachait une porte, et elle se demanda comment elle avait pu en discerner l'embrasure sous les couches de plâtre et de papier peint.

À vrai dire, elle n'avait rien vu du tout, C'est Katherine qui le lui avait indiqué. Katherine voulait qu'elle découvre l'escalier.

Perdue dans ses pensées, elle n'entendit pas Charles entrer, et sursauta violemment quand il posa la main sur son épaule.

— Mon Dieu, Charles ! s'exclama-t-elle. Tu m'as fait peur !

— Je suis désolé. Tu m'as pris pour sir Wesley ?

— Je n'ai pas eu le temps de me poser la question, avoua-t-elle, avant d'ajouter : Tu ne veux pas que nous allions dormir dans ta chambre, ce soir ? Je ne me sens pas rassurée ici.

Charles non plus n'était pas tranquille, et il ne le serait pas tant qu'ils n'auraient pas exploré le reste du passage et n'en auraient pas percé tous les secrets.

— C'était exactement mon intention, dit-il en soulevant Daphné dans ses bras avant de déposer un baiser sur ses lèvres.

D'un coup d'épaule, il referma la porte de sa chambre, déposa Daphné sur le lit avant de retourner fermer à clef.

— Oui, nous sommes mieux ici, déclara-t-il en la rejoignant pour la gratifier d'un long baiser. Beaucoup mieux, assura-t-il quand il releva enfin la tête pour reprendre son souffle.

Depuis le début de la soirée, il attendait d'être seul avec sa bien-aimée, et savourait de l'être enfin. Il la scruta, se demandant si Adrian avait raison. S'il était possible qu'elle l'aime. Sa réaction quand il avait émergé de l'escalier avait constitué une divine surprise. C'était vers lui qu'elle s'était élancée, c'était pour lui qu'elle avait tremblé, pas pour son frère, qu'elle avait à peine regardé, alors qu'il était plus sérieusement blessé.

Il aurait dû se sentir coupable, avoir honte du bonheur qu'il ressentait à la pensée d'avoir supplanté Adrian dans ses pensées. Mais sa joie était telle qu'il en était incapable.

Jusqu'à sa rencontre avec Daphné, il ne s'était jamais soucié d'occuper la première place dans le cœur de qui que ce soit. Mais il aimait Daphné de toute son âme, et il aurait tout donné pour qu'elle éprouve les mêmes sentiments.

Elle vous adore, tout le monde le sait. Les paroles d'Adrian résonnaient à ses oreilles telle une musique céleste. Si seulement son beau-frère pouvait dire vrai !

— Qu'y a-t-il ? s'inquiéta Daphné. Pourquoi me regardes-tu ainsi ? J'ai un bouton sur le nez ?

— Je n'ai pas le droit de regarder mon adorable femme ? demanda-t-il doucement, le cœur si gonflé d'amour qu'il semblait sur le point d'exploser.

Il se sentait cependant si vulnérable qu'il hésitait à lui avouer ses sentiments. Après tout, Adrian ne connaissait rien aux femmes, il avait pu se tromper. Quant à l'inquiétude de Daphné à son endroit, il y avait mille autres raisons possibles.

Il tenta désespérément de contrôler le chaos d'émotions qui faisaient rage en lui. Il devait absolument parler à sa femme, cesser d'hésiter comme un écolier timide. Mais il n'osait pas. C'était décidément trop difficile. Pour la première fois de sa vie, il faisait l'expérience de la timidité.

— Tu m'en veux encore de ne pas avoir attendu demain pour explorer le passage secret ? demanda-t-il.

— J'étais moins en colère que terrifiée, avoua-t-elle en effleurant doucement l'entaille qui barrait le sourcil de Charles. Tu aurais pu te tuer…

La gorge nouée elle s'efforça de contenir les larmes qui lui montaient aux yeux, puis murmura :

— J'en serais morte s'il t'était arrivé quelque chose. Tu es tout pour moi.

Bouleversé, il osa enfin lui dire ce qu'il ressentait.

— Oh, Daphné, je t'aime comme un fou, et tant qu'il me restera un souffle de vie, je remercierai le ciel de t'avoir donné l'idée d'aller explorer cette grotte !

— Tu m'aimes ? demanda-t-elle, émerveillée.

Depuis des semaines, elle espérait cet instant, et maintenant qu'il était arrivé, elle ne savait plus où elle en était.

— Si je t'aime ? fit-il tendrement. Mais je t'adore. Je suis fou de toi !

— Oh, Charles ! Je t'aime tellement ! Non, rectifia-t-elle en riant, je t'adore, moi aussi.

Charles était au septième ciel. Cette femme merveilleuse l'aimait, *lui*, Charles Weston.

— Daphné, ma chérie, ma douce, mon adorable Daphné, je t'aime de tout mon cœur, de toute mon âme ! Je t'ai aimée à l'instant où j'ai posé les yeux sur toi.

— Vraiment ?

— Vraiment. Je me souviens que je te regardais escalader ces rochers et que j'ai pensé... J'ai tout de suite eu des pensées indécentes.

— Ce n'était pas de l'amour, argumenta-t-elle, les yeux pétillants de malice.

— Bien sûr que si, se défendit-il. Sinon, pourquoi serais-je resté avec toi dans la grotte ?

— Oh, Charles, et moi qui ne t'aimais pas du tout ! Je suis tombée amoureuse de toi le jour de notre mariage.

— Cela n'a aucune importance. Tout ce qui compte, c'est que tu m'aimes maintenant ! exulta-t-il.

— Hmm, c'est délicieux d'être amoureux, n'est-ce pas ? chuchota Daphné en lui caressant le visage du bout des doigts. Et d'être amoureuse de son mari.

— Absolument délicieux, acquiesça-t-il en écartant son déshabillé pour s'emparer de ses seins, dont les pointes se dressèrent sous ses doigts. Et j'ai l'intention de te montrer à quel point.

Et il tint scrupuleusement sa promesse.

Il était plus de 3 heures du matin lorsque les cinq cousins s'étaient séparés, et il n'était pas loin de midi quand ils se retrouvèrent dans la salle à manger, la mine un peu chiffonnée. Après quelques tasses de café bien fort et une solide collation, ils se sentirent fin prêts à exécuter leur plan de bataille.

Accompagnées d'April, Nell et Daphné s'installèrent dans la bibliothèque et se plongèrent dans les archives des Beaumont.

Les messieurs quant à eux, après avoir donné les instructions nécessaires pour dégager les meurtrières, se mirent en quête d'une autre entrée, flanqués d'une demi-douzaine de solides gaillards choisis parmi les paysans encore peu occupés à cette période de l'année. Malgré son bras en écharpe et sa cheville douloureuse, Adrian avait tenu à être de la partie.

Avant de quitter la maison, Charles avait discrètement ordonné qu'on transporte un fauteuil et un tabouret du côté sud du manoir.

— Ce jeune énergumène sera bien content d'en profiter, et plus rapidement qu'il ne le pense, confia-t-il à Goodson.

Le vent était coupant, mais, au moins, il ne pleuvait plus, et le soleil faisait de timides tentatives pour percer.

Ils savaient ce qu'ils cherchaient, et où le chercher, il ne leur fallut pas longtemps pour repérer les meurtrières, et donc le mur extérieur de l'escalier secret. Ils n'eurent plus qu'à suivre l'ancien mur d'enceinte de la forteresse.

Leur progression se révéla cependant très lente. Un vaste jardin avait dû s'étendre jadis au pied des murailles, on le devinait au grand nombre d'arbres et à la façon régulière dont ils étaient plantés. Mais cela faisait bien longtemps qu'il était à l'abandon, et les ronces et les fourrés qui l'avaient envahi étaient tellement épais qu'il fallait manier la serpe et la faux pour avancer de quelques mètres à peine.

Charles, Marcus et Julian faisaient leur possible pour rester au plus près des murs, s'efforçant de distinguer, à travers les buissons, une porte ou une grille.

Bien qu'un peu mortifié, Adrian vit arriver avec gratitude Goodson et son fauteuil, et s'y assit avec bonheur. D'où il était, il avait une vue d'ensemble aussi bien des hommes qui, à l'intérieur, déclouaient les planches qui obstruaient les meurtrières, que des journaliers qui fauchaient les fourrés au pied du mur.

Cela faisait un espace beaucoup plus grand qu'il n'y paraissait au premier abord, et il se promit de voir avec le jardinier et Daphné comment arranger les lieux. Fallait-il par exemple garder les lilas qui avaient proliféré devant une partie du rempart, juste devant lui, et qui ne laissaient plus deviner qu'un petit pan de mur sombre ? Se figeant soudain, il se leva comme un diable hors de sa boîte et s'approcha du mur en boitillant.

— Par ici ! cria-t-il. Je crois que j'ai trouvé !

La masse sombre qu'il avait prise pour le mur derrière le massif de lilas était en réalité une lourde porte de chêne. Le bois en était presque aussi noir que les ferronneries solidement scellées dans la pierre.

— Nous aurions pu passer des centaines de fois devant sans rien remarquer, commenta Charles. Et moi qui voulais que tu restes à l'intérieur. Bravo !

— Vous auriez bien fini par la trouver, concéda Adrian, beau joueur, en rougissant.

— Mais certainement pas aussi rapidement, assura Julian.

Une étude plus approfondie révéla un étroit chemin entre la muraille et les branchages. Charles pinça les lèvres. Cette sorte de tunnel le long du mur, juste assez large pour le passage d'une personne, n'avait rien de naturel. Il tâta le bout des branches cassées et constata qu'elles avaient cicatrisé. Il y avait quelques mois, peut-être quelques années qu'elles avaient été rompues, mais certainement pas un ou deux siècles.

— Eh bien, qu'attendez-vous ? s'étonna Adrian. Vous n'avez pas l'intention d'ouvrir cette porte ?

— Si, répondit Charles sombrement. Dès que nous serons armés.

Le jeune garçon écarquilla les yeux.

— Armés ? répéta-t-il. Mais pourquoi auriez-vous besoin d'une arme ?

— Parce que c'est la main de l'homme qui a dégagé ce sentier, ce qui laisse à penser que quelqu'un a découvert cette porte avant nous, et l'utilise sans doute régulièrement. Je préfère donc être armé pour faire connaissance avec notre visiteur inconnu.

Les trois cousins échangèrent un regard entendu. Ils ignoraient ce qui les attendait derrière cette porte, mais l'instinct leur soufflait que c'était exactement le genre de repaire que Raoul aurait cherché.

— Charles a raison, mieux vaut être armé, approuva Julian.

— Vous croyez que des contrebandiers utilisent ma maison ? souffla Adrian.

L'adolescent paraissait plus excité qu'effrayé à l'idée que Beaumont Place puisse servir de base à une bande de contrebandiers, et Charles sentit sa crainte refluer. C'était au fond l'explication la plus plausible. Le manoir n'était guère éloigné de la mer, et ils étaient loin d'avoir exploré l'escalier secret dans sa totalité. Il pouvait exister dans la partie basse de l'ancienne forteresse des pièces suffisamment vastes pour cacher les marchandises importées illégalement avant de les écouler. Peut-être cette porte était-elle connue des gens des environs depuis des temps immémoriaux.

C'était une explication logique, mais Charles n'arrivait pas à y croire. Les falaises étaient truffées de tant de grottes, pourquoi les contrebandiers prendraient-ils la peine de monter jusqu'ici, au risque de se faire repérer ?

— Tu as peut-être raison, dit-il au jeune garçon, mais je veux prendre toutes les précautions.

Charles aurait préféré que la nouvelle de leur découverte ne parvienne pas aux oreilles des dames avant qu'ils aient eu le temps de faire une première reconnaissance et de s'assurer qu'il n'y avait aucun danger. Malheureusement, il avait oublié de demander à Adrian de garder le secret, et pendant qu'ils allaient chercher leurs pistolets, celui-ci n'avait rien eu de plus pressé que de se précipiter dans la bibliothèque pour tout raconter à ses sœurs et à Nell.

Convaincre ces dames d'attendre patiemment dans la bibliothèque que les hommes aient fini d'explorer le passage secret relevait évidemment de l'utopie.

— La dernière fois que tu es parti en exploration, tu as failli te faire tuer, s'était emportée Daphné. Je ne vais donc pas rester les bras croisés à attendre qu'on vienne m'annoncer ta mort. Je viens avec toi, et à moins de m'enfermer, tu ne pourras pas m'en empêcher !

Ainsi, lorsque Charles, Julian et Marcus, armés jusqu'aux dents et nantis chacun d'une lanterne, retournèrent à la porte, ils étaient suivis d'une longue file de curieux.

Le temps avait changé pendant qu'ils se préparaient. Le vent, devenu plus violent, poussait de gros nuages noirs, et le tonnerre grondait au-dessus de la mer. Tandis qu'ils ouvraient la porte, les premières gouttes tombaient déjà. Un orage, sans doute pire que la veille, allait s'abattre sur le château.

Adrian, April, Mlle Kettle et les domestiques battirent en retraite, laissant Charles, Julian, Marcus, Nell et Daphné poursuivre seuls leur exploration.

Charles tenta une dernière fois de persuader les deux femmes de rentrer elles aussi.

— Cela peut se révéler dangereux, grommela-t-il en la fusillant du regard.

— Raison de plus pour que je t'accompagne.

Étouffant un juron, le jeune homme plongea derrière les lilas, tandis que les autres le suivaient en file indienne. Sans un bruit, ils se faufilèrent dans l'étroit passage.

Une fois devant la porte, Charles posa sa lanterne, arma son pistolet, puis souleva lentement l'énorme loquet. La facilité avec laquelle il le manœuvra, sans émettre le plus petit grincement, lui confirma qu'il était soigneusement entretenu. Il poussa doucement le battant, qui s'ouvrit tel le couvercle de la boîte de Pandore.

20

Il faisait noir comme dans un four.

— J'espère qu'Adrian a raison, et que tout ce que nous allons découvrir, c'est un repaire de contrebandiers, murmura Charles en prenant la lanterne que Julian lui tendait.

— Moi aussi, renchérit celui-ci. Si nous découvrions… autre chose, tu serais prêt ?

— Oui, répondit Charles d'une voix dure.

Une dernière fois, les trois cousins essayèrent de convaincre Nell et Daphné de regagner la maison. Plaqués contre le mur, le visage fouetté par les branches de lilas, ils perdirent un long moment en discussions stériles avec les deux femmes, qui ne voulaient pas en démordre.

— Soit nous venons avec vous… soit nous vous suivrons à distance, les avertit Daphné. À vous de choisir !

— Très bien, aboya Charles, qui l'aurait volontiers étranglée. Venez avec nous, mais pour l'amour du ciel, s'il arrive quelque chose, restez à l'écart !

Ils allumèrent les lanternes, vérifièrent que tous étaient armés, y compris les femmes, et plongèrent dans l'inconnu.

Charles jeta un coup d'œil à Daphné.

— Nell sait manier un pistolet – Julian lui a appris –, mais est-ce que toi, tu sais t'en servir ?

— Je suis fille de militaire. Mon père m'a appris à tirer quand j'avais à peine dix ans. Je ne prétends pas être une tireuse d'élite, mais je ne me tirerai pas une balle dans le pied, si c'est ce qui t'inquiète !

— Veille surtout à ne pas nous tirer dessus ! riposta-t-il avant de lui tourner le dos.

Ils laissèrent la porte ouverte, et regardèrent autour d'eux. Ils se trouvaient dans la partie la plus ancienne du château. Au cours des siècles, la suie avait noirci les murs, des restes de chandelles étaient encore fichés dans les torchères de métal rouillé, et des débris de meubles et d'armes éparpillés sur le sol. La pièce n'était pas très grande, mais elle aurait pu aisément abriter un petit groupe d'hommes d'armes. Le courant d'air qui venait de l'extérieur ne suffisait pas à dissiper l'entêtante odeur de moisi et faisait onduler les toiles d'araignées qui pendaient un peu partout.

Charles leur fit signe d'attendre et s'avança jusqu'au centre de la pièce. À une extrémité, une ouverture voûtée en plein cintre était fermée par une porte. Une exploration un peu plus poussée lui permit de repérer le début d'une volée de marches.

— Je pense qu'il s'agit de l'escalier que nous avons exploré la nuit dernière, lança-t-il par-dessus son épaule. Eh bien, au moins, nous savons où il mène, même si nous n'en connaissons pas tous les détours.

— Charles ! s'exclama Daphné. Regarde, le sol !

Une épaisse couche de poussière recouvrait les dalles, mais ce qui avait retenu l'attention de la jeune femme, c'étaient des traces de pas parfaitement nettes qui partaient dans trois directions différentes.

Les premières allaient de l'endroit où ils se tenaient jusqu'à une autre porte à l'autre bout de la salle. Les deuxièmes traversaient la pièce depuis l'escalier avant de se mélanger aux premières. Enfin les troisièmes se confondaient avec celles que Charles avait laissées.

Le cœur battant, ce dernier les examina avec attention. Impossible de dire s'il s'agissait des traces d'une seule personne ou d'un petit groupe. Cette fois-ci, en tout cas, il ne pouvait s'agir d'un fantôme. Quelqu'un connaissait cette partie du château et l'utilisait.

Nell fut la première à exprimer à voix haute ce que chacun pensait.

— C'est Raoul ! Je le sais. Je le sens, articula-t-elle d'une voix blanche.

— Tu m'as dit que tu ne faisais plus de cauchemars, s'alarma Julian.

— C'est le cas, et je ne saurais pas t'expliquer ce que je ressens en ce moment, mais je sais, aussi sûrement que je l'ai vu en rêve pendant toutes ces années, que c'est lui qui a laissé ces traces de pas.

— Alors il est hors de question que Daphné et toi restiez avec nous !

— Julian a raison, renchérit Charles en se plantant devant sa femme. Nous ne pouvons pas nous lancer à sa poursuite si nous devons nous inquiéter pour vous en même temps. Vous devez retourner à la maison et nous attendre avec les autres.

— Et d'où tiens-tu que nous y serons en sécurité ? rétorqua Daphné. S'il s'agit bien de Raoul, il a largement eu le temps de se familiariser avec cette partie du château. Qui sait ce qu'il y a découvert ? Quels autres passages secrets comme celuici ? Pendant que vous le chercherez ici, il peut parfaitement s'introduire dans la maison et y faire exactement ce que vous redoutez.

Que lui répondre ? Ses arguments étaient irréfutables. Étouffant un juron, Charles considéra l'ouverture voûtée à l'autre bout de la pièce. Il était peu probable qu'il existe d'autres passages secrets, mais ils ne pouvaient se permettre de courir le risque.

Du regard, il interrogea Julian.

— Daphné a raison, admit le comte à contrecœur.

— Et mieux vaut être cinq contre lui que trois, ajouta Nell.

Les deux cousins se tournèrent vers Marcus.

— Ne me demandez pas de décider. Ce sont vos épouses !

Charles reporta son attention sur les traces de pas et leva sa lanterne pour les examiner. Il savait déjà où elles menaient, et s'étonnait de ne pas avoir deviné plus tôt la vérité. Dire qu'il avait perdu des semaines à passer la Cornouailles au peigne fin pour trouver le repaire de Raoul, et qu'il se trouvait là, sous son nez, à Beaumont Place.

Quand son demi-frère avait disparu dans la fosse de Dower House, sir Huxley était déjà malade. Seule une poignée de domestiques faisaient marcher cette maison isolée, dont une grande partie avait été fermée. Il n'avait à craindre la venue d'aucun parent ou ami. Le seul héritier connu se désintéressait du manoir et Raoul ne pouvait l'ignorer. Trevillyan avait clamé partout qu'il laisserait Beaumont Place tomber en ruine quand il en serait propriétaire.

Et si Raoul avait découvert l'entrée du passage avant la mort de sir Huxley, il avait eu tout le temps d'en explorer tous les coins et recoins. Il avait probablement accompagné Dorian quand celui-ci rendait visite à son parent et en avait profité pour fureter. Il savait que le château était bâti sur les restes d'une forteresse normande, et devait donc se douter qu'il existait des souterrains, et probablement des oubliettes, comme à Dower House. Même obturée, la rangée de meurtrières était clairement visible de l'extérieur, il avait donc dû en déduire qu'un escalier ou au moins un chemin de ronde y menait, et qu'il y avait probablement aussi un accès extérieur. La porte qu'ils venaient d'utiliser était certes dissimulée derrière les lilas, mais une fois qu'ils s'étaient mis à sa recherche, elle n'avait pas été si difficile à dénicher.

Raoul était gravement blessé quand il avait disparu dans la trappe, et il était difficile d'estimer combien de temps il lui avait fallu pour se rétablir et parvenir en Cornouailles, mais il avait fini par y arriver, Charles n'avait plus aucun doute là-dessus.

Il ne savait ni comment ni à quel moment, mais il était certain que Raoul était venu se cacher ici, dans cette partie oubliée de tous. Et sans l'intervention de Katherine, la petite pleureuse, qui était apparue à Daphné et lui avait indiqué l'entrée du passage secret, ils en seraient encore à spéculer sur le sort de Raoul et le chercheraient peut-être à l'autre bout du pays.

— Tu es vraiment décidée à nous accompagner ? demanda-t-il à Daphné.

— Plus que jamais.

— Il ne faut en aucun cas nous séparer ou nous éloigner les uns des autres, déclara Charles, résigné. Si quelque chose vous semble anormal, prévenez tout de suite ! Nous sommes dans le domaine de Raoul et nous ne pouvons prendre aucun risque. Rappelez-vous qu'il n'hésitera pas à nous tuer tous.

Sur ce, ils se dirigèrent en silence vers l'ouverture voûtée de l'autre côté de la pièce. Charles ouvrait la marche, suivi de Julian, de Nell et de Daphné, et enfin de Marcus. Cette porte-ci pivota avec autant de facilité que la première, révélant une vaste salle. Ils dépassèrent deux pièces plus petites aux portes à moitié défoncées.

— Des salles de garnison, peut-être ? hasarda Julian après un bref examen.

— Ou pour stocker les armes ou la nourriture.

Comme ils approchaient d'un escalier en colimaçon qui plongeait dans l'obscurité, Charles hésita. Une odeur d'humidité, de moisissure et…

d'autre chose lui fit palpiter les narines et serrer instinctivement la crosse de son pistolet.

— Il est peut-être en bas ou pas, mais il faut demeurer vigilant, chuchota-t-il en se retournant vers ses compagnons. Vos vies en dépendent.

Une première volée de marches, relativement courte, s'achevait dans une sorte d'antichambre, visiblement habitée, même si aucun effort n'avait été fait pour la nettoyer, à en juger par la poussière et les toiles d'araignées qui s'amoncelaient dans les coins et sur le sol.

Les chandelles fichées dans les torchères étaient récentes. Un lit rudimentaire, composé d'un châlit et d'une paillasse recouverte de couvertures, avait été dressé dans un coin. À côté d'une porte basse, une vieille armoire branlante renfermait une garde-robe succincte, mais de qualité. Un broc et une cuvette trônaient sur un petit meuble contenant un peu de vaisselle grossière et quelques ustensiles de cuisine. Une table branlante et deux chaises complétaient l'ameublement.

Qu'un dandy et un amoureux du luxe tel que Raoul puisse vivre terré au fond de ce trou à rats stupéfiait Charles. Peut-être s'était-il trompé. Peut-être Raoul ne possédait-il rien d'autre que les vêtements qu'il avait sur le dos. Les bijoux de Sophie lui auraient permis de vivre confortablement, alors pourquoi mener cette existence misérable ? Suivaient-ils une fausse piste ? Ces traces de pas et ces pauvres ustensiles appartenaient-ils à quelque vagabond inoffensif qui avait trouvé à Beaumont Place un refuge commode ?

D'un pas décidé, Charles retourna à l'armoire pour examiner les vêtements plus soigneusement. Il fouillait un grand manteau de lainage lorsqu'un objet tomba d'une des poches. Il se baissa pour le ramasser, et le tint devant sa lanterne.

Étincelant de tous ses feux, il reconnut un collier d'émeraudes et de diamants qu'il avait remarqué maintes fois au cou de Sophie.

— S'il nous fallait une preuve irréfutable de la présence de Raoul, la voici, déclara Julian. J'ai vu cent fois cette jolie babiole au cou de ta belle-mère.

Charles, à qui le bijou rappelait de pénibles souvenirs, l'enveloppa dans son mouchoir et le confia à Daphné, qui l'enfouit dans la poche de sa robe. Ils prirent ensuite le temps de fouiller soigneusement le reste de la pièce, mais ne découvrirent rien d'intéressant.

Charles s'approcha de la porte basse, à côté de l'armoire et l'ouvrit d'une main ferme. Un autre escalier s'ouvrait devant lui. L'odeur macabre qui s'en exhalait ne fit que confirmer ses craintes. La rage au ventre, il s'y engagea sans bruit, les autres dans son sillage.

Ils débouchèrent dans une salle assez vaste, et en voyant les menottes au bout de lourdes chaînes scellées dans les murs, tous comprirent qu'ils se trouvaient dans les oubliettes de Beaumont Place. Quatre cellules grillagées le leur confirmèrent. Une immense cheminée occupait un mur, et les instruments qui gisaient sur le sol à côté des fagots se passaient de tout commentaire.

Il n'y avait ni trappe ni table de torture comme à Dower House, mais une lourde grille montrait tous les signes d'une réparation récente, et les traces sombres qui maculaient le sol juste en dessous n'étaient pas si anciennes. Charles s'agenouilla pour les examiner. Elles n'étaient pas fraîches, mais ne dataient pas du siècle dernier. Il adressa un regard éloquent à ses cousins, qui approuvèrent en silence. Ils avaient trouvé l'antre de la Bête.

Ils parlèrent peu tandis qu'ils fouillaient les cellules. Il n'était pas aisé de discerner ce qui était vieux de plusieurs siècles de ce qui était récent, mais il apparaissait que l'une des cellules avait été occupée au cours des derniers mois. Les toiles d'araignées et la poussière y étaient plus rares et, surtout, les menottes avaient été utilisées peu de temps auparavant. Le métal luisait sur les bords comme si quelqu'un avait lutté pour tenter de s'en débarrasser, et les morceaux de tissu tachés de sang qui étaient restés accrochés aux chaînes n'étaient pas anciens. Même raidis par le sang séché, ils ne présentaient aucun signe d'usure.

L'endroit empestait la mort et le mal, et Charles se demanda si John, le neveu de sir Wesley, était mort dans ce trou sinistre. Et Katherine, la jeune épouse mystérieusement disparue ? Combien de vies s'étaient achevées ici à l'époque de l'horrible châtelain, et au cours des siècles précédents ?

La main de Daphné sur son bras l'arracha à ces sombres considérations.

— Je n'en peux plus, murmura-t-elle. Est-ce que nous avons une raison particulière de nous attarder ici ?

— Ce n'est pas tout à fait le genre d'aventure auquel tu t'attendais, n'est-ce pas ?

— Je ne suis pas venue chercher l'aventure. Je ne voulais pas rester à me morfondre et à me demander ce qui avait pu t'arriver, c'est tout. Cet endroit est épouvantable.

Charles haussa les épaules.

— Tous les châteaux forts n'ont pas une histoire aussi sanglante que celui-ci, si ce que l'on dit de sir Wesley est vrai. Sans vouloir l'excuser, c'était une époque rude, cruelle. Rappelle-toi que Henri VIII a fait décapiter deux de ses épouses, et qu'il attendait avec impatience qu'on lui apporte la nouvelle de la mort d'Anne Boleyn pour courir épouser Jane Seymour. Et que c'est probablement son père, et non Richard III, qui a fait assassiner les princes dans la Tour de Londres. Nos ancêtres ne s'embarrassaient pas de scrupules.

— Certains de nos contemporains regrettent cette époque, visiblement, commenta-t-elle en jetant un regard circulaire. Ils en ont gardé la sauvagerie et la cruauté. Je t'en prie, allons-nous-en, insista-t-elle.

Charles était plus que d'accord pour que Daphné quitte cet endroit ignoble, mais il fallait d'abord mettre sur pied un plan de bataille. Il réfléchit rapidement. Le mieux aurait été de tendre une embuscade à Raoul, mais il fallait d'abord mettre les femmes en sécurité, et il n'était pas question de les laisser rentrer sans escorte, elles risquaient de se jeter dans la gueule du loup. Charles n'aurait vu aucun inconvénient à affronter son demi-frère en combat singulier, mais il lui aurait fallu des heures de palabres pour convaincre ses compagnons de le laisser seul. Attendre ici avec Julian et laisser Marcus raccompagner les dames n'était pas plus réaliste. À supposer que son cousin accepte, il n'avait aucune envie de laisser Daphné et Nell sous la protection d'un seul homme. Il ne restait donc plus qu'une solution : les trois cousins devaient reconduire les femmes en lieu sûr et revenir ensuite affronter Raoul.

Il était cependant inquiet qu'entre-temps, son demi-frère revienne et se rende compte qu'il avait eu des visiteurs. Ils n'avaient rien fait pour cacher leur présence, ce qui aurait été difficile de toute façon, et si Raoul s'apercevait de la disparition du collier…

Il ne fallait à aucun prix lui laisser une chance de s'enfuir, car ils risquaient de ne jamais retrouver sa trace. Et quand bien même, combien de nouvelles victimes aurait-il eu le temps de tuer dans l'intervalle ? Ils tenaient là une chance unique de mettre fin à ce cauchemar, dès lors qu'ils frappaient vite et sans prévenir.

Ils avaient découvert le repaire de Raoul, mais ce dernier possédait un atout inestimable, il avait eu des mois, des années peut-être, pour explorer les moindres recoins du vieux château. Les oubliettes s'achevaient apparemment en cul-de-sac, mais l'existence d'un passage secret ne pouvait être exclue. Peut-être Raoul les observait-il en ce moment même.

Non, décidément, mieux valait ne pas s'éterniser.

— Nous allons rebrousser chemin, chuchota-t-il. Je passe le premier, ensuite Julian, Nell et Daphné. Marcus, tu fermeras la marche.

Sans discuter, ses compagnons lui emboîtèrent le pas. Ils avaient à peine gravi une douzaine de marches lorsqu'un bruit feutré fit se retourner Nell. Personne… Glacée d'effroi, elle scruta la pénombre. Aucune trace de Daphné ni de Marcus.

— Julian ! Charles ! hurla-t-elle. Daphné et Marcus ne sont plus là !

Julian fut près d'elle en un instant. Les écartant sans ménagement, Charles dévala les marches étroites pour découvrir Marcus gisant sur le sol, une tache sombre sous la tête, son pistolet et sa lanterne près de sa main. À ses pieds se trouvait un second pistolet.

Celui de Daphné.

Julian et Nell arrivèrent en courant, et la jeune femme laissa échapper un cri en voyant Marcus allongé sur le sol. S'agenouillant promptement à ses côtés, elle palpa doucement la plaie à l'arrière de son crâne.

— Il est vivant, mais il a une vilaine blessure.

Charles scruta frénétiquement la pièce, puis, luttant de son mieux contre la panique qui montait en lui, murmura :

— Il doit y avoir un autre passage secret,

« Pense à Daphné, s'ordonna-t-il. Tu *dois* la trouver. »

— Il doit y avoir une autre foutue porte dérobée ! cria-t-il en se précipitant pour sonder le mur le plus proche.

Trop inquiet pour chercher méthodiquement, il ne trouva d'abord rien. Il s'efforça de se contrôler, sachant qu'il n'aiderait en rien sa femme s'il cédait à la panique. Glissant son pistolet dans sa ceinture, il s'obligea à palper la pierre le plus lentement et le plus soigneusement possible.

Quelques instants plus tard, il trouva enfin ce qu'il cherchait : une pierre formant une légère saillie. Il la pressa doucement et sentit soudain une portion du mur pivoter lentement sous ses doigts, révélant une ouverture étroite.

— Nom de Dieu, tu avais raison ! s'exclama Julian, en abandonnant Marcus aux soins de Nell. Il y a bien un passage secret.

— Il y en a peut-être d'autres encore… et Raoul les connaît tous. Pas moi. Je regrette de te laisser avec Nell et Marcus. Je… j'espère qu'il s'en sortira, mais je dois y aller.

— Va ! Et ramène-la vite, approuva Julian.

— Compte sur moi ! répondit Charles d'un ton farouche.

L'attaque avait été si discrète et si rapide qu'il fallut un bras puissant se refermant sur sa taille et la lame d'un coutelas s'appuyant contre sa gorge pour que Daphné s'aperçoive de la présence de Raoul.

— Un mot, un seul, et je tranche ta jolie gorge ! siffla une voix menaçante à son oreille. Je te conseille de te montrer obéissante. Compris ? Hoche la tête.

Muette de terreur, Daphné acquiesça. Tandis que Raoul l'entraînait avec lui, elle aperçut le corps inerte de Marcus baignant dans son sang. Un frisson d'effroi la parcourut à la pensée qu'il puisse être mort.

La lame se fit plus insistante sur sa gorge, et elle sentit le sang tiède couler dans l'encolure de sa robe.

— Pose ton pistolet, chuchota-t-il. Et doucement, si tu ne veux pas rejoindre mon estimé cousin.

Elle hésita. Si elle pouvait gagner un peu de temps… Il ne faudrait pas longtemps à Nell pour s'apercevoir qu'elle n'était plus derrière elle… Le couteau s'enfonça imperceptiblement et elle se hâta d'obéir.

Raoul était vigoureux, et il n'eut aucun mal à la tirer jusqu'à une ouverture dans le mur du fond. Elle nota cependant une certaine gêne dans ses mouvements, comme s'il traînait la jambe. De l'épaule, il appuya sur quelque chose, le mur pivota et ils se retrouvèrent dans l'obscurité.

Suffoquant presque, Daphné réprima un gémissement. Elle était tellement effrayée qu'elle n'arrivait plus à aligner deux pensées cohérentes. Elle ne savait qu'une chose : elle se trouvait à la merci d'un fou.

— Dépêche-toi, intima-t-il en la poussant pour lui faire monter les premières marches d'un nouvel escalier. Ton bien-aimé ne va pas tarder à se lancer à notre poursuite. Et nous n'avons aucune envie qu'il nous trouve. Pour l'instant du moins ! ajouta-t-il en ricanant.

Raoul la portant à moitié, le couteau toujours pressé contre la gorge, ils s'engagèrent dans un escalier en colimaçon. Le sang qui coulait lentement le long de son cou ne faisait qu'ajouter à sa peur. L'entaille était-elle profonde ? Était-elle en train de mourir à petit feu ?

Elle trébucha soudain et manqua une marche. La lame du couteau s'enfonça plus profondément dans sa chair, lui arrachant un cri.

— Pauvre idiote ! gronda Raoul.

L'insulte perça l'espèce d'engourdissement dont Daphné n'arrivait pas à se défaire. La fureur la saisit brutalement. Comment ce monstre osait-il ? Il avait peut-être assassiné Marcus, il l'avait enlevée. Comment osait-il ?

— Si vous aviez la bonne idée d'ôter ce couteau de ma gorge et de me laisser marcher seule comme une grande, nous irions peut-être plus vite, lâcha-t-elle d'un ton coupant. Même un imbécile le comprendrait.

Il y eut un silence stupéfait, puis :

— Ma parole, on dirait que mon frère a épousé une mégère ! ricana Raoul.

Il abaissa cependant son couteau et referma la main sur le poignet de Daphné

— Tu as peut-être raison, après tout. On va essayer à votre façon, chère madame.

Ils reprirent leur ascension et, faisant appel à tout son courage, Daphné lâcha :

— Vous ne vous en tirerez pas comme ça. Charles nous retrouvera.

— Mais arrivera-t-il à temps pour te sauver? Voilà la question que tu devrais te poser, ma jolie.

— Il me trouvera, s'entêta-t-elle.

Elle en était certaine. Charles la retrouverait. Et elle serait encore en vie, espérait-elle, la peur au ventre.

— Oh, j'ai bien l'intention qu'il te retrouve! Mais au moment que j'aurai choisi. À présent, assez bavardé. Nous n'avons pas de temps à perdre.

— Il me trouvera, répéta Daphné, autant pour se convaincre elle-même.

— J'en doute, rétorqua Raoul. Tes ancêtres avaient le goût du secret et l'esprit particulièrement tordu. La maison est truffée de cachettes et de passages secrets, et je les connais comme ma poche. Ce qui n'est pas le cas de Charles. Tu vois, par exemple, nous allons tourner ici.

Daphné ne comprenait pas comment Raoul pouvait savoir où tourner, pourtant, une seconde après, ils obliquèrent bel et bien. Ils avaient quitté l'escalier principal, mais comment l'indiquer à Charles?

La solution lui vint comme une illumination. Feignant de trébucher, elle s'affala sur les genoux et fouilla dans sa poche. Elle en extirpa le collier d'émeraudes qu'elle abandonna sur une marche au moment où Raoul la remettait brutalement debout. Il ne lui restait plus qu'à prier pour que Charles remarque le bijou…

Son encolure trempée de sang lui donna une autre idée. Après avoir pressé sa main libre sur son cou, elle l'appliqua sur le mur en espérant y laisser une traînée sanglante suffisamment visible pour ceux qui la chercheraient.

Alors qu'elle continuait de gravir l'escalier, Daphné perçut soudain un changement d'atmosphère. Elle connaissait ce froid pénétrant qui vous glaçait jusqu'aux os. Quelle présence d'outre-tombe annonçait-il ? Celle de sir Wesley ? Ou celle de Katherine ?

Raoul avait dû le sentir aussi, car il s'immobilisa un instant, aux aguets tel un animal qui flaire le danger.

— Bizarre, marmonna-t-il pour lui-même, avant d'ajouter : Nous aurons plus chaud tout à l'heure, mais nous allons d'abord faire quelques détours, histoire d'égarer ce cher vieux Charles.

Dans l'obscurité, il compta les marches jusqu'au prochain embranchement, mais lorsqu'il y parvint, un mur de glace se dressa devant lui, l'empêchant de l'emprunter. Il eut beau faire plusieurs tentatives, la muraille de froid demeurait infranchissable. Il se résigna donc à poursuivre son ascension. Il y avait d'autres chemins de traverse qui feraient très bien l'affaire, décida-t-il. Mais chaque fois qu'il voulut obliquer, il se heurta à la même barrière de glace.

De plus en plus perplexe, il atteignit un palier où l'escalier rencontrait une autre volée de marches. Toutes les issues auxquelles il avait pensé lui ayant été fermées, il éprouva un certain malaise à la pensée qu'on l'avait dirigé, à son corps défendant, vers les remparts. Déconcerté, il s'interrogea une fois de plus sur la provenance de ce froid polaire. Venait-il d'une issue qu'il n'avait pas encore découverte ? Certain qu'il allait disparaître aussi mystérieusement qu'il était apparu, il réprima un juron, et tira Daphné vers le haut, puisqu'il n'avait pas d'autre choix.

La plaie sur son cou ne saignait plus, et Daphné n'était pas certaine que les empreintes laissées sur les murs étaient bien visibles. Quel signe laisser à Charles ? Elle se souvint du mouchoir qui avait enveloppé le collier d'émeraudes, le tira subrepticement de sa poche et le laissa tomber sur les marches.

À mesure qu'ils montaient, une lumière grisâtre commençait à filtrer. Raoul comprit qu'ils n'allaient plus tarder à déboucher sur les remparts. Ils pourraient se mettre à l'abri de l'orage dans la vieille tour de guet, décida-t-il. Ce n'était pas ce qu'il avait prévu, mais si Charles parvenait à les retrouver… Il devrait renoncer aux longues heures délicieuses qu'il comptait partager avec Daphné – délicieuses pour *lui*, bien sûr. Cela dit, s'il pouvait l'éventrer sous les yeux de son mari, ce serait une compensation appréciable. Après quoi, il tuerait Charles. Ou peut-être pas. Oui, se dit-il après réflexion, il épargnerait son aîné, le condamnant ainsi à revivre jusqu'à la fin de ses jours la terrible agonie de sa bien-aimée.

21

Quand il vit le collier étinceler sur les marches poussiéreuses, le cœur de Charles bondit dans sa poitrine. Daphné était vivante et avait trouvé le moyen de le guider. Elle était en vie quand elle avait laissé tomber le bijou, mais maintenant ? Il refusa d'écouter la petite voix pernicieuse qui instillait le doute en lui. Sa femme attendait qu'il vienne à son secours, aussi s'élança-t-il dans l'escalier avec une énergie redoublée.

Sa lanterne risquait d'attirer l'attention de Raoul, mais il était obligé de courir le risque. Il devait chercher d'autres traces de Daphné et guetter d'éventuels pièges dressés par son demi-frère.

Un flot d'angoisse et de rage mêlées le submergea lorsqu'il repéra la première trace sanglante sur la paroi. C'était le sang de Daphné, il en avait la certitude, et d'horribles visions vinrent danser devant ses yeux. S'interdisant de s'appesantir sur les horreurs qu'elle devait peut-être endurer, il continua son ascension, des taches occasionnelles lui indiquant qu'il était sur la bonne voie.

Arrivé au premier embranchement, il leva sa lanterne. Certain que Daphné aurait trouvé le moyen de lui laisser un indice, il passa son chemin. Une nouvelle trace de sang lui confirma qu'il avait fait le bon choix, et il gravit les marches quatre à quatre.

Il suivit les empreintes, qui devenaient de moins en moins visibles, jusqu'à une intersection avec un autre escalier plus large. Il s'arrêta pour regarder autour de lui. L'endroit lui paraissait familier et il comprit qu'il se trouvait dans le passage secret qu'ils avaient découvert la veille avec Daphné.

Quelle direction prendre, à présent ? Monter vers les remparts, ou descendre jusqu'au rez-de-chaussée ?

Le grand mouchoir de batiste gisant quelques marches au-dessus du palier lui donna la réponse. Une fois de plus, sa courageuse petite Daphné lui avait indiqué la voie. Une fois en haut, il hésita. Si Raoul l'attendait sur le chemin de ronde, mieux valait ne pas avoir les deux mains prises.

À regret il posa la lanterne sur le sol et se prépara à affronter son demi-frère.

La lumière du jour qui commençait à filtrer permit à Daphné de reconnaître l'endroit où elle se trouvait. Elle eut également l'occasion de voir à quoi ressemblait son ravisseur et de comprendre pourquoi il avait des difficultés à marcher. Sa jambe gauche avait dû être cassée et mal soignée, d'où une claudication prononcée.

Tout en la tirant sur le chemin de ronde battu par la pluie et le vent, Raoul inspecta fiévreusement les lieux, en proie à une sourde inquiétude. Il n'avait pas encore peur, mais il était tendu. Une force inconnue était à l'œuvre, qui l'avait amené ici.

Il approfondirait la question plus tard, décida-t-il. Pour l'heure, le plus urgent était de se mettre à l'abri de l'orage et de se préparer à la venue de Charles, qui n'allait certainement pas tarder. Ses doigts se resserrèrent sur le bras de Daphné et il se dirigea vers la tourelle de guet au bout du chemin de ronde.

Daphné freina des quatre fers et griffa sauvagement le poignet de son ravisseur.

Le couteau réapparut dans la main de ce dernier qui siffla :

— Je peux te tuer tout de suite si tu y tiens. Continue de résister et je t'égorge avant que tu aies eu le temps de dire ouf !

Appuyant la lame sur le cou de Daphné, il ajouta :

— Tu n'as pas envie de mourir tout de suite, n'est-ce pas ? Tu as l'espoir que Charles vole à ton secours. Les femmes sont toutes les mêmes ! Elles feraient n'importe quoi pour vivre quelques secondes de plus. Je n'avais encore jamais pris quelqu'un de ma condition, mais tu ne dois pas être si différente des autres, souffla-t-il en effleurant des lèvres la joue de Daphné. Une fois nue, tu te tordras sous ma lame en hurlant et en suppliant comme elles le font toutes.

La jeune femme comprit qu'elle avait vraiment affaire à un monstre. Pourtant, en dehors de son regard vide, il paraissait normal. Il avait la même taille, la même carrure et la même chevelure de jais que Charles, même si la ressemblance était beaucoup moins marquée qu'avec Julian. Avec son physique, sa position, sa fortune, pourquoi, avait-il choisi le crime ?

— Pourquoi faites-vous cela ? articula-t-elle.

— Mais parce que j'y prends plaisir, ma jolie.

Sur ce, lui tirant violemment le poignet, il l'entraîna vers la tourelle. La pluie avait cessé et le vent faiblissait un peu, mais la tempête était loin d'être finie, à en juger par les nuages d'encre qui obscurcissaient l'horizon.

— Vous êtes infirme de naissance ? demanda-t-elle pour tenter de gagner un peu de temps.

Il s'arrêta net, et lui adressa un regard mauvais.

— Non. C'est un souvenir de mon cher cousin et de mon frère bien-aimé, grinça-t-il. Je me suis cassé la jambe en leur échappant, après avoir failli mourir sous leurs balles.

— Comment avez-vous réussi à vous sauver ?

— Tu espères m'amadouer en t'intéressant à moi, ma toute belle ?

Ignorant sa question, Daphné continua :

— Tout le monde vous croyait mort, mais, visiblement, il n'en est rien. Vous avez donc trouvé le moyen de vous échapper, et je me demandais simplement comment.

Elle ne s'attendait pas qu'il réponde. À tort.

— Ma mère a toujours craint le jour où mes petites manies seraient découvertes et où je serais obligé de fuir. Elle a tellement insisté que j'avais laissé une barque avec tout le nécessaire au débouché du ruisseau qui coule sous la crypte de Dower House. Je n'aurais jamais pensé que j'aurais à l'utiliser, ni que je serais gravement blessé ce jour-là. J'ai réussi à l'atteindre et à la mettre à flot. Le courant a fait le reste.

— Mais comment avez-vous survécu à vos blessures ? Quelqu'un vous a soigné ?

La jeune femme était vraiment curieuse de savoir comment Raoul avait pu se remettre et gagner la Cornouilles, mais elle était surtout consciente que chaque minute comptait, et qu'à chaque question, les chances de Charles de la retrouver augmentaient.

— Tu poses trop de questions, coupa Raoul, qui se détourna et la tira à sa suite.

— C'est vrai, admit Daphné, mais puisque vous allez me tuer de toute façon, je ne vois pas ce qui vous empêche de me répondre.

Il s'immobilisa de nouveau et la regarda.

— Je vais satisfaire ta curiosité, ne serait-ce que pour te faire taire. Ma barque a fini par s'échouer près du campement d'un vieux colporteur. Sa fille et lui ont pensé que j'avais été victime d'une bande de malfrats, et ils m'ont soigné avec beaucoup de dévouement. Une fois guéri, je les ai tués tous les deux, j'ai pris leur cheval et leur charrette, et j'ai fait route vers la Cornouailles.

— Après un ou deux détours pour prendre les bijoux que votre mère avait cachés.

— Ah ! Vous avez découvert ça, Charles et toi ? Vous êtes décidément très malins. Allez, assez bavardé !

Comme il se remettait en marche, Daphné résista de toutes ses forces. C'était un pari risqué. Il pouvait parfaitement la tuer sur place, comme il l'en avait menacée. Connaîtrait-elle un autre jour ? Reverrait-elle le visage tant aimé de Charles ? Reverrait-elle Adrian et April, ou allait-elle mourir sous le poignard de ce fou monstrueux ?

Elle refoula les larmes qui lui montaient aux yeux. Elle voulait vivre. Avec Charles. Et elle avait la certitude que si elle mettait le pied dans la tourelle, elle n'en sortirait pas vivante.

— Si tu ne cesses pas de me contrarier…

— Vous allez me tuer, de toute façon ! coupa-t-elle. Pourquoi est-ce que je vous faciliterais la tâche ?

Avec l'énergie du désespoir, elle lança le poing qui s'écrasa sur le nez de Raoul avec un bruit mat fort satisfaisant. Ce dernier faillit perdre l'équilibre et, tandis que le sang jaillissait, relâcha son étreinte sur le bras de la jeune femme qui se libéra d'une secousse.

Raoul plongea sur elle, mais elle bondit hors de portée.

— Espèce de garce ! hurla-t-il, ivre de rage, en la poursuivant sur le chemin de ronde.

— Pauvre dément ! le défia Daphné, sa chevelure d'ébène flottant au vent.

Elle ne se sentait pas particulièrement brave, mais si le destin voulait qu'elle meure, elle préférait se battre comme un lion plutôt que se laisser égorger comme un agneau.

Elle n'avait d'autre issue que l'escalier par où ils étaient arrivés, et fila comme une flèche dans cette direction.

Raoul avait deviné son raisonnement, et s'élança pour lui barrer le passage. Le chemin de ronde n'était pas large, et il était handicapé par sa jambe, mais il était armé, ce qui lui donnait l'avantage. Face à face, ils se défiaient du regard, à égale distance de l'escalier qui s'ouvrait sur leur flanc.

Du coin de l'œil, Daphné évalua ses chances de l'atteindre la première. Même blessé, même en traînant la jambe, Raoul était un adversaire redoutable, et elle n'avait qu'une seule carte à jouer. Si elle échouait, elle n'aurait pas de seconde chance. La peur au ventre, elle se rua vers l'escalier. Même en claudiquant, son ravisseur fut plus rapide et parvint à lui couper la route.

— Petite vilaine, tu voulais m'abandonner? ricana-t-il, le dos à la porte. Tu t'imaginais vraiment que j'allais te laisser filer?

Daphné recula en trébuchant, soucieuse de mettre entre eux le plus de distance possible. Elle tenta une feinte sur la gauche, mais Raoul ne fut pas dupe et ne bougea pas d'un pouce.

— Tu peux essayer toutes les ruses que tu veux, tant que je garde la porte, tu n'iras nulle part, lui lança-t-il avec un sourire sardonique.

Les yeux rivés sur lui, Daphné envisagea une autre attaque. Si elle essayait de le faire tomber dans l'escalier... Elle se mordit la lèvre. À moins qu'il ne se fracture le crâne ou qu'il ne se brise la nuque, elle ne serait pas plus avancée. Mais s'il se cassait le bras ou la jambe... Elle l'étudia. Il l'attendait de pied ferme, solidement campé sur ses jambes, le couteau à la main. Cette fois, elle ne pourrait compter sur l'effet de surprise et elle renonça à son idée.

Raoul s'avança prudemment, et elle se hâta de battre en retraite pour maintenir la même distance entre eux. Comment pouvait-elle espérer avoir le dessus contre lui ? Désemparée, elle dut prendre sur elle pour ne pas céder au désespoir. Le visage de Charles vint danser devant ses yeux et lui redonner courage. Elle n'abandonnerait pas ! Elle tiendrait bon jusqu'à l'arrivée de Charles. Car il allait arriver !

À temps si Dieu le voulait.

Le vent se leva de nouveau, et la pluie recommença à crépiter. Déjà transie à cause de ses vêtements humides, Daphné remarqua à peine le froid sépulcral qui s'insinuait jusque dans ses os, occupée qu'elle était à chercher un moyen de s'échapper ou au moins de gagner du temps.

Elle fit un bond en arrière lorsque Raoul s'élança en avant en brandissant son couteau, qui la manqua de peu. Avançant, reculant, feintant, s'élançant pour mieux battre en retraite, ils entamèrent une danse de mort. « Reste en vie jusqu'à l'arrivée de Charles », se répétait frénétiquement Daphné.

Ce ne fut que lorsqu'elle commença à claquer des dents qu'elle prit conscience que le froid glacial qui s'était abattu sur eux n'était pas dû à la tempête. Au moment où la vérité se faisait jour dans son esprit, l'air devint lourd et une brume épaisse s'interposa entre elle et Raoul.

Celui-ci se figea et fixa, interdit, la forme blanchâtre qui flottait devant lui. Il avait conscience du froid mordant, mais ce qui l'inquiétait le plus, c'était le temps qui passait. Charles n'allait plus tarder. Il connaissait son frère ; il n'abandonnerait pas tant qu'il ne les aurait pas trouvés. Il ne pouvait plus se permettre de perdre son temps à jouer au chat et à la souris avec cette petite péronnelle.

Assurant sa prise sur son poignard, il bondit sur sa proie. À sa grande surprise, il tomba à la renverse comme s'il avait heurté une muraille de glace. Il se releva en titubant et, après une légère hésitation, tenta de contourner la masse informe qui se tordait devant lui. En vain. Dès qu'il faisait un pas, la forme vaporeuse se déplaçait d'autant.

Bon sang, qu'est-ce que c'était que cette chose ? D'où diable était-elle sortie ?

La peur s'insinua en lui lorsqu'il comprit que c'était cette « chose » qui l'avait obligé à monter sur les remparts. Perplexe, il oublia momentanément Daphné et chercha le salut du côté de l'escalier, mais le tourbillon se déplaça, lui coupant toute retraite.

Pire, comme prise de folie, la brume se contorsionnait, prenait des formes inimaginables, et, l'enveloppant de tous côtés, le conduisait doucement vers le parapet. Conscient d'être en présence d'un phénomène qui dépassait son entendement, Raoul regarda, horrifié, la brume menaçante s'épaissir et s'assombrir, toujours plus hostile.

Immobile sous la pluie battante, Daphné fixait Raoul qui s'efforçait désespérément d'échapper à l'implacable tornade glacée. Quoi qu'il fasse, le tourbillon fantomatique le ramenait inexorablement contre le parapet.

Katherine ! songea-t-elle. Il ne pouvait s'agir que de Katherine, venue la secourir et la protéger.

Laissant Raoul affronter le spectre, elle se dirigea vers l'escalier, mi-courant, mi-titubant. Il ne lui restait que quelques pas à franchir lorsque Charles apparut en haut des marches, le pistolet à la main. Avec un cri étranglé, elle se jeta dans ses bras.

Un bras serré autour de sa taille, Charles, incrédule, n'osait croire que le miracle s'était produit.

— Daphné, mon amour ! fit-il d'une voix brisée. J'ai cru ne jamais te revoir.

— Tu es venu ! Je le savais, sanglota-t-elle en se cramponnant à lui. Je n'ai pas cessé de le lui dire !

Charles se raidit, et balaya le chemin de ronde du regard. À travers la pluie et la brume, il distingua la silhouette de Raoul contre le parapet. Il fit aussitôt passer Daphné derrière lui et avança d'un pas en avant lorsque sa femme le retint.

— N'y va pas, souffla-t-elle. Ne t'approche surtout pas.

Charles s'apprêtait à protester quand la raison de ce froid d'outre-tombe et de ce banc de brume au beau milieu d'une tempête lui devint soudain évidente.

— Le fantôme ? questionna-t-il.

— Katherine est venue à mon secours, acquiesça Daphné. C'est *elle* qui a repoussé Raoul jusque là-bas.

Sans un mot, Charles enlaça sa femme et tourna les yeux vers le chemin de ronde.

Il n'y avait pas grand-chose à voir, à vrai dire. Le corps de Raoul était souvent caché par la brume qui se déployait et tournoyait autour de lui. Il se débattait comme un beau diable, frappant de son poignard la forme évanescente qui resserrait toujours davantage son étreinte impalpable.

Malgré la distance qui les séparait, Charles surprit le regard de bête traquée de son demi-frère comme la masse blanchâtre qui le dominait de toute sa hauteur se faisait plus menaçante que jamais. Il recula d'un pas, sa jambe heurta le rebord du parapet, qui céda sous le choc. Avec un hurlement que Charles n'oublierait jamais, Raoul bascula dans le vide.

Fascinés, Charles et Daphné virent la forme vaporeuse se recroqueviller avant de disparaître, sa tâche accomplie.

Ils s'approchèrent alors du parapet, et Charles se pencha avec précaution. Le corps désarticulé de son frère gisait en contrebas au milieu des éboulis.

C'était fini. Le monstre était enfin mort.

Ils gardèrent secrète l'identité de Raoul. Pour tout le monde, le pauvre hère qui avait trouvé une fin tragique en tombant du haut des remparts était un vagabond qui avait élu domicile dans les souterrains de Beaumont Place. La raison pour laquelle il avait attaqué Marcus et Daphné demeurait un mystère. On échafaudait encore les plus folles hypothèses dans tout le comté lorsqu'on l'enterra dans le carré des indigents. L'ironie du sort voulut qu'il repose à côté de la malheureuse retrouvée sur la plage. Il n'y avait aucune inscription sur la tombe, mais Charles savait qu'il n'en oublierait jamais l'emplacement.

Julian et Nell, accompagnés de Marcus, maintenant pratiquement guéri, étaient partis le lendemain de l'enterrement. Les deux hommes auraient aimé s'attarder et participer à l'exploration des passages secrets, mais la comtesse avait hâte de retrouver ses enfants.

Après le départ de leurs invités, la vie à Beaumont Place reprit presque son cours normal. Presque. L'escalier, avec tous ses embranchements, n'avait pas encore livré tous ses secrets, et surtout, il restait cette mystérieuse chambre au trésor, comme l'appelait déjà Adrian.

Trois jours après les funérailles du vagabond, le jeune garçon exigea que le mur soit enfin abattu. Toutes les meurtrières avaient été dégagées, et des lanternes et des torches avaient été disposées à intervalles réguliers. Quoique encore sombre, l'escalier n'était à présent plus plongé dans les ténèbres.

Par cette belle matinée ensoleillée, alors que son beau-frère rassemblait ses ouvriers pour s'attaquer au fameux mur, Charles se mit en quête de Goodson. Il le trouva à l'office, occupé à astiquer l'argenterie.

— Vous avez sonné, monsieur ? s'inquiéta le domestique quand il remarqua sa présence. Je vous demande pardon, je n'ai rien entendu.

— Non, je n'ai pas sonné, le rassura Charles. C'est une requête un peu étrange, mais je voulais vous demander si je pourrais vous emprunter votre crucifix.

— Ne me dites pas que vous ajoutez foi aux contes à dormir debout de ma sœur, monsieur, s'affligea le majordome.

— Vous n'avez jamais remarqué d'étranges phénomènes dans cette maison ? Jamais senti un courant d'air glacial alors que tout est fermé et qu'il fait très doux ? questionna Charles calmement sans le quitter des yeux. Vous n'avez jamais entendu dans le vent des sanglots de femme ? Il ne vous est jamais arrivé d'apercevoir du coin de l'œil une forme étrange qui disparaît dès que vous tournez la tête ?

Goodson soutint un instant son regard, puis soupira :

— Je vous vais vous chercher ce crucifix.

La capitulation de l'incrédule majordome conforta Charles dans sa conviction qu'il ne prenait pas une précaution inutile. Armé du talisman, il rejoignit Adrian qui piaffait d'impatience.

Daphné et April se tenaient sur les marches audessus du palier, pour ne rien manquer. Tout le monde retint son souffle lorsqu'un robuste valet d'écurie leva bien haut sa masse et l'abattit de toutes ses forces sur la cloison. Son compagnon, un vigoureux garçon de ferme, l'imita avec une égale détermination.

Les deux hommes frappaient à tour de rôle, et les gravats tombaient drus sur les dalles. Le travail avançait vite et Charles commençait à se dire qu'ils pourraient achever leur besogne sans encombre et sans l'intervention maléfique de sir Wesley, lorsque le froid d'outre-tombe qu'il commençait à bien connaître l'étreignit.

Croisant le regard de sa femme, il comprit qu'elle aussi l'avait senti. Les deux valets s'étaient arrêtés, comme si le froid glacial les avait soudain paralysés.

— Mais il fait un froid de canard, tout à coup, vous ne trouvez pas ? s'écria Adrian, visiblement dérouté.

— Oui, acquiesça Charles en regardant autour de lui, se demandant d'où sir Wesley surgirait. Ces vieilles demeures ont leurs humeurs et leurs courants d'air.

Il fut presque soulagé lorsqu'il distingua une mince forme noire qui se formait lentement quelques marches plus bas. Personne ne semblait l'avoir remarquée pour le moment. Ses doigts se refermèrent sur le crucifix enfoui au fond de sa poche, et il s'avança jusqu'au bord du palier afin de barrer le chemin à la nuée menaçante.

— Continuons, reprit-il à l'adresse d'Adrian et des domestiques, sans quitter des yeux la forme inquiétante qui grossissait en contrebas. Plus vite nous découvrirons ce que cache ce mur, plus vite nous pourrons nous réchauffer au coin du feu avec une bonne tasse de thé.

C'est alors que l'ombre informe s'épaissit et commença à tourbillonner au-dessus de l'escalier. Le sinistre brouillard grandit, s'élargit, plana au-dessus de leurs têtes avant de s'abattre contre Charles avec une rage froide qui faillit le renverser. Il parvint à garder son équilibre et, sortant le petit crucifix de sa poche, le brandit devant lui tel un bouclier.

— Partez, et ne revenez jamais ! tonna-t-il. Vous ne pouvez pas nous arrêter, et nous trouverons ce que vous avez voulu cacher. Puisse Dieu vous pardonner ce que vous avez fait.

À son grand soulagement, et non sans surprise, il constata que le spectre lui obéissait et reculait lentement. Peut-être était-ce le crucifix, peut-être était-ce l'effet de son énergique adjuration, quoi qu'il en soit, le froid glacial s'atténua peu à peu et la nuée menaçante se dissipa dans l'escalier.

— Que diable s'est-il passé ? lâcha Adrian, interloqué. Qu'est-ce que vous avez fait ?

Rempochant le crucifix, Charles répondit en s'empourprant légèrement :

— Euh… j'ai pris quelques leçons chez Mme Darby. Je ne m'en tire pas trop mal, tu ne trouves pas ?

— Un peu trop bien, commenta Daphné, pince-sans-rire. Tu as failli nous faire mourir de peur.

— Je te donne ma parole que je ne recommencerai jamais, assura son mari en souriant.

— Oh, mais c'était un tour splendide, déclara Adrian en le fixant d'un air suspicieux. Il faut que vous me l'appreniez.

— Il n'en est pas question, décréta Daphné d'un ton sans réplique. Et si nous nous occupions de ce qu'il y a derrière le mur ? enchaîna-t-elle.

La paroi se révéla plutôt facile à percer et, après quelques coups de masse supplémentaires, ils avaient ouvert un trou suffisamment large pour passer le bras. Une dizaine de minutes plus tard, ils l'avaient suffisamment élargi pour permettre le passage. Adrian ouvrant la marche, ils pénétrèrent dans une vaste antichambre. Après avoir ouvert une porte de chêne, ils découvrirent une chambre à coucher où personne n'avait plus pénétré depuis des siècles.

Bien cachée derrière les épaisses murailles de Beaumont Place, cette pièce oubliée de tous leur livra son secret. Le temps semblait lui avoir épargné ses ravages et tout était pratiquement intact, comme au jour où la lourde porte s'était refermée pour la dernière fois.

C'était un tombeau bien scellé, pensa Daphné tandis qu'elle contemplait les riches tapisseries suspendues aux murs. Un magnifique tapis d'orient recouvrait le sol, et si les rideaux de soie crème et or du baldaquin étaient un peu fanés, on devinait leur splendeur passée. Des bûches et des fagots étaient soigneusement empilés près de la cheminée sculptée.

Le cœur battant, elle s'approcha du lit d'un pas hésitant. Une femme de petite taille, son visage presque enfantin maintenant tavelé et desséché par les siècles, sa longue chevelure d'or ternie déployée sur les oreillers, gisait, recroquevillée sur la courtepointe de brocart. Dans ses bras, elle serrait un nouveau-né. La joue tendrement posée sur le petit crâne déformé, elle le protégeait pour l'éternité. Autour de leurs deux corps, la literie était maculée de longues traces brunes que Daphné attribua tout d'abord à l'accouchement. Elle se figea en voyant la robe de lin blanc de la jeune morte déchiré et maculé des mêmes taches sombres. Un long poignard au manche ouvragé, à la lame noire de sang séché, eut raison de ses derniers doutes.

Elle comprenait maintenant, devant ces pauvres restes, pourquoi la petite pleureuse lui était apparue la première fois, lui montrant les contours de la porte qui menait au lieu de son supplice. Katherine voulait qu'on la trouve. Elle demandait justice pour elle et pour son enfant. Et elle avait volé au secours de Daphné, l'empêchant ainsi de connaître le triste sort qui avait été le sien – de mourir sous le poignard d'un homme. Tout concordait, y compris la tentative désespérée du sinistre châtelain de Beaumont Place, de son spectre plutôt, pour les empêcher d'ouvrir la chambre mortuaire.

Même du fond de son tombeau, il refusait que son forfait soit révélé au grand jour.

Du bout des doigts, la jeune femme effleura l'épaule frêle.

« Tu as fini par l'emporter, Katherine », songea-t-elle.

Si la mort du vagabond avait provoqué une grande agitation aux alentours, que dire de la découverte dans une partie oubliée de Beaumont Place d'une femme et d'un nouveau-né morts depuis des siècles ?

Tout le monde, depuis lord Trevillyan jusqu'à la plus humble des filles de cuisine, voulait savoir de qui il s'agissait, et les spéculations allaient bon train.

Avant les funérailles, qui eurent lieu deux jours après la macabre découverte, le médecin procéda à un examen détaillé des cadavres. Ses conclusions furent que l'enfant, de sexe féminin, avait eu le crâne défoncé, et que la jeune femme avait été poignardée en pleine poitrine. S'était-elle suicidée ou avait-elle été assassinée, il ne pouvait se prononcer.

À en juger par la situation de la chambre et la richesse de l'ameublement, il était clair que la jeune morte était de haute extraction, et qu'elle appartenait probablement à la famille Beaumont. Elle fut enterrée avec son bébé à un emplacement privilégié du cimetière familial. Un ange de marbre tenant un enfant dans les bras indiquait l'endroit de son dernier repos. Son nom et la date de sa mort seraient ajoutés une fois leur identité établie.

Daphné eut beaucoup de mal à ne pas révéler la vérité, mais il lui eût été difficile d'expliquer comment elle l'avait découverte. Mais, sachant pertinemment qu'il s'agissait de Katherine et de son enfant, elle fut en mesure d'orienter discrètement les recherches en ce sens.

La chambre se révéla une véritable mine d'informations. Un docte professeur d'Oxford fit le déplacement jusqu'en Cornouailles et leur assura que le mobilier datait des années 1500, à une ou deux décennies près.

Maintenant qu'ils pouvaient circonscrire leurs recherches à une période bien précise, il ne fallut pas longtemps pour obtenir les réponses aux questions que tous se posaient. Les registres paroissiaux leur apprirent le mariage de sir Wesley avec Katherine Leadman le 2 octobre 1557. Ils trouvèrent également trace de la mort de sir Wesley au début de l'année 1559. Le silence des registres sur la fin de Katherine était éloquent. Après ses noces avec le sinistre châtelain, elle avait tout simplement disparu et nul n'en avait plus jamais entendu parler.

La famille Leadman, originaire de Cornouailles elle aussi, s'était éteinte au début du XVIIIe siècle, mais le pasteur avait racheté un fond qui contenait une partie de ses archives et, pour le plus grand bonheur de Daphné, ils découvrirent plusieurs missives de Katherine à sa mère. Ces lettres contenaient quantité de renseignements, mais elles se révélèrent d'une lecture extrêmement attristante.

La pauvre enfant y exposait tous les détails de son malheureux mariage avec sir Wesley. Elle y expliquait la peur que lui inspirait son époux, la solitude dans laquelle elle se trouvait, et combien sa famille lui manquait. C'est dans l'un de ces billets que Daphné découvrit pourquoi Katherine s'était trouvée reléguée dans cette pièce éloignée dont les fenêtres avaient été murées.

La petite attendait un enfant et, terrifiée par le sort qui les attendait, son bébé et elle, si elle donnait le jour à une fille et non au fils que désirait tellement son terrible mari, elle avait voulu chercher refuge auprès de ses parents. Une servante l'avait trahie, et sir Wesley et ses sbires n'avaient pas tardé à la rattraper. Une fois à Beaumont Place, son seigneur et maître l'avait fait enfermer sous bonne garde jusqu'à ce qu'elle donne naissance à son héritier.

Après cela, il ne restait plus qu'une seule lettre, datée de novembre 1558.

Ma chère mère,

Votre présence et votre affection me manquent cruellement, et je me languis de vous revoir. Le moment de ma délivrance approche, et je m'en réjouirais grandement si je pouvais être à la maison, auprès de vous, de père et de mes chers petits frères ! Ils me manquent tous, et je vous demande de les embrasser pour moi et de leur dire combien je les aime.

Je suis tellement seule dans cette prison où il m'a enfermée, et j'attends avec impatience le jour où je pourrai serrer mon enfant dans mes bras. J'ai tellement peur de ce que l'avenir me réserve ! Je n'ose imaginer ce qu'il fera si je donne le jour à une fille. Il ne parle que d'un fils, et je crains, si je ne lui donne pas un héritier mâle, que sa colère et sa vengeance ne soient terribles.

Priez pour moi.

Les prières n'avaient pas suffi à protéger Katherine de la fureur de son sinistre époux. Daphné savait ce qui s'était passé, comme si elle avait assisté à la scène. En proie à une rage aveugle, sir Wesley avait défoncé le crâne du nouveau-né et sauvagement poignardé la mère. Elle n'avait aucun moyen de le prouver. Personne ne le pouvait. Mais elle n'avait pas le moindre doute.

Au vu de tous les documents qu'ils avaient réunis, le pasteur et tous ceux qui dans le comté s'intéressaient à l'histoire locale conclurent que la femme et le nouveau-né ne pouvaient qu'être Katherine et son enfant.

Par un bel après-midi de juin, Daphné, Charles, leur famille et leurs amis se réunirent autour de la tombe tandis que le marbrier gravait sur le socle de la statue le nom de la défunte et la date approximative de sa mort. Une fois son travail achevé, l'artisan reprit le chemin de Penzance et la famille et les amis se dirigèrent vers la maison.

Seuls Charles et Daphné s'attardèrent devant la tombe.

Voyant l'expression affligée de sa femme, Charles glissa le bras autour de sa taille et murmura :

— C'est une tragique histoire, mais elle s'est produite il y a fort longtemps, mon amour. Cela n'a rien à voir avec toi.

— Je sais tout cela, concéda Daphné en s'essuyant les yeux, mais c'est si triste. Elle était tellement jeune. Presque une enfant… Elle était innocente et ne méritait pas de mourir de la main d'un vieillard infâme qui était furieux parce qu'*il* s'était montré incapable d'engendrer un fils. J'espère qu'il rôtit en enfer ! Nous devons tellement à cette pauvre Katherine. C'est elle qui m'a sauvé du poignard de Raoul. Elle n'a pas pu se sauver elle-même, mais elle m'a sauvé la vie.

— Elle a fait preuve de courage et d'astuce. Comme toi, fit remarquer son mari.

— Oh, Charles !

— Oh, Daphné ! la taquina-t-il. Elle nous a permis d'avoir un avenir ; nous ne le gaspillerons pas.

— Non, en effet, souffla-t-elle en se blottissant contre lui. Nous avons tellement de chance. Nous sommes ensemble, et nous nous aimons. Et l'hiver prochain, nous aurons un enfant, ajouta-t-elle en posant la main sur son ventre encore plat. Une petite fille. Et nous l'appellerons… Katherine.

Découvrez les prochaines nouveautés de nos différentes collections J'ai lu pour elle

AVENTURES & PASSIONS

Le 1er septembre :

***Ultime espoir* ☙ Meredith Duran**

INÉDIT

Lydia Boyce est une jeune femme intelligente et cultivée, qui vend les antiquités de son père égyptologue en Angleterre. Lorsqu'elle apprend qu'une pièce vendue au scandaleux vicomte Sanburne est un faux, elle voit rouge et décide d'enquêter.
Contre son gré, le jeune homme lui vient en aide et elle ne peut résister longtemps à ce dilettante trop séduisant.
Mais le charisme de Sanburne cache un esprit plus acéré et un passé plus sombre qu'il n'y paraît…

***La légende des quatre soldats —4. Le revenant* ☙ Elisabeth Hoyt**

INÉDIT

Les sept ans que Reynaud St. Aubyn vient de passer en captivité l'ont rendu presque fou. Lorsqu'il revient chez lui, on s'interroge : cet homme peut-il vraiment être l'héritier du comte ?
La nièce de ce dernier, quant à elle, n'en croit pas ses yeux : celui dont le portrait la fait rêver depuis des années est de retour… et tente de l'attirer dans son lit. Elle seule parvient à voir la noblesse derrière la sauvagerie de Reynaud… mais son amour suffira-t-il face à un homme prêt à tout pour regagner son titre ?

***Un jour tu me reviendras* ☙ Lisa Kleypas**

Quelle corvée ! Jessica est censée séduire des mécènes pour le théâtre de son patron, qui lui chuchote à l'oreille :
– N'oubliez pas ce grand homme brun, là. C'est une des plus grosses fortunes du royaume, le marquis de Savage.
En entendant ce nom, Jessica blêmit. Lord Savage est l'homme auquel sa famille l'a mariée lorsqu'elle était enfant, et qu'elle fuit depuis des années… Jamais elle n'avait pensé que son époux puisse être aussi séduisant !

Le 15 septembre :

***Les Highlanders du Nouveau Monde —2. Fidèle à son clan* ☙ Pamela Clare**

INÉDIT

Forcé de combattre aux côtés des Anglais qu'il déteste, Morgan MacKinnon n'en est pas moins loyal aux hommes qu'il dirige – même lorsqu'il tombe aux mains des Français. Et seul le regard innocent d'une jeune Française pourrait le faire renoncer à son projet de s'échapper et de retourner en Angleterre. Bientôt, sa passion pour Amalie lui fait maudire cette guerre qui le force à choisir entre son honneur et la femme qu'il aime…

La chronique des Bridgerton —6. Francesca ☙ INÉDIT
Julia Quinn

Après des années d'aventures légères, Michael Stirling est tombé désespérément amoureux de Francesca Bridgerton, la femme de son cousin. Lorsque ce dernier meurt deux ans plus tard, Francesca cherche à se remarier pour fonder une famille, et Michael assiste, impuissant, au défilé des prétendants. Le jeune homme ne peut lui avouer son amour… jusqu'au jour où elle se réfugie dans ses bras et où la passion se révèle plus forte que tout…

La brute apprivoisée ☙ **Jude Deveraux**

– Le duc de Peregrine ? Si tu épouses cet homme, ta vie sera un enfer !
Malgré les avertissements, Liana s'entête. Personne ne fait battre son cœur comme ce colosse aux manières détestables.
Hélas, dès le mariage célébré, Liana découvre que son mari retrouve chaque nuit son harem de servantes-maîtresses !
C'en est trop : il faut mater ce rustre ! Et sous son apparente douceur, Liana dissimule une volonté inflexible…

2 rendez-vous mensuels
aux alentours du 1er et du 15 de chaque mois.

Et toujours la reine du roman sentimental :

Barbara
Cartland

Le 15 septembre :
Un amour imprévu
La déesse et la danseuse
Le prince venu du froid ☙ **Inédit**

Des romances contemporaines pour des moments d'émotion

PROMESSES

INÉDIT

Le 1er septembre :

***La saga des Travis —3. La peur d'aimer* ☙ Lisa Kleypas**

Après avoir suivi les aventures de Liberty Jones et Greg Travis (*Mon nom est Liberty*) puis de Hardy Cates et Haven Travis (*Bad boy*), le dernier tome de la saga s'intéresse à un autre fils Travis, Jack. Ce dernier est un séducteur impénitent, et personne n'est très étonné lorsque Ella Varner débarque chez lui en lui annonçant qu'il est le père de son neveu. Sa sœur a disparu et Ella doit se charger de l'enfant...

***Les chroniques de Virgin River —2. Refuge* ☙ Robyn Carr**

Bienvenue dans cette petite ville de l'Amérique profonde !
Dans cette série contemporaine, Robyn Carr sait nous faire apprécier cet endroit autant que les personnages qui le peuplent.

Nouveau ! 2 romans tous les 2 mois aux alentours du 1er de chaque mois.

Sous le charme d'un amour envoûtant

CRÉPUSCULE

INÉDIT

Le 1er septembre :

***Le cercle des immortels —3. La fille du shaman* ☙**

Sherrilyn Kenyon

Par châtiment divin, le Celte Talon est condamné à perdre toute femme qui l'aimera. 1500 ans plus tard, il sauve la vie de Sunshine, une jeune artiste qui l'attire immédiatement. Il comprend alors qu'elle est la réincarnation de Nynia, la femme qu'il a aimée et perdue des centaines d'années auparavant…

***Le cercle des immortels —4. Le loup blanc* ☙**

Sherrilyn Kenyon

Zarek, demi-dieu grec qui protège les humains des démons, est menacé de mort. Seule Astrid, jeune aveugle accompagnée d'un loup blanc qui hante ses rêves, pourrait peut-être le sauver.

Nouveau ! 2 romans tous les 2 mois aux alentours du 1er de chaque mois.

9330

Composition
CHESTEROC LTD

Achevé d'imprimer en Italie
par GRAFICA VENETA
le 18 août 2010.

Dépôt légal août 2010.
EAN 9782290019863

ÉDITIONS J'AI LU
87, quai Panhard-et-Levassor, 75013 Paris
Diffusion France et étranger : Flammarion